Vampir Gothic

Band 3

Bisher erschienen:
Band 1: *Kreatur der Dunkelheit*
Band 2: *Vampirkuss*
Band 3: *Vier Säulen der Macht*
Band 4: *Das Blutreich*
Band 5: *Tage der Finsternis*
Band 6: *Imperium der Schatten*

In Vorbereitung:
Band 7: *Die Namenlose*
Band 8: *Die Geächteten von Opyria*

Außerdem von Martin Kay lieferbar:

Einzeltitel: Fantasy
Der Tag der Offenbarung

Dust: Science Fiction
Band 1: *Die Legionen von Scardeen*
Band 2: *Die Gegner Scardeens*
Band 3: *Der Scardeen-Krieg*

Rettungskreuzer Ikarus: Science Fiction
Konvoi
Die Erleuchteten
Phönix
Präludium

Sie finden uns im Internet unter:
www.vampir-gothic.de
www.romantruhe.de
www.geister-shocker.de

VAMPIR GOTHIC

Band 3

Vier Säulen der Macht

von

Martin Kay

ROMANTRUHE

2. Auflage

Lektorat: Romantruhe
Titelbild: © DEL NIDO/Repr. by Norma Editorial
Umschlag: Beate Herforth
Säulen: Mark Freier
Fledermaus-Zeichnung: Ugurcan Yüce

ISBN: 3-937435-51-4

Einleitung

Mein Name ist Elmar Fuchs, und ich bin ein Niemand.

Die Bleistiftspitze brach. Eine eilig ausgestreckte Hand stieß gegen das Weinglas und verschüttete seinen Inhalt über das Papier.

Elmar Fuchs fluchte. Er riss das Blatt aus dem Buch, zerknüllte es und ließ es achtlos zu Boden fallen. Müde fuhr er sich durch die Haare, stützte dann die Ellbogen auf der Tischkante auf und bettete das Kinn in die Hände.

Mist, verfluchter, dachte er und nahm aus der Schublade des Tisches einen Lappen, mit dem er die Weinreste so gut es ging vom Tisch wischte. Er schenkte sich aus einer Karaffe nach, riss so viele befleckte Seiten aus dem Schreibbuch, bis er eine reine fand und spitzte den Bleistift mit einem Messer nach.

Also schön, fangen wir noch mal von vorne an.

Er beugte sich über das leere Blatt, setzte die Spitze des Stiftes auf und atmete tief durch. Flackerndes Kerzenlicht lullte ihn ein. Er fühlte sich schläfrig, was an dem schweren Wein lag, den er bereits den ganzen Abend konsumierte. Die Karaffe war fast leer. Die zweite. Doch Elmar wusste, dass er nicht ruhig schlafen konnte, zumindest solange nicht, bis er die quälenden Bilder der Vergangenheit in Worte festgehalten hatte. Bilder von schrecklichen Dingen, die ihn immer tiefer in einen Strudel von Ereignissen gezogen hatten. Elmar hatte alles verloren, was er je besessen hatte.

Seine Firma. Das Haus.

Katrin, seine Freundin.

Seine Identität.

Die erste Zeile des Eintrags passte vortrefflich. Er war *niemand* mehr. Für den Rest der Welt existierte er nicht. Je länger er darüber nachdachte, wie alles gekommen war, desto größer wurde der Sog, der seine Gedanken, seinen Verstand in einen schwarzen Schlund zog, an dessen Ende nur der Wahnsinn stehen konnte.

Elmar hatte das Gefühl langsam aber sicher verrückt zu werden, wenn er sich nicht wenigstens alles von der Seele schrieb, was ihn quälte. Er nahm einen weiteren Schluck Wein, behielt ihn auf der Zunge und begann zu schreiben:

Mein Name ist Elmar Fuchs, und ich bin ein Niemand. Sie fragen sich sicherlich, was ich mit solch einer Behauptung bezwecke. Dazu muss ich etwas weiter ausholen. Vor etwas mehr als drei Wochen war ich noch Eigentümer einer renommierten Unternehmensberatung — Fox Consulting Germany *— in Münster. Vier Angestellte, lukrative Geschäfte. Ich besaß ein großes Haus, das mir meine verstorbenen Eltern vermacht hatten und war verlobt.*

Elmar schüttelte sich innerlich und spürte, wie eine eiskalte Klaue über seinen Rücken kroch und ihm eine Gänsehaut bescherte. In seinen Augen sammelten sich Tränen, aber ehe sie heraus rinnen konnten, schrieb er weiter.

Katrin ist tot. Umgebracht von einer Kreatur, die es eigentlich in dieser Welt nicht geben dürfte. Einer Vampirin.

Seine Hand zitterte, die Schrift wurde krakelig. Elmar beruhigte sich mit einem weiteren Schluck Wein. Sein Blick wurde verschwommen, dennoch trieb er sich selbst an, endlich alles herauszulassen, worüber er mit niemandem reden konnte.

Ich fange besser von vorn an. Es begann Anfang Mai als ich eine ziemlich verstörte Frau auf dem Parkplatz vor meiner Firma anfuhr. Gott, ich dachte, sie wäre vergewaltigt worden und hätte alles verdrängt, aber in Wahrheit hatte sie einfach nur ihr Gedächtnis verloren. Nur …

Ich hätte sie in ein Krankenhaus bringen und nach Hause fahren sollen — aber letztendlich hätte mir das wenig genutzt, denn wie ich später erfuhr, hat sie mich gesucht. Ihr Name ist Alena. Eigentlich Magdalena Labastida. Und sie ist eine waschechte Vampirin.

Irgendwann im letzten oder vorletzten Jahrhundert hat sich Alena in einem heidnischen Kloster der nordischen Göttin Idun in Island verschanzt. Sie war auf der Flucht vor der Inquisition, genauer gesagt vor einem Orden namens DARK, der sich nicht mit unschuldigen Denunzianten aufhielt, sondern die wirklich teuflische Bedrohung in Form von Vampiren jagte, die sich auf unserer Welt seit Jahrhunderten ausgebreitet hatten. Alena gewann das Vertrauen der Schwestern der Idun, und sie erkannten in ihr die Botin ihrer Göttin. Verrückt, nicht? Immerhin ist sie eine Vampirin. Irgendwie überzeugte der Glaube der Schwestern dann Alena und sie wandte sich von ihrem dunklen, vampirischen Erbe ab und nahm Moral- und Wertvorstellungen der Menschen an, unter denen sie fortan lebte.

Allerdings war ihr selbst das Versteck im Kloster zu unsicher. Aus Angst, die Inquisitoren DARKs könnten sie aufspüren, versetzte sie sich in eine Art Tiefschlaf in einer Krypta tief unter den Katakomben des Klosters. Vorher machte Alena drei der Schwestern zu so genannten Pseudovampiren, die auf sie Acht geben sollten. Alle fünfzig Jahre ließ sich Alena von den Ordensschwestern wecken, um sich vom Fortschritt der Hexenprozesse und der Ausrottung der Vampire berichten zu lassen. Die letzten Blutsauger wurden um 1920 in Rumänien hingerichtet.

Dieses Jahr gab es dann Probleme im Kloster Iduns. Eine junge Novizin namens Jannica Forsmann, die eingeweiht werden sollte, bekam es angesichts der Vampirin mit der Angst zu tun, tötete eine der Pseudovampirinnen und floh. Daraufhin wurde DARK auf das Kloster aufmerksam und schickte seine Inquisitoren, die alle Schwestern töteten. Nun, alle bis auf Nina, die es noch zeitig in die Krypta schaffte und Alena vor Ablauf der eigentlichen fünfzig Jahre weckte. Alena trank Ninas Blut und verleibte sich damit ihr Wissen über die Gegenwart ein; allerdings war sie verwirrt und ohne jede Erinnerung an ihre Vergangenheit. Sie ließ sich mehr von ihren Instinkten bis nach Berlin treiben und traf dort auf einen mysteriösen Mann — Erik —, der sie zu mir schickte, mit dem Auftrag sie nach Rumänien zu begleiten. Die Verbindung zu mir lag in meinem Onkel Cristian Kosa begründet, der ein Geheimnis um die Burg Sliminc hütete — denn dort befand sich das Grab des Letzten Hüters Siebenbürgens, der Alena auftrug, die Vier Säulen der Macht *zu suchen, um das Portal zur Dunkelsphäre zu öffnen.*

Ach ja … die Dunkelsphäre.

Elmar rieb sich die Augen und nahm einen weiteren Schluck Wein. Die Hand tat ihm weh. Er konnte sich nicht erinnern, wann er das letzte Mal soviel Text mit einem Stift geschrieben hatte. Normalerweise war er es gewohnt mit einer Computertastatur zu arbeiten. Das Flackern des Kerzenlichts machte ihn nervös. Er war nie der Romantiker gewesen, der Kerzen etwas Schönes abgewinnen konnte. Für ihn zählte der Fortschritt und damit elektrisches Licht, das es hier jedoch nicht gab.

Hier. Er blickte sich in dem kleinen Zimmer um, das er ausgewählt hatte, um sich zurückzuziehen. Mit dem hölzernen Bett, dem wuchtigen Schrank, dem Dielenboden und den kargen Wänden wirkte es wie ein Relikt aus einer mittelalterlichen Burg. Etwas anderes stellte das Klostergebäude anscheinend auch nicht dar.

Elmar wandte sich wieder dem Buch zu. *Die Dunkelsphäre ist irgendeine ominöse Dimension, aus der die Vampire kommen. Okay, das war jetzt vereinfacht ausgedrückt. Ich hab nicht den blassesten Schimmer, was es ist. Zumindest scheint es die Heimat der Opyri zu sein, wie sich die eigentlichen Vampire selbst nennen. Ich hatte weiter oben etwas von Pseudovampiren geschrieben. Das sind die armen Schweine, die ein Opyri leer gesaugt hat und anschließend von seinem eigenen Blut trinken lässt. Irgendetwas vom Wesen des Opyri schwappt dann auf die Seele des Menschen über …oder so ähnlich. Jedenfalls verwandelt sich das Opfer selbst in einen Vampir, der sich aber vom Original unterscheidet. Im Gegensatz zu den Opyri können diese Pseudovampire keine weiteren Vampire erschaffen. Sie dürfen sich auch nicht länger als ein paar Minuten dem Sonnenlicht aussetzen, sonst verdampft das Blut in ihren Adern und sie können ihren Körper nicht in ein Schattenwesen transformieren, das mit etwas Fantasie wie eine Riesenfledermaus aussieht.*

Die Opyri selbst, wie Alena, sind jedoch ganz anders als Stoker und Rice sie beschreiben. Sie sind potenziell unsterblich. Solange ihnen niemand dauerhaft das Herz durchbohrt oder sie verbrennt und solange sie ihr täglich Blut bekommen, könnten sie ewig leben. Sie sind wesentlich stärker als Menschen und hart im Nehmen. Ich habe gesehen wie die tödlichsten Schussverletzungen bei Alena verheilten als wären sie niemals da gewesen. Vampire scheinen auch irgendeinen hypnotischen Hokuspokus draufzuhaben.

Den ganzen anderen Quatsch mit Weihwasser, Knoblauch, fließendem Wasser, Kreuzen und dass sie keine Wohnungen von Menschen betreten können, ohne vorher hereingebeten worden zu sein, können Sie vergessen. Ich weiß, wovon ich spreche.

Alena ist zu dem zerstörten Kloster nach Island zurückgeflogen und hat versucht, mehr über ihre Vergangenheit herauszukriegen. Dort traf sie Erik wieder, der ihr riet in Norwegen nach einem zweiten Kloster der Idun zu suchen. Komischerweise ist Erik auch ein Bekannter von Lu van Horne, einem Physikprofessor aus Utrecht, der Jannica bei sich aufgenommen hat und der aus irgendeinem Grund an Alena und den Vampiren Interesse zu haben scheint. Alena kam nach Münster zurück und flog mit mir nach Hammerfest, der nördlichsten Stadt der Welt, in deren Nähe das andere Kloster liegen sollte.

Elmar ließ den Stift fallen. Das Zittern seiner Hand wurde stärker, als er darüber nachdachte, dass er bewusst etwas ausgelassen hatte. Zögernd nahm er den Bleistift an sich und zwang sich, wirklich *alles* aufzuschreiben.

Okay, das ist nicht die ganze Wahrheit. Vorher hatte ich in Münster noch ein paar Probleme. Rebecca Hyde, die Tochter von Magnus Hyde, dem Anführer DARKs hat mir übel mitgespielt. Diese Frau ist nicht nur Inquisitorin und dazu ausgebildet, Vampire zu jagen, sondern sie ist selbst eine Pseudovampirin. Allerdings weiß nur ihr Vater davon, sonst hätte die Meute sie längst auf dem Scheiterhaufen verbrannt.

Rebecca … hat uns seinerzeit in Sliminc belauscht und weiß von Alenas Auftrag, die Vier Säulen der Macht zu finden. Sie kennt allerdings nicht den geheimnisvollen Vers, den der Hüter Siebenbürgens Alena hinterließ und der in rätselhafter Form den Weg zu diesen vier Säulen weisen soll. Während Alena also in Island war, stattete Rebecca mir einen Besuch ab und versuchte, etwas über diesen Vers herauszufinden.

Sie tötete meine Verlobte Katrin.

Mit einem Knacks brach die Miene erneut und Elmar stützte sich schwer atmend auf dem Tisch ab. Tränen rannen ihm aus den Augen die Wange hinunter und tropften über sein Kinn auf das Papier. Er wusste später nicht mehr, wann er die Kraft fand, den Stift zu spitzen und wie in Trance weiter zu schreiben. Erst als er den letzten Satz geschrieben hatte, kam er zu sich und begutachtete das, was er zu Papier gebracht hatte.

Ich floh aus Münster, musste jedoch bald feststellen, dass ich allein keinen Schritt mehr unternehmen konnte. Rebecca ... DARK ... sie haben mein Leben ausgelöscht. Ganz gleich an wen ich mich wendete, niemand wollte je etwas von mir gehört haben. Meine Konten existierten nicht mehr, mein Anwalt verleugnete mich und selbst meine Angestellten bei Fox Consulting *behaupteten, mich nicht zu kennen. Alles ging für mich den Bach runter. Alles.*

Ich wurde sogar eingebuchtet, weil mein Wagen als gestohlen gemeldet und plötzlich auf den Namen eines meiner Angestellten zugelassen war.

Wie immer DARK es angestellt hat, ich existiere für die Welt einfach nicht mehr. Alena kehrte rechtzeitig aus Island zurück, um mich zu befreien. Mir blieb nichts anderes übrig als mit ihr nach Norwegen zu gehen, um dieses vermaledeite Kloster zu finden.

Alle Wege führen nach Hammerfest. Rebecca hatte mir eine Wanze angesteckt und war unserer Spur gefolgt. Van Horne und Jannica waren dem Hinweis Erik Hansens gefolgt und ebenfalls vor Ort. Nur war weit und breit kein Kloster in Sicht. Gerade als es so aussah, wir könnten uns mit Rebecca einig werden, tauchte eine von DARK geschickte, norwegische Militäreinheit auf, die uns mächtig zusetzte. Van Horne verschwand und Rebecca wurde von zwei Inquisitoren, die die Soldaten begleiteten, getötet.

Nur Alena, Jannica und ich fanden tief im Innern eines Höhlensystems einen Zugang zum Kloster, das genau wie das Grab des Letzten Hüters in Sliminc in einer Art Dimensionsblase der Dunkelsphäre existiert.

Was immer Alena und Jannica sich auch erhofft haben, hier vorzufinden, sie sind beide maßlos enttäuscht. Das Kloster ist leer. Keine Schwestern, die irgendwelche Fragen beantworten könnten. Und dennoch geben die beiden nicht auf und suchen nach Hinweisen, die ihnen weiterhelfen können, da sie glauben, Erik hätte einen Grund gehabt sie hierher zu lotsen.

Nun ja, sollen die beiden suchen. Ich bin für die Welt gestorben und die Welt ist für mich genauso tot. Derweil vergreife ich mich an den opulenten Weinvorräten in den Kellern des Klosters und halte mich mit eingelagertem Pökel- und Räucherfleisch und getrocknetem Obst über Wasser. Die Auswahl ist zwar nicht berauschend, aber zumindest verhungern werde ich hier nicht.

Elmar leerte den Weinkrug und las sich noch einmal alles durch. Kopfschüttelnd lächelte er. »Meine Fresse, was hab ich mir für einen Scheiß zusammengeschrieben.«

Er packte die entsprechenden Seiten im Buch und riss sie mit einem Ruck heraus. Wenige Augenblicke darauf fraß sich die Flamme der Kerze durch das dünne Papier.

Kapitel Eins

560 Tage bis zur Stunde Null

CNN Breaking News

»Oslo. Nach Angaben der norwegischen Behörden, wurden Proben eines neuen Retrovirus', das in den Fachkreisen als *Heinrichs Erbe* bekannt ist, aus einem Forschungslabor in der nördlichen Innenstadt entwendet. *Heinrichs Erbe* wurde nach seinem Entdecker Doktor Norbert Heinrich vom Robert Koch Institut in Berlin benannt, der Anfang 2003 eine aus einem Ebola-Stamm mutierte Mutterzelle isolieren und zur Replikation anregen konnte. Über Tathergang und Täter ist derzeit nichts bekannt. Die norwegische Polizei ermittelt.

Wir begrüßen Doktor Kjell Stordahl, Leiter der biologischen Forschungsabteilung an der Universität Oslo.«

Die Frau im Studio drehte sich zu einer Videowand in ihrem Rücken um, auf der nun das Bild eines Mannes mit grauem Vollbart und Halbglatze erschien.

»Guten Tag, Doktor Stordahl. Welche Auswirkungen hätte eine Freisetzung von *Heinrichs Erbe?*«

»Guten Tag, Miss Kearney. Zuerst einmal möchte ich einen Irrtum aufklären, denn bei *Heinrichs Erbe* handelt es sich keinesfalls um ein Retrovirus, sondern ein Einzelstrang-RNA-Virus, das zur Familie der Filoviridae gehört. Wir haben es hier mit einer mehrfach künstlich replizierten Form des ursprünglichen Ebola-Stamms zu tun, die gegenüber diesem einige Unterschiede aufweist.«

»Wie ansteckend ist *Heinrichs Erbe?*«

Eine Sorgenfalte bildete sich auf der Stirn des Doktors. »Die Inkubationszeit beträgt maximal drei Tage. Während Ebola nur durch Körperflüssigkeiten übertragen wird, besteht bei *Heinrichs Erbe* die Gefahr, dass dieser auch über die Atemluft, seinen Weg in den Blutkreislauf eines Menschen findet. Wir klassifizieren *Heinrichs Erbe* daher als hochgradig ansteckend.«

Auf dem Fernsehschirm war deutlich zu sehen, wie die

CNN-Moderatorin schluckte. Ihre Rechte spielte nervös mit einem Kugelschreiber, während sie sich mit der linken Hand unbewusst an verschiedenen Körperstellen kratzte.

»Wie sehen die Symptome aus? Wie ist der Krankheitsverlauf?«

Dr. Stordahl beugte sich vor und faltete die Hände ineinander. »Der Infektionsverlauf ist in jedem Fall tödlich für Mensch und Tier. Die ersten Symptome zeichnen sich ähnlich wie beim Ebola-Fieber ab: Brechreiz, Durchfall, hohes Fieber sowie Muskelschmerzen. Danach folgen innere Blutungen. *Heinrichs Erbe* verflüssigt die inneren Organe und bildet auf den Hautschichten pustelartige Entzündungen. Es greift den Hirnstamm an, führt zu Bewusstseinsstörungen, die einen Betroffenen in den Wahnsinn treiben können. Bei Versuchsmäusen und -ratten haben wir im Endstadium der Krankheit ein erhöhtes Aggressionsverhalten beobachtet.«

»Gibt es einen Impfstoff gegen das Virus?«

Der Doktor schüttelte den Kopf. »Nein, bisher nicht. Etwa zwanzig Hochsicherheitslabors weltweit sind mit der Erforschung von *Heinrichs Erbe* beschäftigt und versuchen Seren zu synthetisieren, die für eine Bekämpfung hilfreich wären. Bisher sind wir jedoch noch nicht so weit.«

»Eine abschließende Frage noch, Doktor Stordahl.« Die Moderatorin hatte den Kugelschreiber weggelegt und spielte sichtlich unruhig mit ihren Fingern. Hin und wieder kratzte sie sich über die Handrücken. Offenbar nahm sie das Thema persönlich mit. »Wie konnte das Virus aus einem Hochsicherheitslabor entwendet werden? Sind die Kontrollen nicht scharf genug, um das schon im Ansatz zu unterbinden? Müssen wir uns Sorgen machen, dass Virendiebstahl bald zur Tagesordnung gehört und jede Sekunde eine weltweite Epidemie ausbrechen könnte?«

Stordahl lächelte. »Nein, nein, Miss Kearney, so wild ist es nicht. Wir wissen leider noch nicht wem und wie es gelungen ist, eine Probe des Virus' zu stehlen, Fakt ist lediglich, dass ein Reagenzröhrchen bei der morgendlichen Kontrolle fehlte. Es ist also noch nicht einmal sicher, dass überhaupt ein Diebstahl vorliegt. In der Vergangenheit sind schon des Öfteren Proben an andere Labors gegangen, bei denen versäumt wurde, den Versand unmittelbar nach Entnahme ordentlich in der Datenbank auszutragen. Ich bin zuversichtlich, dass derzeit kein Grund zur Sorge besteht und sich die Sache binnen der nächsten vierundzwanzig Stunden aufklären wird. Der Punkt, warum wir überhaupt die Öffentlichkeit über den ... nennen wir ihn *Vorfall* ... informieren ist, dass wir unserer Verantwortung und Sorgfaltspflicht nachkommen. Sie wissen doch, nichts wird so heiß gegessen, wie es gekocht wird. Und ein übereifriger Reporter witterte gleich eine Sensationsstory, die im Grunde keine ist.«

Die Moderatorin nickte. »Danke für Ihre Auskunft.«

Stordahls Bild auf der Videowand verblasste und machte einem meteorologischen Satellitenfoto Platz. Kearney drehte sich wieder nach vorn und blickte in die Kamera.

»Soviel zur aktuellen Meldung. Ich bin Kerry Kearney von CNN Europe. Nach einem Werbespot verraten Ihnen unsere Meteorologen, ob Sie morgen einen Regenschirm mitnehmen oder lieber T-Shirts herauslegen sollten. Guten Tag.«

Der Plasma-Fernsehschirm verdunkelte sich, als sich ein Finger auf den Ausschalter der Fernbedienung legte. Magnus Hyde blickte von seinem Ledersessel hinter dem wuchtigen Schreibtisch auf und wartete, bis sich sein Besucher zu ihm umdrehte. Sein Gegenüber war über 1,90 Meter groß und dabei so dürr, dass Hyde fast befürchtete, er könne jeden Moment zusammenklappen. Sein Kehlkopf war ungewöhnlich ausgeprägt und hüpfte unübersehbar bei jedem Wort auf und ab. Der Mann hatte etwas Vogelhaftes an sich, das Hyde nicht richtig einzuordnen vermochte. Die schwarze Hornbrille, die gerade wieder in Mode gekommen war, vervollständigte diesen Eindruck.

»Nun, Doktor?«, fragte Hyde.

Robert Whitting wandte sich zu seinem Chef um und nickte anerkennend. Er vergrub seine Hände in den Weiten der Kitteltaschen und deutete mit dem Kinn auf den freien Platz vor dem Schreibtisch. Hyde machte eine auffordernde Handbewegung, woraufhin sich der Arzt setzte.

»Starker Tobak, wenn Sie mich fragen. Aber dennoch sehr geschickt eingefädelt.«

»Finden Sie?« Hyde griff nach seiner Pfeife und begann sie zu stopfen. »Doktor Stordahl gehört selbstverständlich unserem Orden an und verbreitet nur die Informationen, die wir ihm zur Verfügung stellen.«

»Ich hab es mir fast gedacht.« Whitting lächelte und ließ seinen Zeigefinger über die Nase gleiten, um seine Brille hochzuschieben. »Allerdings habe ich noch nicht ganz verstanden, wie diese Epidemie uns helfen soll, weltweite Kontrolle auszuüben. Das ist doch der Sinn der Sache, oder?«

Hyde legte die Pfeife beiseite, griff über den Tisch nach seinem gefüllten Whiskyglas und musterte Whitting mit einem fragenden Blick. Als dieser verneinte, lehnte sich Hyde zurück und genoss das torfig-rauchige Aroma des McLeod's Talisker. »Eine globale Ausnahmesituation wird die Staaten näher zusammenrücken lassen, um gemeinsam nach Lösungen zu forschen. Welches übergeordnete Gremium wäre für eine Koordinierung und Durchsetzung solcher Unternehmungen am besten geeignet?«

Whitting runzelte die Stirn und zupfte an seinem rechten Ohrläppchen. »Die UNO?«, fragte er vorsichtig.

Hyde grinste breit und stellte das Whiskyglas zurück auf den Tisch. Er hob belehrend einen Finger. »Korrekt. Die Vereinten Nationen setzen sich aus 191 Mitgliedsstaaten zusammen. Die höchsten Regierungskreise fast eines jeden dieser Staaten, ist von unseren Leuten infiltriert worden. Wir haben dafür gesorgt, dass stets eine ausgewogene Anzahl Vertreter unseres Ordens der Generalversammlung beiwohnt. Alle fünfzehn Mitglieder des Sicherheitsrates werden von Gesandten DARKs gestellt.«

Die Gesichtszüge Whittings erhellten sich, als er verstand worauf Hyde hinaus wollte.

»Wir haben seit Jahrzehnten darauf hingearbeitet«, fuhr der Vorsitzende DARKs fort, »im Falle einer globalen Krise die totale Kontrolle über die Vereinten Nationen zu übernehmen. Damit können wir alle Entscheidungen treffen, die erforderlich sind, ein Eindringen der Opyri zu verhindern.«

»Alles was wir brauchen ist also eine Notlage, die die Weltregierungen dermaßen in die Enge treibt, dass sie dem Weltsicherheitsrat genug Entscheidungsbefugnisse ...«

»Macht!«, unterbrach Magnus Hyde. »Sprechen wir es ruhig aus. Die Befähigung, die ganze Welt zu führen, ist pure Macht.«

Whitting nickte irritiert. Er sah an Hyde vorbei durch das Fenster nach draußen. Seine Augen wurden glasig, ein sicheres Anzeichen dafür, dass er über etwas nachgrübelte. Hyde ließ ihm die Zeit und genehmigte sich einen weiteren Schluck Whisky.

»Aber warum eine Epidemie?«, fragte Whitting nach einer Weile.

Hyde faltete die Hände ineinander. Er wusste, dass jetzt der erste Teil von dem kam, was dem Arzt nicht gefallen würde. Kaum ein Mediziner konnte sich damit anfreunden Leben wissentlich zu gefährden oder gar auszulöschen, statt es zu retten. Genau wie Stordahl war Whitting in den Orden eingetreten, um die drohende Gefahr durch die Vampire abzuwenden. Allerdings hatte Stordahl keine Skrupel besessen, dieses Vorhaben, mit allen zur Verfügung stehenden Mitteln in die Tat umzusetzen. Bei Whitting war sich Hyde nicht so sicher. Bei der *zweiten* Überraschung, die er noch für den Doktor bereithielt, erst recht nicht.

»Es gab verschiedene Szenarien«, sagte Magnus Hyde. »Asteroiden, Terroristische Angriffe, Riesentsunamis und Megavulkanausbrüche. Aber woher eine Sturmflut auf allen Ozeanen oder einen Asteroiden nehmen? Die Gefahr muss sichtbar sein, damit wir entsprechend reagieren können.«

Whitting runzelte die Stirn. »Sichtbar? Aber das Problem

gibt es doch bei einer weltweiten Epidemie auch. Ich meine, Sie können nicht ein Virus erfinden und dann so tun als ob es freigesetzt wurde. Da wird doch jemand den Braten riechen …« Seine Augen weiteten sich. »Sie haben doch nicht etwa …?«

Hyde legte den Kopf schief. »Doktor, egal welches Szenario wir durchgespielt haben, die Glaubwürdigkeit kam an erster Stelle. Ohne sie wäre der Plan nicht einmal ansatzweise realisiert worden.«

»*Heinrichs Erbe* ist keine Erfindung?« Whitting schluckte. Sein ohnehin bleicher Teint wurde noch fahler.

»Das Virus existiert.«

»Schlimm genug. Aber …«

»Wir setzen es ein.«

»Was?« Der Doktor sprang abrupt auf, sodass der Besucherstuhl nach hinten fiel. Whitting stemmte die Hände auf die Tischplatte und beugte sich so weit vornüber, dass er fast den Halt verlor.

»Beruhigen Sie sich, Doktor.«

»Das kann nicht ihr Ernst sein!« Whittings Pulsadern traten deutlich geschwollen am Hals hervor. Eben noch aschfahl war er jetzt wutrot angelaufen.

»Glauben Sie, mir gefällt das? Wir *müssen* das Virus zumindest lokal freisetzen, um die UNO zu veranlassen, jedwede Koordination in die Hände des Weltsicherheitsrates zu legen.«

»Lokal? Was meinen Sie damit? Wo?«

Statt einer Antwort stand Hyde auf, griff über den Tisch nach einer Fernbedienung und zielte damit auf die Videowand. Auf der Tafel wurde er aufgefordert einen Zielkanal zu wählen, woraufhin er eine Ziffernkombination eingab. Nur einen Augenblick darauf erschien eine digitale Weltkarte auf der Wand.

»Wir wählen fünf Ausbruchsherde an kontrollierbaren Orten aus, nur um den Regierungen zu zeigen, dass jederzeit, an jedem Ort *Heinrichs Erbe* ausbrechen kann. So zwingen wir die Regierungen zur Kooperation.«

Hyde drückte eine Taste. Auf der Weltkarte erschienen rote,

pulsierende Flecken in fünf verschiedenen Regionen. Zwei in Europa, einer in Afrika, zwei in Asien. Nur die beiden amerikanischen Kontinente und Australien wurden verschont.

»Wir werden das Virus in den Ausbruchzonen einkesseln und unter Kontrolle behalten. Es wird Quarantäne-Gebiete geben, aber ein weltweiter Ausbruch ist völlig ausgeschlossen. Wir brauchen diese Einzelstationen, um für einen globalen Ausnahmezustand zu sorgen, der uns unumschränkte Vollmachten und Ausübungsgewalt garantiert.«

Whitting atmete schwer, während seine Blicke über die Videowand pendelten. »Aber ... aber das ist doch Wahnsinn! Selbst wenn Sie das Virus unter Kontrolle bekommen und behalten, werden Menschen sterben!«

»Ja.« Hyde nickte. »Aber was sind ein paar tausend Opfer für das Wohl der gesamten Menschheit? Wenn die Opyri hier einfallen, steht nichts zwischen ihnen und all den unschuldigen Lämmern, die sie dann schlachten werden. Wollen Sie das wissentlich verantworten, Doktor Whitting? Nur wenn wir die globale Kontrolle erlangen, haben wir überhaupt eine Chance, den Einfall der Blutsauger zu verhindern.«

Whitting schüttelte den Kopf. Er deutete mit einer Hand auf die Videowand. Seine Finger zitterten, und Schweißperlen liefen seiner Stirn und den Schläfen hinunter.

»Hyde ... Sie machen einen schweren Fehler.« Seine Stimme war nur noch ein heiseres Krächzen. »Dieses ganze ... so genannte Szenario beruht doch nur auf der Annahme, dass irgendwer das Tor zur Dunkelsphäre öffnet.«

»Wir stehen kurz davor«, sagte Hyde.

»Sie haben dafür doch nicht den geringsten Beweis!«

»Oh doch!« Hyde hob den Daumen. »Erstens: Magdalena Labastida ist im Besitz einer Information, die sie aus erster Hand von dem letzten, lebenden Opyri in Rumänien erhielt. Wir haben nicht die geringste Ahnung, um welchen Hinweis es sich handelt, aber wir wissen, dass Labastida den Auftrag hat, die *Vier Säulen der Macht* zu finden und die Tore zur Dunkelsphäre zu öffnen. Zweitens:«, er hob den Zeigefinger,

»Magdalena Labastida ist nach Norwegen zu einem zweiten Kloster der Idun aufgebrochen, um dort nach diesen ominösen Säulen der Macht zu suchen. Und drittens:«, der Mittelfinger gesellte sich zu Daumen und Zeigefinger, »ist sie in Norwegen verschwunden. Dreimal dürfen Sie raten, was sie nun vorhat.«

Whitting öffnete den Mund, klappte ihn jedoch nach einigen Sekunden wieder zu, ohne ein Wort zu verlieren.

»Ich werde Ihnen verraten, was sie tut«, sagte Hyde dafür. »Sie wird das Tor öffnen, egal ob jenes, das von uns bewacht wird oder ein zweites, von dessen Existenz wir bisher nichts wussten. Und wenn sie es schafft, dann gnade uns Gott. Die Opyri werden sich diesmal nicht stoppen lassen. Unsere Situation ist eine ganz andere als zur Zeit der großen Inquisition. Damals konnten wir sie beschwichtigen, mit ihnen verhandeln, sie vertreiben — aber das, was wir ihnen letztendlich angetan haben, werden sie niemals vergessen. Sie werden sich rächen, Doktor! Sie werden in Scharen hier einfallen und wir Menschen sind dann nichts weiter als ihre Sklaven, ihr Futter.«

Whitting verschränkte die Arme vor der Brust. Sein Blick wechselte zwischen der Anzeige der Videowand und dem Hydes.

»Robert, ich vertraue Ihnen, dass Sie jetzt nicht durchdrehen.«

Der Arzt runzelte die Stirn und schüttelte leicht den Kopf. »Keine Sorge ... ich werd's schon überleben. Aber gefallen muss es mir nicht.«

»Verständlich«, sagte Hyde. Er atmete hörbar aus. »Da ist noch etwas. Der eigentliche Grund, warum ich Sie hergebeten habe.«

»Noch mehr Überraschungen für mich?«

»Ich fürchte ja.«

»Vielleicht komme ich doch auf Ihr Angebot mit dem Whisky zurück.«

Statt darauf einzugehen, stand Hyde auf, umrundete den

Schreibtisch und deutete auf die Tür, die aus seinem Büro hinausführte. Whitting hob die Schultern und ging voran.

»Was ist es denn?«, fragte der Arzt während sie den Korridor entlang gingen und vor einem Aufzug hielten. Sie befanden sich im Firmengebäude von *Hydelog* unweit der Villa Hydes südlich von London. Hier oben in der Chefetage ging jedoch kein Mitarbeiter den speditionellen Tätigkeiten nach, für die das Logistikunternehmen bekannt war. Die Verwaltung mit Personalabteilung, Buchhaltung, zentraler EDV befand sich ein Stockwerk unter ihnen. Die Sachbearbeiter, die Projektgeschäfte in den Bereichen Luft- und Seefracht sowie Spezialtransporten koordinierten, besaßen ihre Büros im Erdgeschoss des Gebäudes.

Hyde drückte die Ruftaste des Fahrstuhls. »Sie sind ein Eingeweihter, Robert. Deswegen habe ich Sie rufen lassen. Es geht um zwei Patienten, die Sie sich ansehen sollen.«

Die Türen öffneten sich und Hyde betrat die Kabine als Erster. Whitting folgte ihm nicht sofort.

»Zwei Patienten?«

Hyde nickte.

»Aber Sie haben doch Ärzte.«

»Das schon. Aber ich habe zwei besondere Fälle und möchte sie in den Händen des besten Mediziners wissen, den ich kenne. Kommen Sie?«

Whitting betrat den Aufzug, während sich die Türen hinter ihm geräuschlos schlossen. »Sie schmeicheln mir, Magnus.«

Die Fahrt mit dem Lift musste für den Arzt die nächste Überraschung sein, denn sein Blick erstarrte als die digitale Anzeige das Erdgeschoss, dann die erste Kelleretage anzeigte und die Kabine noch immer nicht hielt. Erst im dritten Untergeschoss bremste der Aufzug sanft ab. Whitting hob die Brauen.

»Im Keller befindet sich die Tiefgarage, im ersten Untergeschoss das Archiv und der zentrale Server, im zweiten die Operationszentrale DARKs und im dritten das Sanktuarium für die Inquisition.«

Hyde trat aus der Kabine und wandte sich nach rechts. Die Wände des Ganges glommen in einem leichten Grün. Der Fußboden bestand aus Marmorplatten, die bei jedem Schritt einen eigenartigen Widerhall im Flur erzeugten, der manche Besucher an die Akustik in einem Schloss oder einer Burg erinnerte. An den Wänden wechselten sich mit Leder bezogene Türen mit antiquarischen Bildern ab. Hyde grinste als er merkte, wie Whitting ihm kaum folgte, sondern staunend stehen blieb und immer wieder eines der Gemälde musterte.

Weiter vorn öffnete sich eine Tür und entließ zwei komplett in Schwarz gekleidete Inquisitoren, die sich ihnen näherten. Im Vorbeigehen grüßten sie Hyde und musterten Whitting mit einem prüfenden Blick. Der Arzt sah ihnen mit geweiteten Augen hinterher.

»Das ... das waren sie?«, fragte er. In seiner Stimme schwang ein Hauch von Furcht mit.

»Ja. Unsere Inquisitoren. Ausgebildet, um es mit den Furcht erregendsten Geschöpfen, die je auf der Erde gewandelt sind, aufzunehmen. Und dennoch haben wir über ein Dutzend von ihnen bei der Suche nach Magdalena Labastida verloren.«

»Ist sie wirklich so mächtig?«

»Sie hatte Hilfe.« Hyde zupfte dem Doktor am Ärmel und bedeutete ihm, weiterzugehen. Am Ende machte der Gang einen Knick nach rechts und hörte nach wenigen Schritten vor einem weiteren Aufzug auf.

»Noch tiefer?«, fragte Doktor Whitting.

Hyde sprach erst wieder, als sie ein Stockwerk tiefer einen vollkommen leeren Raum betraten. Am gegenüberliegenden Ende befand sich eine Tür, daneben ein Automat mit Zahlenfeld und Leseschlitz für ID-Karten. Hyde blieb vor der Tür stehen und sah den Arzt erwartungsvoll an. »Hinter diesem Punkt gibt es keine Möglichkeit zur Umkehr.«

Whitting zog eine Braue hoch. »Wie meinen Sie das?«

Hydes Hand verharrte über der Eingabetastatur. Er zögerte, ließ den Arm sinken und drehte sich dann zu dem Arzt um.

»Hören Sie, Robert, ich weiß, dass Sie sich DARK bedingungslos verpflichtet haben und alles in Ihrer Macht stehende tun werden, um dem Orden zu helfen und unsere Sache nach vorn zu bringen.«

»Sie verheimlichen etwas, Magnus.«

»Ja, mag sein. Ich will aber offen zu Ihnen sein. Hinter dieser Tür liegt ein abgeschotteter Bereich zu dem niemand außer mir Zutritt hat. Nur ich besitze den richtigen Code und die Codekarte, um diese Tür zu öffnen. Die Leute, die jenseits dieser Tür für mich arbeiten, wissen, dass sie den Bereich erst wieder verlassen dürfen, sobald ihre Aufgabe erfüllt ist.«

»Aufgabe?«

Hyde lächelte wie jemand der Nachsicht mit seinem Gegenüber übte, weil er etwas, das zuvor schon besprochen worden war, vergessen hatte. »Die Patienten, Sie erinnern sich? Entweder werden sie geheilt oder sie sterben. Nur diese beiden Möglichkeiten erlauben es den Mitarbeitern, wieder aus diesem gesicherten Bereich entlassen zu werden. Sie finden dort drin alles, was Sie benötigen: Verpflegung, Medikamente, Kleidung, Schlaf- und Freizeitstätten. Nur aus Sicherheitsgründen darf ich niemandem erlauben, hier wahllos ein- und auszugehen. Das Risiko ist zu groß.«

»Toll. Warum haben Sie mir das nicht vorher gesagt, Magnus? Dann hätte ich noch einige Sachen zusammen gepackt und meine Familie informiert.« Der Arzt verdrehte die Augen und schüttelte dabei verständnislos den Kopf.

»Ihre Familie werden wir schon informieren.«

»Was ist, wenn ich mich weigere?«, fragte Whitting scherzhaft. »Werde ich dann erschossen?«

»Möglich.« Hyde ließ nicht durchblicken, wie ernst er es mit dieser Antwort meinte, aber er sah in dem Blick des anderen, dass Whitting es für einen Spaß hielt. »Also, steigen Sie ein?«

»Wie kann ich dem Chef unserer Organisation schon etwas abschlagen?«, sagte der Doktor. »Außerdem haben Sie mich verdammt neugierig gemacht, welche Patienten Sie dort haben.«

Hyde wertete das als eine Zustimmung, wandte sich um, gab

in schneller Folge Zahlen in die Tastatur ein und zog dann eine Magnetkarte durch den Schlitz. Mit einem Klicken öffnete sich die Tür. Wenn Whitting glaubte, auf der anderen Seite ein Behandlungszimmer vorzufinden, wurde er enttäuscht. Der angrenzende Raum war nicht viel größer als der vorherige, nur mit dem Unterschied, dass hier ein Schreibtisch, Stuhl, Aktenschrank und eine Pritsche untergebracht waren. Hinter dem Tisch saß eine massige Gestalt, die genau in dem Moment aufblickte und sich erhob, als sich die Tür öffnete. Der Mann war über zwei Meter groß und besaß so breite Schultern, dass er nur seitwärts und mit eingezogenem Kopf einen Türrahmen passieren konnte. Sein Körper erinnerte jeden bei der ersten Begegnung an einen lebenden Berg. Er war kompakt, schien nur aus Muskelmasse zu bestehen.

Als Whitting unwillkürlich an seiner Seite zusammenzuckte, fühlte Hyde sich in der Annahme bestätigt, dass die Begegnung mit *Little John* bei jedem Menschen stets gleich verlief.

»Keine Angst, das ist Little John, der Wächter für diesen Distrikt. Sollte es je irgendwem gelingen, an meine Karte und den Code zu gelangen und die Tür zu überwinden, wird er spätestens hier aufgehalten.«

Whitting schien skeptisch zu sein, doch Hyde hielt es nicht für notwendig, zu erklären, was genau er damit meinte. Sicher ging jeder, der Little John sah, davon aus, dass es sich bei ihm um einen überaus kräftigen Mann handelte, der es gleichzeitig vielleicht mit drei oder vier Gegnern aufnehmen konnte — zumindest solange sie unbewaffnet waren. Doch diese Annahme wäre schon ein tödlicher Fehler, denn Little John war eine Kampfmaschine, die in den Anfangstagen von Hydes Vorsitzübernahme von DARK gezüchtet worden war. Der Riese war darauf konditioniert, keine Schmerzen zu empfinden. Einige Wissenschaftler hatten in mehreren Eingriffen die Verbindung der Schmerzrezeptoren zum zentralen Nervensystem und dem *Gyrus postcentralis,* dem Schmerzzentrum im menschlichen Gehirn unterbrochen. Er war der perfekte Krieger. Loyal bis in den Tod.

Die medizinischen Eingriffe hatten allerdings einige Schäden am Hirn hervorgerufen, die den Riesen zu einem Schwachsinnigen degradierten. Doch Hyde hatte auch diesen Vorteil genutzt und eine weitere Konditionierung veranlasst. In Johns leerem Verstand war genug Platz für eine einfache Befehlskette, die ihn eine klar umrissene Aufgabe erfüllen ließ: Verhindere um jeden Preis das Eindringen Fremder in diesen Komplex.

Der Einzige, der ungehindert passieren konnte, war Magnus Hyde selbst. Befanden sich Personen in seiner Begleitung, musste Hyde einen Befehl geben, diese ungeschoren zu lassen.

»Alles in Ordnung, John. Doktor Whitting wird sich unserem Team auf der anderen Seite anschließen.«

Der Hüne brummte etwas, nickte und ließ sich wieder auf dem Stuhl nieder. Er steckte seine Nase in ein Bilderbuch ohne Schrift, eine der wenigen Aktivitäten, an der sich sein herabgesetzter Intellekt noch erfreuen konnte.

»Der Name ist ja passend«, kommentierte Whitting. »Little John. Sie haben einen Hang fürs Dramatische, Magnus.«

Hyde lächelte. »Oh, ganz so war es nicht. Der Mann hieß im bürgerlichen Leben John Littelton. Irgendjemand von unseren Leuten meinte, es höre sich fast wie John Little aus der Saga um Robin von Sherwood an, der dann als Geächteter unter dem Namen *Little John* bekannt wurde.«

Hyde entging nicht, wie Whitting den Hünen ausgiebig musterte und instinktiv einen Bogen um ihn machte. Sie passierten erneut eine Sicherheitstür und fanden sich in einem Korridor wieder, der mehr dem Flur eines Krankenhauses glich als einer geheimen Basis, die sich mehrere Stockwerke unter der Erde befand. Rechts zweigten etliche Türen ab, während auf der linken Seite eine Glaswand den Blick in mehrere Einzelbettzimmer gewährte. Nur die beiden ersten Räume und Betten waren belegt.

»Unsere Patienten«, sagte Magnus Hyde und schluckte dabei als seine Augen zu der jungen, rothaarigen Frau hinüber sahen, die mit geschlossenen Lidern im ersten Krankenzimmer ruhte.

»Grundgütiger!« Robert Whitting ächzte und seine Augen weiteten sich, als er erkannte, wer zu seinen Patienten gehörte. »Das ist … das ist …«

Hyde nickte. »Ja, meine Tochter Rebecca.«

Kapitel Zwei

Vergangenheit, 1725

Der Degen durchstieß Kehlkopf und Luftröhre und verfehlte nur knapp einen Wirbel ehe er im Nacken des Mannes austrat und noch in derselben Bewegung zurückgerissen wurde. Begleitet von einem Blutschwall ruckte die Klinge aus dem Hals und hinterließ eine klaffende Wunde. Der Getroffene brach röchelnd in die Knie, ließ das Schwert fallen und hielt sich mit beiden Händen die Kehle. Blut sickerte zwischen seinen Fingern hindurch, lief ihm über die Handflächen und tropfte auf das Straßenpflaster.

»Ihr seid nicht so unbesiegbar, wie Ihr uns Glauben machen wolltet, Lord Dehollander!«

Ein Zittern ging durch den Körper des Getroffenen. Er krümmte sich vor Schmerzen so weit zusammen, dass seine Stirn fast den Boden berührte. Sein Widersacher umrundete ihn und balancierte dabei den schweren Degen beinahe spielerisch um sein Handgelenk.

»Viel zu einfach.« Der Mann, der ganz in Schwarz gekleidet war, stieß nochmals mit der Klinge zu und trieb sie in die Seite des Verwundeten.

Dehollander fiel um und stöhnte auf. Seine Augen waren zusammengekniffene Schlitze und sein Mund vor Pein verzerrt. Er stieß einen kehligen Schrei aus und entblößte dabei zwei Reißzähne, die selbst in der abstrusesten Vorstellung keinem Menschen gehören konnten.

»Jetzt endlich zeigt Ihr Euer wahres Gesicht.« Der Gegner lachte auf und vollführte einen schnellen Schnitt durch das Gesicht des anderen. Die Klinge hinterließ einen tiefen, blutigen Striemen auf Dehollanders Wange. Den zusätzlichen Schmerz nahm dieser vermutlich gar nicht mehr wahr, denn er zeigte keine Regung. Sein Körper rollte auf den Rücken. Die Hände noch immer gegen die Kehle gepresst, um den Blutstrom zu stoppen, blieb er schwer atmend liegen und hielt die Lider geschlossen. Er spuckte Blut als sich ein Gurgeln seiner Kehle entrang.

»Spart euch die Worte, Dehollander!« Der Mann in Schwarz trat einen Schritt auf ihn zu, hob den Degen an und setzte ihn genau auf die Brust des Verletzten. »Ich will Euch ein kleines Geheimnis verraten. Ihr seid nicht der erste Eurer Art, den ich hinrichte.«

Ob die Worte des Gegners Dehollander überhaupt erreichten oder ob er zu sehr mit seinen Schmerzen beschäftigt war, ließ er nicht erkennen. Sein Widersacher zögerte einen Moment zu lang, um dem Leben des Lords ein Ende zu setzen.

Mit einem Aufschrei stemmte sich Magdalena Labastida auf die Beine und ignorierte das infernale Brennen in ihrer Seite, dort wo sie die Klinge des Gegners durchbohrt hatte. Der Mann in Schwarz ließ sofort von Dehollander ab und wandte sich ihr zu. Er hob seine Brauen und um seine Mundwinkel zuckte es amüsiert.

»Ah … die Marquesa Labastida weilt auch noch unter uns.« Er hob die Klinge seines Degens zum Gruß bis an die Nasenspitze. »Ich hätte wissen müssen, dass der Baron und Ihr unter einer Decke steckt.«

Alena stolperte aus dem Unterholz auf den Wegesrand und blieb stehen. In ihrer rechten Hand lag die Steinschlosspistole, die ihr Dehollander überlassen hatte als sie Antwerpen verließen. Die Fleischwunde an ihrer Seite sandte Schmerzimpulse in regelmäßigen Abständen durch ihren gesamten Leib. Sie hatte bereits begonnen zu heilen, doch der Stich war tief gewesen und die Schmerzen umso stärker. Alena presste sich die freie Hand gegen die blutende Stelle. Ihr Blick schweifte an dem Gegner vorbei und blieb an Dehollander hängen. Der belgische Baron lag noch immer auf dem Boden und rührte sich nicht.

Blut!, dachte Alena und atmete tief ein. Eine Sekunde darauf bereute sie den Atemzug, denn ihre Lunge brannte wie Feuer.

»Es tut mir Leid, Erlaucht, es widerstrebt mir eine so schöne Frau wie Euch …«

»Haltet die Klappe!« Noch während sie die Worte ausstieß ruckte ihr Arm hoch, der Finger krümmte sich um den Abzug der Pistole und zog ihn durch. Ein Schuss fauchte. Die Kugel durchschlug die Schulter des Gegners und riss ihn herum. Er taumelte, hielt sich die verwundete Stelle, behielt den Degen jedoch in der Hand.

Alena trat auf die Straße hinaus und orientierte sich kurz. Ihre Pferde standen etwa dreißig Schritt entfernt. Sie waren durch den plötzlichen Angriff aufgeschreckt worden, jedoch nicht durchgebrannt. So weit das Auge reichte, war keine Menschenseele auf dem alten Handelsweg von Antwerpen nach Brüssel zu sehen. Der Gegner hatte seinen Hinterhalt sorgfältig vorbereitet und war aus dem Wald auf den Weg gesprungen, als Alena und Dehollander an ihm vorbei ritten.

Sie sah den Fremden an und stutzte, als sie ihn erkannte. »Graaf van Horne?«

Trotz des vor Schmerzen verzerrten Gesichts, brachte der Getroffene ein spöttisches Grinsen zustande. »So sieht man sich wieder, Mylady.«

Alena verdrängte die Erinnerung an die erste Begegnung mit dem Holländer vor ein paar Wochen. Sie ließ die nutzlos gewordene Pistole fallen, zog über Kreuz Rapier und Stilett aus den Gürtelscheiden und ging zum Angriff über. Sie dankte der Idun für die Eingebung seit ihrem Aufbruch aus Island, weniger weibliche Kleidung zu tragen. Die Reithosen und -stiefel waren bequem und bei der Konfrontation mit Wegelagerern wesentlich nützlicher als ein Kleid mit Reifrock.

Van Horne straffte sich und nahm eine Verteidigungsposition ein, doch er unterschätzte Alena. Sie sprang vor, hieb mit dem Glockenrapier auf ihn ein und stieß mit dem Stilett unter seine Deckung durch. Die Klinge bohrte sich in seinen Bauch, während er es nur teilweise schaffte, ihren Schwerthieb abzublocken.

Alena riss das Stilett aus seinem Leib und drehte sich gleichzeitig zur Seite, um van Hornes Konter auszuweichen. Der Degenstoß ging ins Leere. Alena nutzte den Schwung der

Drehung und brachte ihrerseits ihre Klinge wieder ins Spiel. Van Horne fluchte, als die zweischneidige Waffe seine Hosen bis aufs Fleisch aufritzte. Er sprang zurück und parierte Alenas nächsten Angriff mit einer verzweifelten Aktion. Ihre Klingen kreuzten sich. Die Vampirin verhakte die Griffstangen, balancierte die Schneide des Rapiers blitzschnell um van Hornes Degen. Dreimal, viermal wirbelten die Klingen umeinander, ehe der Degen des Holländers in hohem Bogen davon flog. Alena trat van Horne in den Bauch, riss ihr Knie zurück und korrigierte kurz ihren Stand. Ihr Bein schoss seitwärts vor und schmetterte gegen den Kopf des Holländers. Der Mann schrie und kippte hinten über. Er landete abseits des Wegrands im Gras.

Mit einem Satz war Alena über ihm. Sie unterdrückte den ersten Impuls, ihm die Klinge in die Kehle zu stoßen. Der Mann war kein einfacher Dieb, der ihnen aufgelauert hatte, um sie zu berauben. Er wusste augenscheinlich, wer oder vielmehr *was* Alena und Dehollander waren.

»Gut gekämpft, Mylady. Nun zeigt, ob Ihr auch Manns genug seid, es zu beenden.«

Ihr Blick wanderte zu Dehollander, der sich noch immer nicht rührte. Der Baron ging vor. Van Horne musste warten. Mit einer flinken Bewegung, der kein menschliches Auge folgen konnte, wirbelte sie die Klinge ums Handgelenk und ließ sie mit der flachen Seite auf den Schädel des Holländers niedersausen. Van Horne verdrehte die Augen und sackte bewusstlos zusammen.

Alena wollte sich abwenden, doch ihr Blick fiel auf etwas Glänzendes, das unter seinem Rüschenhemd hervorlugte. Mit der Rapierspitze lupfte sie an der Kette, die um seinen Hals lag und förderte ein Medaillon zutage. Es handelte sich dabei um eine ovale, silberne Scheibe an deren Rändern Schriftzeichen in einer ihr unbekannten Sprache eingeprägt waren. In der Mitte befand sich die Darstellung der Sonne, die von einem hammerartigen Werkzeug zerschlagen wurde. Neugierig geworden bückte sich Alena und zog ihm die Kette samt

Medaillon vom Hals und steckte sie in ihren Waffenrock. Dann eilte sie zu Dehollander.

Der Baron regte sich. Seine Lider flatterten als Alena neben ihm in die Hocke ging und seinen Kopf auf ihr Knie bettete.

»Alles in Ordnung?«, fragte sie, obwohl sie wusste, dass dem nicht so war. Die Begegnung mit van Horne war alles andere als üblich verlaufen. Normalerweise wurden sie mit Räubern und Wegelagerern spielend fertig. Aber der Graaf hatte sie gezielt attackiert und kannte ihre Schwachstellen. Er erweckte den Anschein, zur Inquisition zu gehören, verhielt sich jedoch nicht so wie die Priester, die von der Kirche ausgeschickt waren, um Hexerei und Dämonenkulte zu verfolgen und zu eliminieren.

»Es wird schon wieder«, stöhnte Dehollander und blickte Alena in die Augen. Er versuchte ein Lächeln, das jedoch nicht einmal ansatzweise gelang.

»Wir müssen fort, Ivo.« Alena half ihm auf die Beine und schleppte ihn zu ihren Pferden hinüber. Nach zwei Ansätzen schaffte sie es, ihn in den Sattel zu hieven. Im ersten Moment sah es nicht so aus, als würde er sich oben halten können, doch sein Griff um den Sattelknauf war so fest, dass die Knöchel fast weiß hervortraten.

Alena warf einen Blick zurück. Graaf van Horne lag noch immer bewusstlos auf der Wiese. Doch sie wurde das untrügliche Gefühl nicht los, ihn bald wieder zu sehen. Sie schwang sich auf den Rücken ihres Pferdes, packte Dehollanders Zügel und trieb ihr Reittier mit einem Tritt in die Flanken an. Mit einem Satz preschte es los. Dehollanders Rappe setzte nach.

Sie ritten die Straße in Richtung Brüssel weiter und kamen eine halbe Stunde lang gut voran. Mit Sorge sah Alena in den Himmel, der sich seit ihrem Aufbruch von Antwerpen stündlich mehr zugezogen hatte. Kaum, dass sie den Gedanken zu Ende gedacht hatte, zuckte ein Blitz durch die Wolkendecke. Erste Regentropfen fielen ihr ins Gesicht.

»Hast du den Regen bestellt?«, fragte Ivo Dehollander mit einem gequälten Grinsen im Gesicht.

»Spar dir deine Kräfte auf.« Alena deutete nach vorn. »Da vorn ist ein Gehöft. Vielleicht erreichen wir es, ehe der Wolkenbruch einsetzt.«

Sie verfluchte sich innerlich dafür, es überhaupt ausgesprochen zu haben, denn schon im nächsten Augenblick schien der Himmel all das Wasser, das er die letzten Wochen aufgespart hatte, auf einmal über sie zu ergießen. Der Regen prasselte so heftig, dass die beiden binnen weniger Sekunden bis auf die Haut durchnässt wurden. Ein Sturm zog auf und fuhr beißend durch ihre nassen Kleider. Dehollanders Hut wurde fortgewirbelt. Der Baron drückte sich eng an den Pferderücken, rutschte jedoch mehrmals seitwärts ab und wäre heruntergefallen, wenn Alena nicht dicht an seiner Seite geritten wäre, um ihn wieder gerade in den Sattel zu rücken.

Sie erreichten den Hof als der Regen in heftigen Hagel überging. Ohne sich zu vergewissern, ob das Anwesen bewohnt war, sprang Alena aus dem Sattel und führte die Pferde zur Scheune abseits des Haupthauses hinüber. Sie stemmte die Tür auf und trat ins Trockene. Dehollander fiel aus dem Sattel in einen Heuhaufen und blieb auf dem Rücken liegen.

Alena machte die Pferde fest, schloss das Tor und riss sich die nasse Jacke vom Leib. Über einer roten Bluse trug sie eine Korsage, deren Schnüre sich von dem Regen so fest zugezogen hatten, dass sie sie nicht lösen konnte, ohne sie mit Gewalt zu zerreißen. Alena gab den Versuch auf, sich auch der restlichen Oberbekleidung zu entledigen und ließ sich neben Dehollander auf die Knie nieder. Sie öffnete seinen Rock, riss das verschmutzte und klamme Hemd darunter entzwei und sah sich die Wunde an. Die Haut war stark gerötet, doch an der Einstichstelle an seiner Seite hatte sich bereits eine Kruste gebildet. Alenas Blick wanderte hoch zu seinem Hals hinauf. Dehollander hatte das Kinn auf die Brust gelegt, sodass sie seinen Kopf in den Nacken beugen musste, um die Verletzung in Augenschein zu nehmen. Noch immer liefen feine Rinnsale aus dem Loch an der Kehle. Das Fleisch versuchte sich selbst zu heilen. Fast konnte Alena sehen, wie sich die Wunde schloss und dann wieder aufbrach. Sie würde heilen, dessen war sich die Vampirin sicher, doch in dem Zustand, in dem der Baron sich momentan befand, konnte es Wochen dauern, bis er wieder auf den Beinen war. Er war zu schwach und brauchte dringend Blut.

»Ivo!« Alena rüttelte ihn sanft an der Schulter. Als er nicht aufwachte, ließ sie von ihm ab und zupfte sich endlich die Bluse aus dem Hosenbund. Ihre Stichverletzung sah schwerer aus als Dehollanders, jedoch nicht so schlimm, wie seine Halswunde.

Alena schloss die Augen. Jetzt, nach erfolgreicher Flucht, spürte sie die Schmerzen umso deutlicher. Vor ihren Augen spielte sich noch einmal die Szene des Überfalls ab. Während sie zusammen mit Dehollander die Straße in gemächlichem Tempo entlang ritt, war van Horne aus dem Wald gesprungen und hatte sie gleich bei der ersten Attacke aus den Sätteln gerissen. Alena war vom Weg in den Wald gerollt, vermochte jedoch nicht der Klinge auszuweichen, mit der van Horne direkt nachgesetzt hatte.

Warum hat er gewartet?, fragte sich Alena. Sie hatten van Horne vor zwei Wochen auf einem Empfang des Kurfürsten Klemens August in Antwerpen getroffen, bei dem sich jeder der Rang und Namen im Bereich des Habsburger Herrschaftshauses hatte, die Ehre gab. Alena hatte Ivo gebeten, nicht dorthin zu reisen, da sie Dringlicheres zu tun hatten, als an den Banketten des Adels teilzunehmen. Doch der Baron überzeugte sie schließlich davon, wie wichtig das Präsenzzeigen bei Hofe war, wollte man nicht in Ungnade fallen oder andernorts verspottet werden. Van Horne hatte am Hof des Herzogs zu Kontich, bei dem die Feierlichkeiten stattgefunden hatten, weil Kurfürst Klemens regulär in Köln residierte, den Eindruck eines gewöhnlichen, königstreuen Adeligen hinterlassen. Es hatte in Antwerpen zahlreiche Möglichkeiten gegeben, Alena und Dehollander zu töten — warum also machte sich van Horne die Mühe, ihnen vorauszureiten und sie auf ihrer Route abzupassen? Zumal diese Sache nun gründlich schief gelaufen war. Van Hornes Opfer lebten noch und sie wussten nun, dass er hinter ihnen her war.

Ein Knarren riss Alena aus den Gedanken. Sie fuhr herum und sah einen grobschlächtigen Mann im geöffneten Scheunentor stehen. In seinen Händen hielt er eine Mistgabel. Seine Haltung wäre vielleicht bedrohlicher erschienen, wenn sein Blick nicht verunsichert und ängstlich zwischen Alena und Dehollander hin und her pendelte. Möglicherweise dachte der Mann erst, die beiden bei einem Stelldichein überrascht zu haben, doch dann blieben seine Augen an der blutigen Kleidung Dehollanders haften.

»Schert euch fort, verdammte Bettler!« Er stieß die Forke vor, doch die Geste wirkte eher lächerlich denn gefährlich.

Alena drehte sich ganz zu dem Mann um und bedeckte ihre Hüftwunde mit ihrer Bluse, nicht so sehr um ihre Verletzung zu verbergen, sondern eher das milchige, fast durchscheinende Blut, das sicherlich die Neugier des Hofbesitzers geweckt hätte. Der Bauer keuchte, als er ihr direkt in die Augen blicken konnte. Offenbar war er von ihrer Schönheit angetan. Er entspannte sich sichtlich und sog ehrfürchtig die Luft ein. Die Mistgabel senkte sich.

»Komm her.« Alena lächelte ihm zu und streckte eine Hand nach dem Bauern aus. Zuerst zögerlich, dann bestimmter kam er zu ihr herüber. Die Mistgabel stellte er an einem Scheunenpfosten ab. Als der Mann direkt vor Alena stand, stierte er sie aus großen Augen an. Feiner Sabber rann ihm aus einem Mundwinkel. Sein Gesicht war schmutzig und faltig, die Haare fettig und er stank nach Schweiß und Viehmist.

Alena bemühte sich, keine angeekelte Grimasse zu schneiden und forderte den Bauern auf, sich zu ihr herunterzubeugen. »Wer ist noch im Haus?«

»Meine Frau«, sagte der Mann. Speichel floh wie Spritzwasser aus seinem Mund. Er rieb sich die schmutzigen Hände am Wams ab. »Meine beiden Töchter, unsere Magd und der Knecht.«

»Gut.« Alenas Hand schoss vor, packte den Bauern am

Kragen und zog ihn soweit zu sich herunter, dass sie ihre Zähne in seinen Hals schlagen konnte. Sein Blut schmeckte metallisch und besaß einen üblen, alkoholischen Nachgeschmack. Sie saugte drei-, viermal ehe sie von ihm abließ und ihn angewidert Dehollander überließ. Zwei Blutstropfen netzten die Lippen des Barons, rannen in seine Mundwinkel. Ehe sie am Kinn herunter laufen konnten, schnellte Dehollanders Zunge vor und leckte sie auf. Der Baron öffnete die Augen, griff wie in Trance zu dem dargebotenen Bauern und pflanzte seine Augzähne in exakt die beiden Löcher, die Alena zuvor geschaffen hatte.

Dehollander trank wie ein Verdurstender, scherte sich nicht um den üblen Geschmack des Blutes. Er brauchte das kostbare Elixier, um sich zu regenerieren.

Irgendwann erstarben die Schluck- und Sauggeräusche und der Körper des Bauern fiel zur Seite ins Heu. Alena sah seine weit geöffneten Augen, die überrascht zur Decke der Scheune starrten. Seine Haut war unter dem Schmutz unnatürlich fahl geworden. Blutleer. In seinen Adern befand sich nicht ein Tropfen mehr.

Dehollander richtete sich auf, sah Alenas Blick und deutete ihn richtig. Er streckte eine Hand nach ihr aus und berührte sie am Unterarm. »Es ... tut mir Leid.«

Alena streifte seine Hand ab und stand auf. Sie verdrängte die Gedanken an die Schwestern auf Island, die alles andere als erfreut sein würden, wenn sie je hiervon erfuhren. Alena hatte zwar keinen Schwur abgelegt, aber die Ordensmitglieder der Idun vertrauten darauf, dass sie eine Botin der Göttin war und damit Leben spendete und nicht nahm.

»Tut es nicht«, sagte Alena und wandte sich zur Tür. »Wir nehmen uns das, was wir brauchen. So war es immer und wird es immer sein.« Sie hörte hinter sich ein Rascheln. Dehollander stand auf und blieb dicht hinter ihr stehen. Sie spürte seinen Atem, der seicht durch ihr Haar blies.

Alena drehte sich halb um. »Wie geht es dir?«

»Ich fühle mich noch schwach.«

Die Wunde an seinem Hals hatte aufgehört zu bluten, aber es war eine hässliche Narbe sichtbar. So würden sie unmöglich weiter nach Brüssel können.

Beinahe hasste sich Alena für die folgenden Worte. »Im Haus ist noch mehr.«

Beinahe.

»Bedien dich.«

Dehollander sah sie an. Ein Mundwinkel zuckte. Dann huschte er an ihr vorbei, schob das Scheunentor auf und rannte hinaus in den Regen.

Gegenwart

Nur widerwillig löste sich Alena von der Szene, die sich vor ihrem geistigen Auge abspielte. Sie versuchte krampfhaft die Lider geschlossen und sich an den Bildern festzuhalten. Doch die Wirklichkeit holte sie schneller wieder ein als ihr lieb war. Ohne, dass sie etwas dagegen unternehmen konnte, öffnete sie die Augen und blinzelte. Sie befand sich nicht in der Scheune auf der Landstraße von Antwerpen nach Brüssel. Dehollander war nicht vor einer Sekunde aus dem Schuppen gestürmt, um sich im Haupthaus am Rest der Bauernfamilie zu stärken. Zu ihren Füßen lag kein toter Mann. Trotzdem spürte sie noch den schalen Geschmack alkoholisierten Blutes auf ihrer Zunge als hätte sie tatsächlich gerade getrunken.

Alena erhob sich aus dem Schneidersitz, streckte sich und machte ein paar Lockerungsübungen. Ihrer inneren Uhr zufolge konnte sie maximal eine halbe Stunde in ihren Erinnerungen geschwelgt haben, doch die Steifheit ihrer Glieder belehrte sie eines Besseren. Sie rieb sich die Augen. Die Bilder der Vergangenheit ließen sich nur schwerlich beiseite schieben. Noch immer sah sie die Scheune vor sich statt die spärliche Einrichtung des Zimmers, das sie für sich ausgewählt hatte.

Der Raum befand sich irgendwo im Herzen des Klosters und war so karg eingerichtet wie alle anderen Unterkünfte. Ein

Bett, ein Schrank, Kerzen- und Fackelhalter, ein Stuhl und ein Tisch. Damit unterschied er sich nicht von den Zimmern, die sie von dem isländischen Kloster kannte. Zwei, drei Räume waren zusätzlich noch mit einem Kamin ausgestattet. Offenbar waren diese Gemächer eher der Priorin oder Äbtissin vorbehalten gewesen.

Gewesen.

Alena fuhr sich bei dem Gedanken durch die langen, braunen Haare und dachte über den eigentlichen Grund ihres Hierseins nach. Gemeinsam mit Elmar hatte sie das zweite Kloster der Idun gesucht, um Hinweise auf den Ort der *Vier Säulen der Macht* zu finden. Alles, was es hier zu entdecken gab, schien gähnende Leere zu sein. Es begann damit, dass sich das Kloster nicht einmal wirklich auf der Erde befand, sondern in einer Art Dimensionsblase, die eigentlich bereits zur Dunkelsphäre gehörte — und wiederum auch nicht. Zumindest hatten sie gehofft, auf *Bewohner* des Klosters zu stoßen. Doch so sehr Alena, Elmar und Jannica jeden Gang, jeden Raum, jedes Gewölbe auch durchsucht hatten, das schlossähnliche Bauwerk war leer. Dabei wirkte es ganz und gar nicht ausgestorben. In allen Sälen und Gängen brannten Fackeln, in der Haupthalle sogar ein Kamin. Die Lagerräume waren gefüllt mit haltbarem Proviant und Wein. In der Kornkammer lagerte Getreide und in der Küche stapelten sich säckeweise Mehl, Zucker und Salz. Der Brunnen im Klosterhof lieferte frisches, klares Wasser. Es schien, als hätten die vormaligen Bewohner alles gründlich aufgeräumt und dann das Kloster verlassen, in der Annahme am nächsten Tag zurück zu sein.

Doch sie kehrten nicht zurück. Irgendwie hatte Alena das Gefühl, dass sie schon lange fort waren. Dieser Ort schien einzig und allein nur noch einem Zweck zu dienen. Als hätte er auf sie und Jannica gewartet.

Alena betrachtete die brennenden Fackeln. Wie lange waren sie nun schon hier? Zwei Tage? Drei? Das Feuer war nicht heruntergebrannt. Es schien nie zu erlöschen. Ähnliches hatte Elmar aus den Vorratskammern berichtet. Was er wegnahm, schien trotzdem nicht aus den Regalen zu verschwinden. Die Lager waren offenbar immer gleichermaßen gefüllt. Entweder hielt sie jemand zum Narren und frischte unbemerkt Vorräte und Fackeln auf oder im Kloster wirkte eine seltsame Magie, für die sie bisher noch keine Erklärung gefunden hatte.

Was auch immer es war, es musste mit dem Ort zusammenhängen an dem sich das Kloster befand.

Die Dunkelsphäre.

Alena wandte sich zur Tür um. Sie wollte Elmar und Jannica aufsuchen, doch gleichzeitig spürte sie ein erschreckend leeres Gefühl in ihrer Kehle, das sich bis in die Tiefen ihrer Eingeweide hinunter fraß. Seit dem Betreten des Klosters hatte sie nichts mehr getrunken. Sie spürte, wie sich ihre Gedanken auf das saftige Rot in den Adern der beiden einzigen Menschen an diesem Ort richteten. Fast glaubte sie die Herzen Jannicas und Elmars schlagen zu hören, zu spüren wie das Blut in ihren Adern pulsierte und danach schrie, herauszusprudeln, von ihr aufgenommen zu werden, um sie zu stärken.

Nein! Alena erinnerte sich an den Vorfall aus ihrer Vergangenheit. Sie war für den Tod des Bauern und seiner Familie verantwortlich, auch wenn sie selbst ihn nicht getötet hatte. Die Schwestern der Idun hatten nie von ihrer Tat erfahren, auch nicht von den anderen, die dieser folgten oder ihr vorhergingen. Aber die Gewissensbisse plagten Alena dennoch. Es gab eine Macht in ihr, die sie nicht jederzeit kontrollieren konnte, einen Grad des *Durstes,* der sie jegliche Bedenken — zumindest für den Moment — über Bord werfen lassen konnte.

Zwei Schritte vor der Tür hielt sie inne und ließ die Hand, die sie bereits nach der Klinke ausgestreckt hatte, sinken. Sie drehte sich um und hockte sich wieder im Schneidersitz auf den Boden.

Ruhig. Konzentriere dich.

Sie hatte sich zurückgezogen um in sich zu gehen und auf

diese Art womöglich etwas über den Rätselvers der *Vier Säulen der Macht* herauszufinden. Bisher hatten sie diesbezüglich nicht den geringsten Anhaltspunkt im Kloster entdeckt. Doch was sie in ihrer meditativen Phase erfahren hatte, waren neue Erinnerungen — Geschehnisse ihrer Vergangenheit. Sie schienen in dieser Dimension schneller und leichter zu ihr zurückzukehren. Wenn sie die Augen schloss, schienen die Bilder an ihr vorbeizuziehen, wie die Fahrzeuge eines Karussells. Sie brauchte nur ihre Hand auszustrecken, nach einem Ereignis zu greifen und aufzuspringen, um sich eine Geschichte ihres eigenen Lebens erzählen zu lassen. Nein, vielmehr noch: Sie tauchte in die Vergangenheit und durchlebte alles noch einmal hautnah mit als würde es sich just in diesem Moment abspielen.

Alena wusste, dass sie jetzt sehr nahe dran war, alles über sich herauszufinden. Doch sie wollte es nicht in Bruchstücken erfahren, nicht immer wieder an x-beliebiger Stelle in ihr Leben eintauchen. Sie musste den weitesten Punkt in ihrer Vergangenheit finden, den sie erreichen konnte und von dort aus ihre Erinnerungen aufleben lassen. Das Gefühl, dies jetzt zu schaffen, wurde übermächtig. Alena schloss die Augen und atmete tief durch. Ihre Umgebung versank in Dunkelheit und vor ihrem geistigen Auge nahm eine andere Welt Gestalt an. Sie wartete auf den Augenblick, lenkte ihre Erinnerungen tiefer in die Geschichte. Eine Jahreszahl echote in ihrem Bewusstsein wider.

1709 …

Kapitel Drei

Alkohol machte sich bei ihm zuerst mit einem tauben Gefühl in den Fingern bemerkbar, aber über diesen Zustand war Elmar Fuchs längst hinaus. Der Wein hatte deutliche Spuren hinterlassen. Elmar war mehrfach einfach weggesackt und erwachte Stunden später über den Tisch gelehnt, einmal sogar unter dem Tisch liegend, nur um erneut nach einer Flasche zu greifen und sich den Rest einzuverleiben. Den sauren Geschmack auf der Zunge und die dröhnenden Schmerzen im Schädel bekämpfte er mit weiterem roten Rebensaft.

Irgendwann schlug er die Augen auf und fand sich auf dem Rücken liegend im Bett wieder. Er starrte zu der vom Fackellicht vergilbten Zimmerdecke hinauf und zählte die Risse im Gestein. Dass sich der Rest des Raumes um ihn drehte, schien ihn nicht im Geringsten zu stören. Doch der Gestank von Erbrochenem auf seiner Brust und neben ihm auf dem Bettlaken wurde irgendwann so penetrant, dass er sich halb aufrichtete. Die Bewegung war für seine Schwindelgefühle und die Übelkeit alles andere als zuträglich. Elmar stürzte seitlich vom Bettrand und blieb keuchend auf dem kalten Steinboden liegen.

Meine Fresse, hab ich mir die Hacke zugezogen.

Über diesen Gedanken schloss er die Augen und schlief beinahe auf der Stelle wieder ein. Am Rande seines immer wieder erwachenden Bewusstseins bekam er mit, dass Jannica ihn zwischenzeitlich aufsuchte und laut fluchte als sie die *Schweinerei* sah, die er verursacht hatte.

»Wie kann man sich nur so gehen lassen?«

Elmar wollte protestieren, doch nur ein schwaches Stöhnen entrann seinen Lippen als er aus verquollenen Augen mit ansehen musste, wie Jannica die aus dem Keller verschleppten Weinvorräte mitnahm.

Dann hol ich mir eben neue, blöde Kuh!

Er ignorierte das Klicken des Türschlosses, mit dem Jannica ihn vom Rest der Welt, vor allem aber vom Weinkeller ausschloss. Diese Sache wurde erst akut, als er irgendwann mit mächtigem Druck auf der Blase erneut aufwachte und sich auf allen Vieren bis zur Tür schleppte. Krampfhaft zog er sich an ihr hoch und rüttelte an der Klinke.

»Mach auf!« Selbst in seinen Ohren hörte sich seine Stimme rau und grölend an. Er hatte nicht nur mehr Wein intus als er vertragen konnte, sondern vermutete, dass er bereits am Rande einer Alkoholvergiftung stand. »Lass mich raus, Schnecke, ich muss pissen!«

Er wankte an der Wand entlang und merkte, wie er dem Druck nicht viel länger standhalten konnte. Nur undeutlich erinnerte er sich daran, dass es in dem eher mittelalterlichen Kloster ohnehin keine öffentlichen WCs gab, sondern in jedem Zimmer ein Messingtopf bereitstand, um seine Geschäfte zu verrichten und diese dann im gemeinschaftlichen Abort unten in den Gewölben zu entsorgen.

Als Elmar seine Blase entleert hatte, befand sich kaum ein Tropfen Urin in der Bettpfanne. Grunzend schlenderte er zum Bett zurück und ließ sich einfach auf die Strohmatratze fallen. Seine Albträume von Vampiren, die ihn in großen Scharen überfielen und sein Körper mit Bisswunden spickten, verdrängte er mit jedem Erwachen. Nur das Bild der toten Katrin blieb vor seinem Auge stehen, jedes Mal, wenn er die Lider aufschlug.

Irgendwann erwachte Elmar und schlief nicht wieder ein. Seine Gedanken waren Träge, der Blick von feinen Schleiern verhangen und sein Schädel glich einem Amboss, der jeden Pulsschlag hinter den Schläfen wie einen Schmiedehammer aufnahm, der glühendes Metall bearbeitete. Elmars Augen tränten. In seinem Magen spürte er gähnende Leere, die seine Speiseröhre langsam aber sicher heraufkletterte und die Übelkeit in ihm schürte. Er wandte langsam den Kopf zur Seite und blinzelte. Die Bewegung kostete ihn sämtliche ihm zur Verfügung stehende Willenskraft. Er erntete dafür nur das

Trommeln von Marschstiefeln einer ganzen Kompanie, die scheinbar auf seinem Kopf herumtanzten. Nur mit Mühe würgte er die Übelkeit hinunter, ehe er sich erneut erbrechen musste.

Die Fackeln waren nicht heruntergebrannt. Nichts schien sich in diesem Kloster in irgendeiner Weise aufzubrauchen, als stünde ihm ein unerschöpfliches Reservoir zur Verfügung. Dennoch hatte sich etwas in Elmars Zimmer verändert. Der Gestank von Urin und Kot war verschwunden und hatte dem Duft von Lavendel Platz gemacht. Elmar sah die feinen Blüten auf Boden und Tisch verstreut liegen. Neben seinem Bett fand er einen Holzeimer, dessen Boden mit Wasser bedeckt war — offenbar für den Fall, dass er sich erneut übergeben musste. Auf dem Tisch stand ein Tonkrug, daneben ein Zinnpokal, der einen pergamentenen Zettel beschwerte.

Elmar richtete sich auf und kletterte mühselig aus dem Bett. Das Universum schien sich noch immer um ihn als Mittelpunkt zu drehen. Alles kreiste und brummte. Er fiel seitwärts aufs Bett.

»Scheiße.« Elmar nahm sich zusammen und stemmte seine Arme gegen die Strohmatratze. Er schaffte es sich wieder aufzurichten und diesmal sitzen zu bleiben. Einmal versuchte er, die Augen zu schließen, doch das machte die Kreiselbewegungen nur noch schlimmer.

Das nächste woran er sich bewusst erinnerte, war, dass er vor dem Tisch stand, ohne zu wissen, wie er dort hingelangt war. Er machte sich keine Gedanken darüber, sondern streckte die Hand nach dem Krug aus. Seine Kehle fühlte sich wie ausgedörrt an. Wer auch immer den Wein für ihn bereitgestellt hatte, er war überaus dankbar dafür. Elmar füllte den Pokal randvoll.

Es war kein Wein.

Angewidert verzog er die Mundwinkel als er die kristallklare Flüssigkeit in dem Pokal sah.

»Verdammte Hexe!« Er leerte das Gefäß in einem Zug und war überrascht, wie belebend und schmackhaft das Wasser war. Es musste aus dem Brunnen stammen, den sie im Klosterhof gefunden hatten. Elmar schenkte sich nach, trank den Becher halb leer und spritzte sich den Rest ins Gesicht. Er hätte seine rechte Hand für eine heiße Dusche gegeben.

Oder meine Linke für fünf Flaschen Wein.

Elmars Blick fiel auf das Pergament, und er wusste, wer sein Zimmer gereinigt und ihm frisches Wasser gebracht hatte, während er schlief.

Du bist ein mieses Schwein, Fuchs!
Wenn du dich noch einmal dermaßen besäufst,
lass ich dich in deiner eigenen Scheiße ersticken!

Jannica

Er schmunzelte und schüttelte dabei den Kopf. *Du mich auch,* dachte er, nahm den Bleistift, den sie neben dem Zettel liegen gelassen hatte auf und kritzelte ein *Danke und Kuss, Elmar* unter ihren Namen. Dann nahm er noch einen Schluck Wasser und ging zur Tür. Sie war offen.

Elmar verließ das Zimmer und wandte sich gewohnheitsmäßig in Richtung Keller, hielt jedoch inne und kratzte sich über die Bartstoppeln, die ihn unweigerlich daran erinnerten, dass er schon viel zu lange im Kloster verweilte. Aber die Zivilisation wollte ihn nicht mehr. Wenn er sich nach draußen wagte, gab es keinen Ort, zu dem er gehen konnte, es sei denn er fand vorher eine Möglichkeit, sich gefälschte Ausweispapiere zu besorgen. Wahrscheinlicher war, dass die Polizei ihn fand und festsetzte. Er würde das Gefängnis des Klosters nur gegen eine andere Zelle eintauschen.

Ohne Wein, dachte er und grinste. Laut fügte er hinzu: »Apropos rauskommen.« Elmar schnippte mit den Fingern als habe er eine Idee, doch letztendlich war es nur eine Alternative, nicht sofort den Keller aufzusuchen und sich neue Weinvorräte zuzulegen.

Wach auf, Junge. Du kannst dir nicht ewig die Rübe zuziehen.

Fast hätte er laut aufgelacht als er daran dachte, wie er mit Leuten umgegangen war, denen es auf ähnliche Weise dreckig erging. Er hatte Ratschläge für Sascha übrig gehabt, nachdem seine Mutter einen Schlaganfall erlitten hatte; für Frau Schmidt als ihr Mann bei einem Straßenbahnunglück starb und für Herrn Reinecke, den Versandleiter eines mittelständischen Unternehmens, das *Fox Consulting* betreute, als sich seine Frau von ihm trennte. Was riet man all den Leuten? Dass sie sich nicht aufgeben sollten. Dass das Leben weiter ging. Sicherlich ging es das immer irgendwie und der Schmerz und die Trauer verblassten nach und nach.

Was aber, wenn es kein Leben mehr gab, das weiter gehen konnte? Wenn irgendjemand die Existenz einer Person einfach ausgelöscht hatte?

Elmar vergrub die Hände in seinen Hosentaschen und durchquerte die Empfangshalle des Klosters. Von Alena oder Jannica sah er nichts. Vermutlich hielten sie sich in den Quartieren auf, die sich jeder selbst ausgesucht hatte.

Ich bin so ein Niemand. Was macht das Leben noch lebenswert, wenn man sich nicht unter Leute trauen kann? Wenn man nicht mehr leben *kann? Welche Alternativen bleiben mir noch, außer hier im Kloster mich sinnlos mit Wein voll laufen zu lassen?*

Er merkte, wie seine Augen feucht wurden als das Bild Katrins wieder übermächtig aus seinen Erinnerungen aufstieg. Er konnte es noch immer nicht fassen, dass sie tot war. Genauso wenig wie den ganzen Rest. Bei allem, was er über Vampire, Geheimbünde und Verschwörungen in den letzten Wochen mitbekommen hatte, bei allem, was er durchleiden musste, fragte er sich, wann endlich der geistige Kollaps kam, der ihn in die Tiefe riss und ihn geistig umnachtete. Vielleicht war er längst verrückt und halluzinierte in dieser Dimensionsblase gefangen zu sein. Möglicherweise lag er in Wahrheit gefesselt an ein Bett in einer psychiatrischen Klinik und durchlebte die wildesten Wahnvorstellungen.

Elmar unterbrach seine Gedanken, als er feststellte, wohin ihn sein zielloses Umherwandern gebracht hatte. Er fand sich unversehens draußen vor dem Klostereingang wieder und hatte nicht einmal mitbekommen, dass er das schwere Tor geöffnet haben musste, um hinauszugelangen. Vor ihm erstreckte sich die Brücke über dem violetten Nebel. Über diesen Weg waren sie aus den Höhlen unter der Insel Kvaløy im Norden Norwegens hierher gelangt. Seltsamerweise war der Höhlengang, den sie hergekommen waren, nicht mehr da. Weder die beiden Frauen noch er selbst hatten bisher nach einem Ausgang gesucht. Dafür waren Alena und Jannica zu sehr mit der Untersuchung des Klosters beschäftigt.

Und andere wiederum damit, sich selbst zur Weinprobe einzuladen. Elmar seufzte und sah sich das Tor mit dem Rundbogen an, das die Brücke vom Vorhof des Klosters trennte. Es bestand aus massivem Holz in das seltsame Schriftzeichen eingeritzt oder gebrannt worden waren, die Jannica als Runen identifiziert hatte. Elmar kannte das Wort, wusste jedoch nichts von der Bedeutung. Seine Finger strichen über die Vertiefungen im Holz. Dann sah er nach vorn durch das offene Tor zur Brücke. Sie bestand ebenfalls aus Holz und wurde von massiven Bohlen, die auf beiden Seiten in die Felsen getrieben worden waren, gestützt. Elmar warf einen Blick zurück zum Klostereingang. Die beiden Frauen würden ihn sicherlich nicht vermissen. Dafür waren sie zu sehr mit sich selbst beschäftigt.

Genau wie ich, seit wir hier sind.

Entschlossen trat er auf die Brücke hinaus und überquerte sie. Am anderen Ende erwartete ihn der schmale Höhlentunnel, durch den sie hergekommen waren. Doch von dem Durchgang war nichts mehr zu sehen — nur noch nackter Fels.

Dieser verrückte Erik! Schön, dass er uns vor den Soldaten gerettet hat, aber er hätte uns wenigstens den Schlüssel dalassen können.

Elmar untersuchte die Wand, schlug gegen den Stein, tastete die Riefen und Rillen nach einem verborgenen Mechanismus ab, doch außer massivem Felsgestein fand er nichts. Merkwürdig war, dass Alena einen ganz anderen Weg genommen hatte und trotzdem in diesem Gang herausgekommen war. Resigniert wandte Elmar sich ab und ging in Richtung Kloster zurück. Auf halbem Wege blieb er auf der Brücke stehen, lehnte sich über die Brüstung und starrte in den dichten, violetten Nebel, der sich wie ein Mantel rund um die Brücke und das Kloster gelegt hatte, von dem jedoch *auf* der Brücke und im Klosterhof nichts zu sehen war. Der Nebel machte direkt vor der Brücke Halt und setzte sich erst auf der anderen Seite wieder fort.

Elmar beugte sich weiter über die Brüstung hinaus, sodass sein Gesicht die glimmenden Schwaden berührte. Sie fühlten sich kühl an und prickelten auf seiner Haut. Vorsichtig sog er die Luft ein, doch der Nebel schien geruchlos zu sein und hinderte ihn nicht beim Atmen. Elmar hatte fast befürchtet, in schwefligen Dämpfen zu ersticken und stieß erleichtert die Luft aus, als nichts dergleichen geschah. Er streckte eine Hand aus und fuhr damit durch den Nebel. Die Schwaden ließen sich ohne Probleme teilen, zogen sich jedoch sofort wieder zusammen, sodass Elmar nicht sehen konnte, was sie verbargen. Genau wie in seinem Gesicht, prickelte auch die Haut auf seiner Hand.

Sein Blick schweifte über die Holzplanken der Brücke und suchte nach irgendetwas, was er in die Tiefe werfen konnte, um herauszufinden, was sich unter ihm befand. Als er nichts fand, grub er in seinen Hosentaschen und förderte sein Portemonnaie zutage. Bargeld besaß er nicht mehr. EC- und Kreditkarten, Personalausweis und Führerschein, all das war nutzlos geworden, denn der Name Elmar Fuchs war nirgends mehr registriert. Kurz entschlossen warf er die Geldbörse über die Brüstung in den Nebel hinein …

Der Aufprall folgte unmittelbar mit einem leisen Klatschgeräusch. Überrascht zog Elmar die Brauen hoch. Die Börse konnte nur wenige Zentimeter gefallen sein. Er schätzte, dass sie auf gleicher Höhe wie der Boden, auf dem er stand, aufgekommen war.

»Das gibt's doch nicht.«

Nochmals durchsuchte er seine Taschen. Er sah kurz auf

seine Armbanduhr, schüttelte aber den Kopf. Dann hielt er sein Mobiltelefon in den Händen. Der Akku war leer. Empfang hatte er hier in der Dimensionsblase ohnehin nicht und vermutlich würde DARK das Gerät auch sperren lassen, wenn sie dahinter kamen, dass es sich noch in seinem Besitz befand. Bevor er es in einem weiten Bogen über die Brüstung schleuderte, überlegte er, erst zum Kloster zurückzugehen, um nach irgendetwas anderem zum Werfen Ausschau zu halten — da segelte das Telefon bereits durch den Nebel und schlug genauso plötzlich wie die Geldbörse auf festem Boden auf. Das Geräusch von über Stein schlitterndem Plastik drang durch den Nebel gedämpft an Elmars Ohren.

»Was zum … die Brücke ist gar keine Brücke, sondern nur ein Weg.«

Kurz entschlossen schwang er sich über das Geländer und bereute seinen Wahnsinn sofort darauf. Er fiel in die Tiefe, sein Magen schoss ihm bis in die Kehle hinauf. Verzweifelt ruderte er mit den Armen, versuchte sich an irgendetwas, vielleicht an den Felsvorsprüngen auf denen Handy und Geldbörse gelandet waren, festzuhalten, doch er griff nur ins Leere.

Elmar schrie.

Er spürte wie seine Kehle schmerzte, wie seine Adern am Hals anschwollen und den Druck auf seinen Schläfen. Und dennoch verließ kein Laut seine Lippen. Elmar glaubte, sich in der Luft zu drehen, vorwärts um die eigene Achse zu wirbeln, dann sich kopfüber in die Tiefe zu schrauben. Das Blut schien in seinen Adern zu kochen, das Herz aus seiner Brust zu springen.

Aus. Jetzt.

Mit einem Mal überfiel ihn eine seltsame Ruhe. Er schloss die Augen, stoppte die wilden Bewegungen und bereitete sich auf den Aufprall vor.

Von einem Niemand zum endgültigen Ende …

Während er in die Tiefe stürzte wartete er darauf, dass irgendetwas von dem, was allgemein als Nahtoderfahrungen durch die Sensationspresse geisterte, eintrat. Doch weder zog sein Leben in Sekundenschnelle vor seinem inneren Auge vorbei, noch sah er ein weißes Licht am Ende eines imaginären Tunnels. Einzig Katrins Gesicht erschien in seinen Gedanken.

Katrin lächelnd.

Katrin zeternd.

Katrin weinend.

Er erinnerte sich, wie er sie in den Armen gehalten, sie geküsst, mit ihr geschlafen hatte. Dann sah er sie blutüberströmt an der Wand ihres Schlafzimmers genagelt. Doch das Bild wurde verdrängt durch Alenas Gesicht. Das Blut verschwand, machte der hellen Haut der Vampirin Platz. Elmar blickte in ihre klaren Augen, sog ihre Schönheit in sich auf und spürte ihre Präsenz. Er sah sie nackt vor sich auf einem Bett in einer Nürnberger Pension liegen. Spürte ihre Berührungen, ihre Zunge in seinem Ohr, ihren bebenden Körper unter sich …

Elmar verdrängte die Erinnerung und riss die Augen auf. Alles was ihn erwartete war dichter, violetter Nebel. Das Gefühl des Fallens verging. Noch während er sich fragte, wie tief der Schlund unter ihm sein mochte, stellte er fest, dass seine Füße auf festem Boden standen. Verwirrt bückte sich Elmar und betastete den Untergrund auf dem er stand. Stein. Nackter Stein.

»Was zum …?« Elmar drehte sich um und griff nach hinten. Dort befand sich der Boden der Brücke, den er nur ertasten, jedoch nicht sehen konnte.

»Das gibt's doch nicht! Ich hab mir den Sturz nur eingebildet?«

Elmar trat einen Schritt nach vorn, setzte dann zögerlich einen Fuß vor den anderen und marschierte durch die undurchdringliche Nebelbank über massivem Fels. Es gab keinen Abgrund. Was aber verbarg der Nebel dann?

»Wer immer das hier inszeniert hat, hat ein Faible für den Showeffekt.«

Elmar vermochte nicht zu sagen, wie lang er durch den Nebel watete. Irgendwann war er so sicher, dass ihm nichts geschehen konnte, dass er die Hände nicht mehr ausstreckte. Eine Sekunde darauf wünschte er sich, er hätte es nicht getan, denn er stieß mit dem Kopf gegen ein Hindernis. Benommen taumelte er erst zurück, tastete sich dann vor und berührte Fels. Er griff höher, fühlte eine Vertiefung, suchte mit einem Fuß nach Halt und zog sich hoch. Dann spürte er Holz unter seinen Fingern. Elmar griff nach einem weiteren Vorsprung und kletterte vielleicht einen Meter in die Höhe, ehe er sich bewusst machte, was er überhaupt tat.

»Scheiße, gleich fall ich wirklich und breche mir das Genick.« Statt umzukehren griff er noch einmal nach oben und ertastete rauen Holzboden. Entschlossen stieß er sich von seinem Halt ab und schob sich über den Rand des Vorsprungs. Zu seiner Überraschung kehrte augenblicklich seine Sicht zurück. Der Nebel verschwand von einer Sekunde auf die andere, und Elmar musste feststellen, dass er sich wieder auf der Brücke, die zum Kloster führte befand. Nur auf der anderen Seite.

Die Nebelschwaden besaßen die gleiche Farbe wie jene die sie draußen vor dem Kloster gesehen hatte. Seit ihrer Ankunft hier war Jannica in nahezu jedem Zimmer, jeder Flucht, jedem Gang und jedem Verlies gewesen. Sie hatte nach Spuren der Schwestern gesucht, die irgendwann einmal hier gelebt haben mussten, jedoch nichts gefunden. Ihre beiden Begleiter waren ihr keine große Hilfe. Zwar hatten Alena und Elmar zuerst gemeinsam mit ihr das Kloster durchkämmt, aber alsbald aufgegeben und beschäftigten sich mit Dingen, für die Jannica kein Verständnis zeigte. Fuchs ertränkte seinen Kummer im Alkohol und die Vampirin ließ sich nur selten blicken. Angeblich meditierte sie und versuchte etwas über den Rätselvers und ihre Vergangenheit herauszubekommen.

Als wenn uns das weiterhelfen würde, wenn sie sich einfach zurückzieht.

Doch irgendwann begann Jannica zu verstehen. Es gab kein Zurück. Der Rückweg nach draußen, in ihre normale Welt, war ihnen verwehrt. Und in dem Kloster gab es augenscheinlich niemanden, der ihnen weiterhelfen konnte. Jeder begegnete der Resignation, die sich in ihnen breit machte auf eigene Weise. Jannica erkannte, dass sie alle drei eine schreckliche Gemeinsamkeit besaßen: Sie hatten ihr Leben verloren!

Alenas Erinnerungen lagen in den Tiefen ihres Unterbewusstseins verborgen. Sie wusste nicht wirklich, wer sie war, was sie war oder warum sie war.

Elmars Leben war von DARK ausgelöscht worden. Er besaß kein Zuhause mehr, die Verlobte tot, seine Identität nur noch ein Schleier der Vergangenheit, den er nicht mehr greifen konnte.

Und ich selbst habe im Kloster der Idun in Island ebenfalls mein Zuhause verloren, dachte Jannica. *Und alles was mir lieb und teuer war.*

Ein Weinkrampf schüttelte das Mädchen durch. Es vergrub das Gesicht in seinen Händen und sank mit den Knien zu Boden. Jannica nahm den Nebel um sich herum kaum wahr, spürte nicht die Kühle, die von den Schwaden ausging.

»Kein Gott … keine Göttin kann so unbarmherzig sein.« Sie stammelte die Worte, hörte sie selbst kaum, denn immer wieder überkam sie ein heftiges Schluchzen und die Tränen rannen ihr wie in Sturzbächen aus den Augen die Wangen herunter. Ihr Körper zitterte. Die Kühle des Nebels kroch an ihren Armen hoch, fuhr über ihren Nacken und stellte die Härchen auf ihrer Haut fröstelnd auf.

Jannica spürte die Kälte erst, als sie die Stimme hörte.

»Du zweifelst?«

Sie öffnete die Augen, wischte sich die Tränen mit dem Handrücken beiseite und sah sich um. Der Raum hatte sich nicht verändert. Sie befand sich in einer Art Altarzimmer, das die Schwestern, die hier einmal gelebt haben mussten, offenkundig als Gebetsraum benutzt hatten. Im marmornen Boden waren mehrere Mulden eingelassen, die anscheinend die Gebetsstühle ersetzten. Neben den überall im Kloster sichtbaren Fackelhaltern befanden sich gut und gerne vier Dutzend armdicke Kerzen in Messinghalterungen auf einem massiven Steinklotz, der als Altar fungierte. Hinter dem Altar ragte eine mannshohe Marmorstatue empor, die ein Abbild der Göttin Idun darstellte, die die Schwesternschaft verehrte. Die Figur war in ein weites, bodenlanges Gewand gehüllt, trug einen Umhang, der von einer goldenen Spange am Hals zusammengehalten wurde. Die langen Haare waren zu zwei Zöpfen geflochten, Iduns Gesicht glich dem eines schönen Mädchens weit unter Zwanzig. In ihren Händen hielt sie einen Korb, der bis an den Rand mit Äpfeln gefüllt war.

Die Äpfel des Lebens.

Das war der Teil der Sage, bei dem Jannicas Glauben an Alena versagte. Die Äpfel des Lebens, die in den Gärten Asgards wuchsen, wurden von Iduna gepflückt und an die Götter, die Asen, verteilt, um ihnen immerwährende Jugend zu schenken. Wie aber passte die Vampirin als *Botin der Idun* ins Bild. Sie ernährte sich von keinen Äpfeln.

Die Götter denn? Jannica seufzte. So überlieferte es der nordische Volksglaube, aber was wusste sie schon wirklich? Auch die Schwestern waren ihr bei dieser Frage stets eine Antwort schuldig geblieben.

Jannica suchte noch immer nach dem Ursprung der Stimme, doch außer dem Bodennebel um sich herum, war nichts zu sehen. Sie schalt sich eine Närrin. Ihre überreizten Sinne hatten ihr einen Streich gespielt.

Ein Lachen erklang. Hell. Vergnügt.

Jannica sah den Schatten durch den Nebel huschen. Noch ehe sie ihm mit Blicken folgen konnte, registrierte sie eine Bewegung vor sich.

Die Statue war keine Statue mehr.

Die Statue war Iduna.

Kapitel Vier

550 Tage bis zur Stunde Null

Der Eid des Hippokrates bewahrte Dr. Robert Whitting davor, einen Fehler zu begehen, den er in der gleichen Sekunde bereuen würde. Natürlich schworen die heutigen Mediziner nicht mehr den klassischen Wortlaut auf den altgriechischen Gott Apollon, allerdings blieben moderne, abgewandelte Formen dem Grundsatz treu.

Ich werde sie bewahren vor Schaden und Willkürlichem. Ich werde niemandem, auch nicht auf seine Bitte hin, ein tödliches Gift verabreichen oder auch nur dazu raten.

Zu gerne hätte er der Frau auf der anderen Seite der Glasscheibe das Herz mit einem Skalpell durchbohrt und sie endgültig dahinscheiden lassen. Doch nicht nur der Eid hinderte ihn daran, sondern auch sein Versprechen gegenüber Magnus Hyde. Als er sich dem Orden DARK angeschlossen hatte, hätte er es nie für möglich gehalten, dass er das Leben eines Wesens wie Rebecca schützen würde. Alles was er über Vampire wusste, entstammte den Quellen des Inquisitionsordens.

Vampire sind böse. Sie morden Menschen, ernähren sich von ihnen. Wir sind für sie nichts weiter als Futter!

Whitting presste die Lippen aufeinander. Und nun kam der Vorsitzende DARKs daher und wollte eine der Blutsaugerinnen schützen und am Leben erhalten, nur weil sie seine Tochter war? Der Arzt war sich sicher, dass Hyde in jedem anderen Fall zum Pflock gegriffen hätte, um die Bestie zu pfählen.

Aber nein, wenn es um das eigene Kind geht, ist man ja besorgt. Plötzlich gibt es die tollsten Geschichten über gute und böse Vampire. Nicht alle sind so, wie die, die wir jagen.

Nervös fingerte Whitting eine Zigarette aus der Kitteltasche. In diesem Bereich des Labors war rauchen strikt untersagt. Er scherte sich nicht um die Regeln. Sollte ihn doch eine der Schwestern beim Chef anschwärzen. Das Feuerzeug flammte auf. Tabakglut fraß sich durch das dünne Papier und Robert Whitting inhalierte tief den Rauch der Zigarette. Während sein Blick durch den Raum auf der anderen Seite der Trennscheibe auf Wanderschaft ging, überlegte er, ob es nicht doch besser gewesen wäre, das Angebot seines Bruders anzunehmen. Tim Whitting arbeitete in einem Logistikunternehmen in Vancouver und hatte ein so lockeres Leben, dass er die meiste Arbeit von Zuhause per E-Mail über seinen *Blackberry* erledigen konnte. Er hatte Robert bereits zweimal angeboten, sich für ihn um eine Stelle in einem Medical Center Vancouvers zu kümmern, doch dieser hatte zugunsten DARKs abgelehnt und war in London geblieben.

Ein Räuspern riss ihn aus seinen Gedanken. Whitting begegnete dem vorwurfsvollen Blick von Schwester Selma, der direkt auf seine Zigarette fiel.

»Sie gönnen mir auch gar nichts.« Whitting drückte den Glimmstängel in einem Ascher aus und blies demonstrativ den letzten Rauch in Richtung der Frau. Selma war einen Kopf kleiner als er, pummelig und trug ihre rotblonden, fettig glänzenden Haare mit einem Gummiband im Nacken lieblos zusammengebunden. Gemeinsam mit Schwester Jenna übernahm sie die einfachen Arbeiten im Labor und handelte entweder auf Whittings Anweisungen oder auf die seines Assistenten Doktor Braspenninckx, der von Hyde aus Antwerpen eingeflogen worden war.

»Haben Sie schon Nachrichten gesehen?«, fragte Selma. Sie ging zum Kaffeeautomaten, zog einen Plastikbecher und füllte ihn mit einem dampfenden Gebräu, das für Whittings Geschmack eine Spur zu stark, aber sonst recht annehmbar war. Der Komfort, den Hyde ihnen versprochen hatte, machte auch vor gutem Kaffee nicht Halt. Zu Whittings Überraschung reichte die Frau ihm den Becher.

»Nehmen Sie schon, wenn ich Ihnen das Rauchen hier verbiete.« Sie lächelte.

Whitting schlürfte und spürte wie sich die Wärme in seinem Körper ausbreitete. »Nachrichten? Nein.«

Selma verdrehte die Augen, warf einen kurzen Blick durch die Glasscheibe zu Rebecca, wie um sich zu vergewissern, dass sich ihr Zustand nicht geändert hatte, und griff dann nach der Fernbedienung des kleinen Fernsehers, der unter der Decke des Laborraums angebracht war. Whitting konnte nur raten, wie sie es schaffte auf Anhieb den richtigen Kanal zu finden, denn er musste sich stets bis zur Nachrichtensendung durchzappen. In der Ecke war das NBC-Logo zu sehen, im Vordergrund eine farbige Frau mit kurzem, krausen Haar, die ihn direkt anzustarren schien. Sie bewegte sich nicht. Es handelte sich um ein Standbild. Tatsächlich hantierte Selma an der Fernbedienung herum und ließ eine aufgezeichnete Nachrichtensendung zurückspulen. Irgendwo hinter den Wänden der Einrichtung befand sich eine ultramoderne Multimediazentrale, bei der Festplattenrecorder nicht einmal das i-Tüpfelchen an Highlights darstellten.

»Hier«, sagte Selma, hielt das Bild an und drückte die PLAY-Taste. Die Nachrichtensprecherin befand sich mitten im Satz, doch es war für Whitting leicht, den Zusammenhang aus ihren Worten und dem eingeblendeten Hintergrundbild in ihrem Rücken zu erkennen. Neben der farbigen Grafik eines DNA-Stranges prangte der Name *Heinrichs Erbe.* Darunter war das Foto eines Mannes eingeblendet. Gut aussehend. Dunkelblond. Whitting schätzte ihn auf Ende Zwanzig.

»... inzwischen ist es den Behörden gelungen, den Täter im Fall des Diebstahls von *Heinrichs Erbe* zu ermitteln. Eine Überwachungskamera des Forschungsinstituts aus dem das hochgradig ansteckende Virus entwendet wurde, hat das Gesicht dieses Mannes enttarnt. Die Identität des Diebes ist bisher unbekannt. Sachdienliche Hinweise zum Täter erbittet die norwegische Polizei sowie Interpol unter den eingeblendeten Rufnummern.«

Whitting runzelte die Stirn. Natürlich brauchte Hyde einen Sündenbock in der Virensache. Er fragte sich jedoch, ob wirklich irgendein armes Schwein dafür den Kopf hinhalten musste, oder ob der Mann auf dem Foto gar nicht existierte.

Noch ehe er den Gedanken zu Ende gedacht hatte, kannte Whitting die Antwort. Hyde *musste* der Öffentlichkeit einen Schuldigen präsentieren, an dem die Menschen ihre Wut entladen konnten.

Spätestens dann, wenn es die ersten Opfer gibt.

»Diesem Mistkerl sollte man die Eier abschneiden!«

Whitting drehte sich mit hochgezogenen Brauen zu Schwester Selma herum. »Bitte?«

»Na, dieser Typ hat doch was vor. Oder glauben Sie, dass der nur so eine Virenprobe stiehlt. Entweder verkauft er das Zeug in den Nahen Osten oder an irgendeine Terrororganisation oder er ist selbst so ein verdammter Terrorist, der es freisetzen wird.«

Robert Whitting schluckte bei den Worten der Frau. Der arme Teufel, der als Dieb angeprangert wurde, war womöglich vollkommen unschuldig. Nicht er hatte die Strafe verdient, die Selma vorschlug, sondern der Mann, für den sie beide arbeiteten.

Ihre eigenen Leute werden Sie lynchen, Hyde, wenn je herauskommt, dass Sie selbst hinter der ganzen Sache stecken, dachte Whitting und leerte die Tasse Kaffee mit drei großen Schlucken. Er verzog die Mundwinkel, als die heiße Brühe in seiner Kehle schmerzte. Die Ironie war, dass Hyde noch immer argumentieren würde, ein paar Bauernopfer wären die Sache wert. Aber welcher Mensch würde das je verstehen, wenn die wahre Gefahr niemals zum Ausbruch kam?

Whitting nahm der Krankenschwester die Fernbedienung weg und schaltete den Schirm ab. »Konzentrieren wir uns lieber auf unsere Arbeit, oder?«

Selma nickte, fischte einen Tablet-PC vom Labortisch neben sich und reichte ihn Whitting.

Er schmunzelte, als er das Notebook, dessen Display um 180 Grad gedreht ein mit Stift beschreibbares Bedienfeld darstellte, entgegennahm. Sein Bruder Tim hätte sicherlich einen Heidenspaß mit diesem letzten Schrei der Technik. Mit so einem Gerät brauchte er vermutlich gar nicht mehr ins Büro zu kommen und erledigte sämtliche Arbeit vom Bett aus — zum Leidwesen seiner Ehefrau.

Robert Whitting weckte den Rechner aus dem Stand-by, indem er mit dem kugelschreiberähnlichen Stift auf das Display tippte. Der Bildschirm erwachte zum Leben, das leise Kratzen der eingebauten Festplatte war zu hören. Das medizinische Analyseprogramm war im Vollbildmodus geöffnet und zeigte die Vitalkurven ihrer beiden Patienten. Whitting stutzte, als er die Linien betrachtete. Van Hornes Werte zeigten eine durchgängige Gerade, wie der Arzt es von einem Komapatienten gewohnt war. Doch die Kurve Rebecca Hydes wies seit gestern zwei Schwankungen auf.

»Ist das gut oder schlecht?«, fragte die Krankenschwester.

Whitting tippte mit dem Stift auf Rebeccas Kurve und zoomte den Abschnitt mit der Veränderung näher heran. Die Schwankungen waren heute Morgen gegen zwei Uhr und nochmals um fünf Uhr aufgetreten. »Ich weiß es nicht. Der Anstieg könnte bedeuten, dass sie vielleicht bald aus dem Koma erwacht. Aber das, was wir hier sehen, ist noch nicht stark genug. Wer hatte heute Nacht Wachdienst?«

»Jenna.«

»Hat sie irgendetwas Ungewöhnliches berichtet?«

Selma schüttelte den Kopf.

Whitting murmelte etwas in sich hinein, klemmte sich den Tablet-PC unter den Arm und verließ das Labor. Er hörte hinter sich die Schritte der Schwester. Vom angrenzenden Gang aus konnten die Behandlungszimmer durch die Verglasung ebenfalls gesehen werden. Auch wenn es ihm niemand gesagt hatte, wusste Whitting, dass es sich um Panzerglas handelte, durch das selbst Wesen wie Rebecca es war, nicht so ohne weiteres durchbrechen konnten. Im Aufenthaltsraum, der wie das luxuriöseste Wohnzimmer eingerichtet war, das Whitting jemals gesehen hatte, fanden sie Doktor Braspenninckx. Der Belgier war in die Morgenzeitung vertieft und ließ sich nicht stören.

»Wo ist Jenna?«

Ein Rascheln ertönte als Braspenninckx den *Guardian* senkte. Unter den Schwestern hatte sein Nachname für einige Belustigung gesorgt. Whitting wusste, dass sie den Assistenzarzt hinter seinem Rücken nur *den Gallier* nannten. Doch selbst mit ein wenig Fantasie schaffte es Whitting nicht, sich den attraktiven Belgier mit gezwirbeltem Schnauzbart oder Flügelhelm vorzustellen.

»Ich habe sie heute noch nicht gesehen«, sagte Braspenninckx mit einem leichten Akzent.

Whitting nickte ihm kurz zu und ging dann weiter. Wenn sie Nachtschicht hatte, schlief Jenna möglicherweise noch. Der Korridor gabelte sich an einem T-Stück. Whitting hielt sich rechts. Dort befanden sich neben einem Kraftraum, einer Sauna und dem Speiseraum auch die Unterkünfte des hier arbeitenden Personals. Obwohl sie gegenwärtig nur zu Viert waren, erkannte Whitting spätestens hier in welchem Umfang das Team im Bedarfs- oder Notfall aufgestockt werden konnte. Es gab achtzehn Quartiere, einige davon in der Größe derer, die Whitting und Braspenninckx bezogen hatten, andere kleiner. Vier Räume waren mit zwei Betten ausgestattet und erinnerten an die Doppelbettzimmer eines Hotels. Da sie momentan unterbesetzt waren, hatte Whitting auch den beiden Krankenschwestern jeweils einen großen, suiteähnlichen Raum zugesprochen, der offensichtlich für Ärzte, nicht für Pfleger bestimmt war.

»Was glauben Sie, könnte Miss Hyde aufwachen?«, fragte Selma, die atemlos hinter Whitting herlief. Er hörte die Angst aus ihrer Stimme heraus. Niemand der anderen wusste, was er von dieser Patientin zu halten hatte. Sie begegneten ihr mit Respekt, weil sie die Tochter ihres Chefs war, aber sie besaßen eine kreatürliche Furcht vor dem Wesen in ihr. Zweimal bereits hatten Braspenninckx und die Schwestern ihn befragt, warum man eine Vampirin beherbergte und versuchte sie gesund zu pflegen, statt die Kreatur zu vernichten — selbst wenn es die Tochter Magnus Hydes war.

Whitting war der Frage immer wieder ausgewichen. Er

antwortete auch jetzt nicht, blieb vor der Tür Jennas stehen und klopfte.

»Jenna? Ich weiß, Sie haben noch Ihre Ruhephase, aber ich muss Sie kurz wegen Ihrer Nachtschicht sprechen.«

Als keine Reaktion kam, drehte sich Whitting zu Selma um. Die Krankenschwester hob die Schultern.

»Jenna? Schläfst du noch?«, rief sie, drängte sich an dem Doktor vorbei und klopfte ebenfalls. »Vielleicht sollten wir warten, bis sie ihren Dienst antritt.«

Whitting sah demonstrativ auf seine Armbanduhr und hielt sie dann Selma unter die Nase. »Ich glaube nicht, dass sie noch schläft. Es sei denn sie hatte nach ihrer Schicht nichts Besseres zu tun als sich noch zwei Videos oder zweihundert Buchseiten anzutun.«

Er klopfte erneut. Energischer. Als noch immer keine Reaktion erfolgte, drückte er die Klinke herunter und öffnete die Tür einen Spaltbreit.

»Jenna?« Er schob die Tür weiter auf und lugte mit dem Kopf um die Ecke.

Robert Whitting begegnete einem Albtraum aus Rot. Eine Spur im Halogenlicht leuchtender Nässe zog sich über den Teppich, das Bett hinauf, beschmutzte die Laken und endete an der Leiche der jungen Krankenschwester. Der Anblick versetzte dem Arzt einen Stich und raubte ihm den Atem. Er versuchte zu schlucken, doch der Kloß in seinem Hals schien sich unüberwindlich in der Speiseröhre festgesetzt zu haben.

»Doktor?« Selmas Stimme rief ihn zur Besinnung. Whitting blinzelte. Seine Sicht klärte sich und das Horrorszenario verschwand vor seinen Augen. Vor ihm lag der große Suitenraum völlig sauber und in ein gedimmtes Licht getaucht da. Sowohl die Wohnlandschaft auf der rechten Seite als auch der Teppich und das breite Bett im abgeteilten Bereich waren gänzlich unbefleckt. Von Blut keine Spur. Whittings überreizte Nerven hatten ihm einen derben Streich gespielt.

Überreizte Nerven? Whitting schob die Tür ganz auf und betrat das Zimmer. Er konnte sich nicht erinnern, dass seine Nerven in irgendeiner Weise blank gelegen hatten. Sicher, er war beunruhigt über Hydes Vorhaben wegen *Heinrichs Erbe*. Auch darüber, dass er kaum etwas über seine beiden Patienten wusste — mit Ausnahme der Tatsache es bei einem der beiden mit einem Vampir zu tun zu haben. Aber deswegen hatte er keine Albträume oder schlaflose Nächte gehabt. Die letzten zehn Tage, die er mittlerweile in dem unterirdischen Labor verbrachte, hatten zumindest für ihn keine nervliche Belastung bedeutet, die in ihm Halluzinationen weckte.

»Doktor, was ist denn nun?«, fragte Selma noch einmal und holte Whitting aus seinen Überlegungen.

Im selben Augenblick öffnete sich die Tür zum Bad und Schwester Jenna betrat die Suite. Sie war nackt. Ihr Körper nass. Trotz des eilig um den Oberkörper und Hüften geschwungenen Handtuchs erhaschte Whitting einen kurzen Blick auf ihre schlanke, knabenhafte Gestalt und die kaum vorhandene Brust. Ihr sonst hellblondes Haar war vom Wasser dunkel.

»Ich kann mich nicht erinnern, Sie zum gemeinsamen Duschen eingeladen zu haben«, sagte Jenna und errötete.

»Tut … tut mir Leid. Wir dachten, es wäre etwas passiert.«

»So?« Jenna wickelte sich enger in ihr Badetuch und huschte in den Nebenraum zum Bett. »Was denn?«

Whitting sah ihr nach und hörte das verhaltene Räuspern Selmas hinter sich. Doch er ließ nicht so schnell locker. »Wir haben eine Schwankung in den Vitalzeichen Rebecca Hydes verzeichnet. Heute Nacht haben sich zweimal Atmung und Puls beschleunigt. Nicht so stark, dass sie aus dem Koma erwachen konnte, aber immerhin hat sich etwas getan. Bevor ich Hyde informiere, muss ich wissen, ob Sie während Ihrer Nachtschicht noch irgendetwas Außergewöhnliches beobachtet haben?«

Jennas Kopf erschien im Übergang zum Schlafraum. Sie nestelte an einem T-Shirt, das sie sich eilig übergestreift hatte und schrubbte mit dem Handtuch durch ihr kurzes Haar. Ihre Augen leuchteten und auf ihren Lippen lag ein Grinsen.

Offenbar hatte sie den peinlichen Moment von gerade schon überwunden.

»Außergewöhnliches? Ja, ein paar der Blutkonserven fehlen.«

Whittings Kinnlade klappte herunter. »Das sagen Sie erst jetzt?« Er wandte sich zum Gehen, doch das Lachen der Krankenschwester ließ ihn innehalten.

»Das war ein Scherz, Doktor! Es sind noch alle Vorräte da. Ich habe es heute Morgen selbst kontrolliert.«

Whitting hob drohend einen Finger. »Sie spielen mit dem Herzen eines alten Mannes, junge Frau!«

Er drehte sich um und verließ zusammen mit Selma das Quartier. Es war Zeit, Hyde Bericht zu erstatten, auch wenn die Werte weder Grund zur Beunruhigung noch zur Hoffnung gaben — aber der Chef wollte über jedes Detail informiert werden.

Als der Arzt und Selma gegangen waren, ließ Jenna das Handtuch fallen und zog sich das eben erst angezogene T-Shirt vom Leib. Sie trat ganz nah an den Spiegel neben dem Bett heran, beugte sich nach vorn und betrachtete ihren jungenhaften Körper. Jennas Blick verhielt auf ihren Brüsten. Die Warzen hatten sich versteift. Bereits zum zweiten Mal an diesem Tag, obwohl sie noch gestern von sich behauptet hätte frigide zu sein und keine sexuelle Lust empfinden zu können. So sehr sie auch den Gedanken daran verdrängen wollte, sie musste sich eingestehen, dass die Vorstellung, Doktor Whitting habe sie vollkommen nackt gesehen, sie erregte. Mit einem Finger strich sie über die linke Brustwarze und betrachtete im Spiegel wie sie dabei noch härter wurde.

Jenna schloss die Augen und fuhr mit ihrer Zunge über die Lippen. Sie stellte sich Whittings Blick vor. Anzüglich. Lüstern. Wie er sie mit den Augen auszog und ihren Körper begehrte.

Ein anderes Bild mischte sich in ihre Gedanken. Das Gesicht einer jungen Frau mit hohen Wangenknochen, eingerahmt von langem, rotem Haar. Blaugrüne Augen sahen sie verlangend an. Doch das Feuer, das in ihr loderte, rührte nicht von Lust her, sondern von einem Durst, der gestillt werden musste.

Die Lippen der Frau teilten sich. Jenna spürte ein Kribbeln, das über ihre Haut lief. Ihr Körper zitterte. Eine wohlige Wärme breitete sich in ihrem Schoß aus. In Erwartung eines Kusses schloss sie die Lider und …

Abrupt riss Jenna die Augen auf und fand sich augenblicklich in der Wirklichkeit wieder. Der Traum endete jäh. Die Krankenschwester keuchte und rückte noch etwas näher an den Spiegel heran. Sie drehte den Kopf, besah sich aus den Augenwinkeln den Hals und fand sofort die Stelle, an der Rebecca Hyde heute Nacht zwei Male hinterlassen hatte.

Kapitel Fünf

Elmar fuhr sich durchs dunkelblonde Haar und schüttelte den Kopf. Sein Blick wanderte über die Brücke hin zum Kloster, dann zurück in die andere Richtung, wo ihn der nackte Höhlenfels erwartete.

»Wir werden hier verarscht«, murmelte er und schrie plötzlich los: »Los! Zeig dich!«

Natürlich erhielt er keine Antwort und lachte eine Sekunde darauf über sich selbst. *Junge, Junge, du wirst langsam verrückt. Aber eine Nebelsuppe, die wieder zum Ursprung zurückführt, egal in welche Richtung man geht, muss einem ja den Verstand verhunzen.*

Statt zurück ins Kloster zu kehren und den beiden Frauen von seiner Entdeckung zu berichten, wandte er sich zum Höhlenausgang und ging noch einmal zu der Felswand, die er zuvor schon erfolglos nach einem Durchschlupf untersucht hatte. Im Gegensatz zu den Klosterkorridoren gab es in diesem Bereich keine Fackeln, doch das gespenstische Violett des Nebels und die in den Stein eingelassenen, violett schimmernden Kristalle, spendeten genügend Licht, um sehen zu können. Abermals tastete Elmar die Vorsprünge und Fugen ab.

»Es muss hier sein. Schein und Sein — wir werden doch nur verarscht. Es *gibt* einen Ausgang, da bin ich mir si…«

Plötzlich griff er ins Leere, stolperte vorwärts und befand sich nicht mehr in der Höhle. Vor ihm lag ein Stollen, durch die in den Wänden eingebetteten Kristalle in den gleichen Farbton wie der Nebel getaucht. Elmar keuchte und blickte zurück. Hinter ihm schien sich eine massive Wand zu befinden, doch er wusste es besser. Zumindest hoffte er es. Auf einen Verdacht hin, streckte er eine Hand aus und berührte das Gestein. Es war kalt, grob und fest. Ganz gleich, welche Stelle er abtastete, die Wand blieb dort und gewährte keinen Durchlass.

»Scheiße!« Panik stieg in ihm hoch. Wie sollte er jetzt zurückkehren?

Will ich das überhaupt?

Er atmete tief durch und sog die kühle, salzig riechende Höhlenluft ein. Alena war auf der anderen Seite. Ohne ihre speziellen Fähigkeiten, Menschen zu beeinflussen, war er in der Welt aufgeschmissen. Er hatte einfach nichts mehr — außer ihr. Ja, er wollte zurück zu ihr. Aber wenn er sich schon einmal auf dieser Seite der Realität befand, konnte er sich auch etwas umsehen, ehe er nach einem Rückweg zum Kloster suchte.

Elmar trat durch den Gang und hielt sich leicht geduckt an einer Wand. Auch wenn für ihn subjektiv zwei oder drei Tage vergangen waren, konnte er sich gut vorstellen, dass DARK noch nicht aufgegeben hatte und noch immer nach ihnen suchte. Vermutlich wimmelte es in der Gegend nur so von Militär.

Der Gang schien tiefer in das Höhlensystem hineinzuführen. Es ging stetig bergab. Die Luft wurde dünner. Kälter. Elmar sah auf das Display seiner Armbanduhr, musste jedoch feststellen, dass es dunkel war. Das war merkwürdig, denn bevor er durch den Nebel watete, hatte sie noch funktioniert. Der Akku sollte mindestens ein Jahr halten, auch wenn die Solarzellen, die ihn bei Tageslicht aufluden, für ein paar Tage keine Sonne sahen. Um ein Zeitgefühl zu bekommen, zählte Elmar die Schritte, die er bis zur ersten Kreuzung benötigte. Bei einhundertunddreißig hielt er inne und sah, dass sich der Gang gabelte. Der rechte Weg stieg an, links ging es offenbar noch tiefer. Das Höhlenlabyrinth befand sich ohnedies schon unterhalb des Meeresspiegels. Vermutlich lagen einige Gänge sogar unterhalb des Meeresbodens.

Elmar wandte sich dem rechten Stollen zu, hörte dann jedoch aus dem linken Stimmen und entschied sich anders. Bemüht, selbst so wenige Geräusche wie möglich zu verursachen, schlich er sich in die Tiefe. Er merkte, wie sein Puls raste. Angst trieb ihm Schweiß in den Nacken. Vielleicht hätte er sich wohler gefühlt, wäre er bewaffnet gewesen. In der Eingangshalle des Klosters hingen mittelalterliche Waffen an den Wänden, die er hätte mitnehmen können, doch dafür war es jetzt zu spät. Er hätte ohnedies im Falle eines Angriffs kaum Gegenwehr leisten können. Elmar hatte nie gelernt zuzuschlagen oder sich zu verteidigen. Es war in seinem bisherigen Leben nie notwendig gewesen, und die zwei oder drei Male, in denen eine Situation hätte brenzlig werden können, war er einer Schlägerei aus dem Weg gegangen. Er war nicht der Kämpfertyp, sah aber mittlerweile die Notwendigkeit ein, sich zumindest einige Kenntnisse und Fähigkeiten anzueignen, um bei der nächsten Begegnung mit den Inquisitoren DARKs nicht wieder völlig hilflos dazustehen. Alena hatte seine Bitte, ihm das Kämpfen beizubringen bisher abgelehnt.

Die Stimmen wurden lauter. Kamen näher. Elmar blieb stehen und drückte sich in eine Nische. Er atmete flach und lauschte, doch von den Wortfetzen, die er aufschnappte, verstand er nichts. Die Stimmen redeten Norwegisch.

Mist! Er spähte über einen Felsvorsprung seines zweifelhaften Verstecks hinweg und sah die Lichtkegel zweier Taschenlampen über die Höhlenwände zittern. Zwei Uniformierte näherten sich. Vermutlich eine Patrouille der norwegischen Armee, die im Auftrag DARKs zurückgeblieben war, um nach ihm, Alena und Jannica zu suchen.

Oder van Horne. Elmar rätselte noch immer über den enormen Einfluss des Inquisitionsordens. DARK kontrollierte offensichtlich weit mehr als nur deutsche Behörden. *Und das alles zu dem Zweck, eine Bedrohung durch Vampire zu verhindern oder zu bekämpfen? Auf was für eine Gefahr bereiten die sich eigentlich vor?*

Elmar schrak zusammen als ein Lachen in seiner unmittelbaren Nähe erklang. In Gedanken versunken hatte er nicht mehr an die Wachen gedacht. Sie waren viel zu nah, um jetzt aus der Nische herauszutreten und den Weg zurückzulaufen. Und auch wenn er hier blieb, würden sie ihn unweigerlich entdecken. Er hielt den Atem an, schloss die Augen und betete für ein Wunder.

Im selben Moment schien sein Blut zu Eis zu erstarren, als sich eine kühle Hand auf seinen Mund legte und jemand seinen Körper nach hinten verbog. Ehe Elmar durch die Hand aufstöhnen konnte, drang ein Zischlaut an seine Ohren, gefolgt von einer geflüsterten Stimme.

»Keinen Laut!«

Wer immer hinter ihm aufgetaucht war, musste direkt durch die Wand getreten sein, denn Elmar hatte sich förmlich gegen den Felsen gepresst. Trotzdem spürte er jetzt den weichen Körper des anderen in seinem Rücken.

Die Soldaten waren nur noch wenige Schritte entfernt. Der Mann, der ihn festhielt, zerrte ihn nach hinten, weiter in die Nische hinein. Aus den Augenwinkeln erkannte Elmar seinen Irrtum. Die Nische war nur der Beginn eines weiteren Ganges gewesen. Keine zwei Schritte neben dem Vorsprung, gegen den er sich gelehnt hatte führte ein Korridor in einen anderen Teil des Labyrinths. Elmar wurde vier, fünf Meter in die Finsternis gezogen, dann blieb sein *Entführer* stehen und wartete. Die beiden Wächter zogen lachend vorbei und ignorierten die Nische völlig. Elmar sah jetzt, warum: Der abzweigende Gang lag in absoluter Dunkelheit da. Keine Fackeln, keine glimmenden Kristalle in den Wänden. Und der fahle Lichtschein aus dem Hauptstollen schien nach zwei Schritten von der Finsternis gefressen zu werden.

Der Mann hinter ihm entspannte sich, ließ die Hand jedoch auf Elmars Mund. Er zog ihn weiter mit sich, tiefer in den Stollen hinein. Mehrmals streiften Elmars Arme in der Dunkelheit einige Steinvorsprünge, die seine Haut aufschürften. Der Fremde bewegte sich zielsicher durch die Dunkelheit als könne er genügend sehen — oder als kenne er sich hier aus.

Elmar kam nicht dazu, die Schritte, Biegungen und Abzweigungen zu zählen, dazu war er viel zu geschockt. Einmal versuchte er sich aus dem Griff des Fremden zu befreien, doch der verstärkte nur den Druck auf seinen Mund und presste Elmar mit dem Unterarm fast die Luft ab.

Irgendwann streifte ein Lichtschein Elmars Blick. Er blinzelte und registrierte aus den Augenwinkeln das Flackern einer fernen Fackel, auf die der Unbekannte mit ihm im

Schlepptau jetzt zuhielt. Auf halber Strecke ließ er ihn endlich los. Elmar wischte sich mit dem Handrücken über die Lippen und hustete.

»Kein Grund, gleich laut zu werden«, raunte ihm der Mann an seiner Seite zu. »Diese Tunnel tragen den Schall viel weiter als Sie glauben. Also bleiben Sie ruhig, schreien nicht, machen keine lauten Geräusche und hören endlich mit dem Husten auf!«

Elmar blickte zur Seite, doch die Dunkelheit und das ferne Fackelflackern tauchten den anderen in Halbschatten, die fast alles von seinem Äußeren verbargen. Für einen Augenblick spielte Elmar mit dem Gedanken, den Mann niederzuschlagen und fortzulaufen.

Zumindest es versuchen. Wahrscheinlicher ist, ich haue daneben und er drückt mir eine lange Gerade rein.

Doch die Neugier und Unsicherheit siegten. Der Fremde gehörte definitiv nicht zu den Soldaten. Seiner dunklen Kleidung nach könnte er ein Inquisitor sein, aber warum sollte jemand von DARK Elmar vor den Wachen retten?

Bin ich denn überhaupt gerettet worden? Oder lande ich vom Regen in die Traufe?

Sie erreichten einen helleren Bereich des Tunnels. Weitere Fackeln beleuchteten den Gang, der offenbar in eine kleinere Höhle mündete. Nur am Rande registrierte Elmar, dass sie die ganze Zeit bergab gegangen waren, und er fragte sich wie tief das Höhlensystem wirklich war. Im Schein der Fackeln konnte er den anderen jetzt besser erkennen. Der Mann war ungefähr von seiner Größe und Statur. Er trug einen langen, dunklen Umhang, darunter ein seltsames ebenfalls dunkles Schnürhemd und schwarze, lederne Hosen, die an den Seiten mit Nieten besetzt waren. Im ersten Augenblick hätte Elmar ihn für einen Fantasy-Live-Rollenspieler gehalten oder jemanden aus einer Truppe von Anhängern des Mittelalters. Der Dolch in der Hüftscheide bestärkte ihn in dieser Annahme, auch das lange, mittelalterliche Gewand, das die Frau, die nun im Höhleneingang erschien, trug. Doch die schwarzen Lippen und Piercings im Gesicht des Mannes entkräfteten die Vermutung etwas. Offenbar hatte er es mit Grufties oder Goths zu tun — möglicherweise auch mit irgendwelchen Okkultisten.

Die Frau verstellte ihnen den Weg und stemmte ihre Hände in die Hüften. Das Kleid betonte ihre Figur, doch das tief ausgeschnittene Dekolleté offenbarte eine eher flache Brust. Sie wäre für Elmars Geschmack durchaus hübsch gewesen, wenn sie ihr Gesicht nicht mit Nasenringen und Lippenpiercings verunstaltet hätte. Ihre Augen lagen tief in den Höhlen und wurden von dunklen Flecken umrandet, die sich auf den zweiten Blick als natürlich herausstellten und nicht von zu viel aufgetragenem Make-up herrührten. Entweder war diese Frau total übernächtigt oder sie hatte einen Drogentrip zuviel erlebt.

»Was soll das?« Ihre Stimme glich einem heiseren Zischen, und aus ihrem Mund wehte ein fauliger Geruch.

»Bleib ruhig!«, sagte der Mann neben Elmar. »Er gehört nicht zu den Soldaten.«

»Das spielt doch keine Rolle! Du schleppst hier Fremde an. Was glaubst du, was der Kerl hier macht?«

Der Typ drehte sich zu Elmar um. Sein Blick verfinsterte sich und er verschränkte die Arme vor der Brust. »Ganz richtig. Was treibst du dich überhaupt hier herum?«

Elmar verdrehte die Augen. Ganz helle schien sein *Entführer* nicht zu sein. Er sah an der Frau vorbei in die Höhle und entdeckte einige weitere Gestalten, die ähnlich in dunkle, teils moderne, teils mittelalterliche Sachen gekleidet waren. Nicht alle trugen Piercings oder waren mit Ringen und Ketten behangen. Einige wirkten sogar recht normal auf Elmar. Nur eines hatten sie alle gemein: In ihren Augen lag eine seltsame Mischung aus Furcht, Neugier, Hoffnung und Traurigkeit.

»Was ist das hier für eine Freakshow?«, fragte Elmar.

Auch wenn der Kerl neben ihm nicht gerade mit Intelligenz gesegnet war, schien er sich dagegen auf den Kampf zu verstehen. Schneller als Elmars Auge folgen konnte, hatte er das Messer aus der Gürtelscheide gezogen und ihm an den Hals gesetzt.

»Wir stellen die Fragen!«

Elmar bezweifelte, dass der andere ihm die Kehle durchschneiden würde. Er schien zwar bereit zu sein, sich zu verteidigen, aber er war kein eiskalter Killer. Dennoch ging Elmar zunächst einmal auf das Spiel der Leute ein — viel ausrichten konnte er ohnehin nicht. Ihn interessierte aber sehr wohl, wer sie waren und vor allen Dingen, was sie hier suchten und warum sie sich vor dem Militär versteckten.

»Also schön, ich ...«

»Moment mal!« Jemand von den anderen Schwarzgekleideten war näher herangetreten und sah Elmar direkt an. Der Mann war klein, ging gebeugt. Er hatte sich den Schädel kahl geschoren und Brauen und Wimpern rasiert. Seine Schweinsaugen blickten unablässig zwischen Elmar und dem Typen mit dem Dolch hin und her. »Ich kenne den Kerl!«

Überrascht drehte sich die Frau zu ihm um. »Woher?«

Der Kahlköpfige hob einen Arm und deutete auf Elmar. »Na, aus dem Fernsehen. Das ist doch der Typ, der *Heinrichs Erbe* geklaut hat!«

Sofort sprang der Mann mit dem Messer zurück und blickte Elmar panisch an. Auch die Frau machte unwillkürlich zwei Schritte in die Höhle hinein und hob abwehrend die Hände. Die anderen Leute weiter hinten hatten die Worte des Kahlen mitbekommen. Lautes Gemurmel breitete sich unter ihnen aus.

»Komm mir bloß nicht zu nahe!« Der Große mit dem Messer machte zwei hektische Bewegungen mit der Klinge, doch er schien auch jetzt unschlüssig, ob er damit auf Elmar einstechen sollte. Distanz zu wahren schien ihm im Moment offensichtlich lieber zu sein.

Elmar verstand überhaupt nichts mehr. Er runzelte die Stirn und sah die Leute fragend an. »Was zum Geier ist hier eigentlich los? Mein Name ist Elmar Fuchs und ich habe nichts mit einem Diebstahl am Erbe von irgendeinem Heinrich zu tun. Klar?«

Er sah, wie der Kahle zusammenzuckte und der Typ mit dem

Messer einen energischen Schritt auf ihn zutrat, ehe er unvermittelt innehielt. Elmar war sicher, dass der Mann ihn geschlagen hätte, wäre da nicht die Angst oder der Respekt vor ihm gewesen. Was glaubten diese Leute, wer er war?

»Ich bin kein Dieb«, sagte Elmar noch einmal mit Nachdruck und hob beschwichtigend die Hände.

Die anderen blickten sich an. Ein Augenblick des Schweigens entstand und breitete sich beklemmend auf Elmars Seele aus. Er sah von dem Großen zu der Frau, dann zu dem Kahlen. Als sie ihn alle nur mit einer Mischung aus Furcht und Nervosität anstarrten, lag es an ihm die Stille zu durchbrechen.

»Für einen Moment ... tut für einen Moment einfach mal so als wüsste ich absolut nicht, worum es geht. Und dann erklärt es mir, okay?«

»Der scheint etwas durchgeknallt zu sein«, sagte jemand. Zwei der Umstehenden nickten.

Elmar seufzte und wandte sich halb ab. Vielleicht sollte er einfach gehen und diese Typen hier stehen lassen. Wenn sie ohnehin Angst vor ihm hatten, würden sie ihn kaum aufhalten. Angst. Als ob je jemand vor ihm Angst gehabt hatte oder haben müsste. Beinahe hätte er aufgelacht, aber dann hätten diese Leute hier ihn wohl erst recht für verrückt gehalten.

»Dein Name ist also Elmar Fuchs?«, fragte die Frau in dem mittelalterlichen Kleid und mit den dunklen Ringen unter den Augen.

Elmar drehte ihr den Kopf zu. »Ja. Wenn ich noch einen Ausweis hätte, würde ich es euch zeigen.« Er senkte automatisch die Stimme. »Aber was soll ich noch damit? Sie haben mir eh alles genommen.«

»Was?« Die Frau machte einen Schritt auf ihn zu, hielt jedoch noch immer einen respektvollen Abstand. Wovor hatte sie Angst?

»Schon gut.« Elmar schüttelte den Kopf. »Also schön, ihr kennt meinen Namen.«

»In den Nachrichten erwähnten sie ihn nicht«, sagte der Kahlköpfige.

Nachrichten? Was zum Henker ist geschehen? Hat die Polizei in Münster eine Fahndung nach mir herausgegeben? Aber warum sollte sich das bis zur nördlichsten Stadt der Welt herumgesprochen haben? Ich hab schließlich nur ein Auto geklaut — mein eigenes noch dazu, wohlgemerkt.

Elmar runzelte die Stirn. Bis nach Norwegen? Diese Leute sprachen ausnahmslos deutsch. Er hatte sich mit Alena stets in seiner Muttersprache unterhalten, erst als Jannica sich zu ihnen gesellte, waren sie in ihrer Anwesenheit ins Englische gewechselt. Selbst Rebecca hatte in Münster deutsch mit ihm gesprochen, sodass es ihm schon fast selbstverständlich vorkam, als würde man in jedem Land der Welt keine andere Sprache kennen.

»Ihr seid aus Deutschland?«, fragte Elmar.

Die Frau nickte. »Ich bin Rafaela Behrmann. Aber jeder nennt mich nur Ela. Der Große mit dem Messer ist Kai Wolter.«

Der Mann, der Elmar hergebracht hatte, warf Ela einen Blick zu, der ausdrückte, was er davon hielt, dass sie seinen Namen preisgegeben hatte. Ela ignorierte ihn und deutete auf den Kahlkopf neben sich. »Gerd Zuber. All die andere jetzt noch vorzustellen, wäre etwas müßig.«

Elmars Blick wanderte über Elas Schultern zu dem Grüppchen, das sich in der Höhle versammelt hatte.

»Wir kommen aus Nürnberg«, sagte Zuber und fuhr sich dabei mit dem Handrücken über die Nasenspitze. Gleichzeitig zog er den Schnodder in seinem Organ hoch und entlockte seiner Kehle einen Grunzlaut, der Elmar vermuten ließ, dass Zubers Vorfahren Schweine gewesen sein mussten.

»Nürnberg.« Elmar strich sich übers Kinn. Es gab da eine schwache Erinnerung. Etwas, das Alena ihm erzählt hatte. Die Gestalten, die ihn umgaben konnten direkt aus dem Lokal stammen, in dem sich die Vampirin herumgetrieben hatte, während er in einer Pension den Schlaf der Gerechten schlief. »*Near Dark*?«

Ein Raunen ging durch die Versammelten. Wolter zog das

Messer und hielt die Klinge in Elmars Richtung. Zubers Augen verengten sich und für einen Moment schienen die Ringe unter Elas Augen noch schwärzer zu werden.

»Du … kennst das *Near Dark?*«, fragte die Frau.

Elmar nickte, schüttelte dann in der gleichen Bewegung den Kopf. »Nur vom Hörensagen. Moment … jetzt verstehe ich. Ihr seid *ihretwegen* hier. Ihr sucht Alena!«

Die anderen erstarrten sprichwörtlich zu Salzsäulen. Auch wenn sie ihn vorher schon seltsam angesehen und offensichtlich Angst vor ihm hatten, weil er weiß Gott wessen Erbe gestohlen haben sollte, jetzt rührte sich niemand mehr von ihnen. Die Höhle schien in ein Zeitloch gefallen zu sein. Ela, Wolter, Zuber und all die anderen Grufties oder Goths, was immer sie auch darstellen mochten, starrten ihn völlig bewegungslos an. Er sah keine Regung in ihren Augen, niemand blinzelte, niemand schien auch nur zu atmen.

Elmar runzelte die Stirn und überlegte, ob er die Leute jetzt anschreien sollte, endlich etwas zu sagen oder sich einfach umdrehte und ging. Möglicherweise brauchten sie einen Schlag in den Nacken, damit ihr Gehirn wieder anlief. Bevor Elmar die Situation zu blöd werden konnte, regte sich endlich jemand. Es war nur ein leises Aufstöhnen, aber immerhin ein Lebenszeichen. Doch es galt nicht ihm, sondern der Gefahr, in der sie alle schwebten. Elmar fuhr im selben Moment herum, in dem er die Schritte hinter sich hörte. Sie waren noch weit entfernt, klangen jedoch mit einer Gleichmäßigkeit, die nur einen Schluss zuließ.

»Soldaten!« Elmar sah Ela und Wolter an. »Ihr … *wir* müssen hier weg.«

»Scheiße!«, knurrte jemand hinter Zuber und sah Elmar finster an. »Der Kerl hat sie direkt zu uns geführt.«

»Er kennt Alena, sei bloß vorsichtig, wie du mit ihm sprichst!«

Elmar zog überrascht die Brauen hoch, als Wolter für ihn Partei ergriff.

Plötzlich bin ich kein Dieb mehr, sondern ein Heiliger? Seltsames Völkchen.

Das Geräusch hinter ihm erinnerte ihn daran, dass sie keine Zeit zu verlieren hatten.

»Hat die Höhle einen zweiten Ausgang?«

Wolter nickte. »Durch den sind wir hergekommen.«

Elmar setzte sich in Bewegung und merkte nicht, dass er im Begriff war, unbewusst die Führung zu übernehmen. In seiner Firma war er es gewohnt, dass seine Anweisungen ausgeführt wurden. Auch wenn er mit Sascha des Öfteren in ein Wortgeplänkel verwickelt wurde, akzeptierte ihn dieser als Chef. Doch Elmar hatte den Wehrdienst verweigert und war nie gezwungen gewesen, in strategischen Bahnen zu denken, geschweige denn eine Gruppe anzuführen.

»Gehen wir«, entschied er und war selbst über seinen bestimmenden Tonfall überrascht.

»Moment noch.« Wolter hob eine Hand, diesmal jedoch nicht die, die das Messer hielt. »Wenn du mit uns gehst, muss ich wissen, ob du infiziert bist.«

Was meinte er damit? Ob Alena ihn gebissen hatte?

Als Elmar nicht antwortete, fuhr der andere fort: »Die Sache mit *Heinrichs Erbe*. Hast du die Proben noch bei dir? Besteht Ansteckungsgefahr?«

Eine steile Falte bildete sich zwischen Elmars Brauen. »Hör zu, ich hab nicht die geringste Ahnung, wer oder was dieses Erbe sein soll. Und ich habe es wirklich nicht geklaut. Wir sollten zusehen, dass wir von hier verschwinden und später reden.«

»Gehen wir zu Alena?«, mischte sich Ela in das Gespräch ein. Ihre Augen leuchteten und für einen Moment schienen die dunklen Ringe unter ihnen wie weggewischt.

Elmar hob die Schultern. »Wenn wir können. Ja.« Er fragte sich, wie sie die Barriere überwinden sollten, die in die Dimensionsblase zum Kloster führte. Sicher, er hatte es einmal geschafft, aber fand er auch den Weg zurück?

Er setzte sich mit Kai Wolter und Ela Behrmann an die Spitze der Gruppe, die weitaus größer war, als er vorher angenommen hatte. In den Schatten der Höhle verbargen sich allerlei Gestalten. Die meisten von ihnen sahen aus als würden sie geradewegs zu einem Raver-Treffen gehen — oder besser von einem kommen, denn sie wirkten ermattet und ausgelaugt. Die Reise bis nach Hammerfest musste sie geschlaucht haben. Elmar fragte sich ohnedies, wie sie überhaupt hergekommen waren. Er behielt sich die Frage für später auf. Im Moment war nur wichtig, dass sie den Soldaten nicht in die Hände fielen.

Einer Vampirin zu begegnen war für Jannica bis vor ein paar Tagen eine unmögliche Sache gewesen, an die sie sich mittlerweile gewöhnt hatte. Aber die Personifizierung ihres Glaubens vor sich zu sehen, rief in ihr einen Gefühlssturm hervor, der sie in die Knie brechen ließ. Ihr Verstand schien für einen Moment auszusetzen, das Herz stehen zu bleiben. Jannica Forsman spürte in sich eine Leere, die von unendlicher Güte und Liebe gefüllt wurde. Sie kam sich plötzlich unbedeutend und klein vor. Überwältigt von ihren eigenen Gefühlen, beugte sie sich vor der Frau, die vor wenigen Augenblicken noch eine Steinstatue gewesen war und jetzt aus Fleisch und Blut vor ihr stand.

»Aber ... wie ist das möglich?«

Das Kleid der Frau war moosgrün. In ihrer Armbeuge trug sie noch immer den geflochtenen Korb mit den Äpfeln, die jetzt saftig-golden glänzten. Ihr zu Zöpfen geflochtenes Haar glänzte wie die Morgensonne, und das Lächeln, das sie Jannica schenkte war warm und befreiend.

»Wenn du dich das fragst, war dein Glaube nie stark genug«, sagte Idun. »Sieh mich an und steh auf.«

Jannica wollte den Kopf heben, sich vom Boden abstützen, doch ihre Glieder gehorchten ihr nicht. Zu groß war die Ehrfurcht vor der Göttin, der sie ihr Leben geweiht hatte. Solange sie sich erinnern konnte, verehrte sie Idun, lebte nach ihren Lehren, hatte für sie ihr zivilisiertes Leben aufgegeben und ein neues in Island begonnen. Aber wer von allen Gläubigen der Welt konnte von sich behaupten, je seinem Gott begegnet zu sein?

Bei der Berührung Iduns zuckte Jannica zusammen. Sie spürte die weiche Haut der Hand unter ihrem Kinn, die es mit sanftem Nachdruck anhob und Jannica zwang, die andere Frau anzusehen. In ihren Augen lag eine Freundlichkeit und Weisheit, die Jannica nie zuvor bei einem menschlichen Wesen bemerkt hatte.

Sie ist kein Mensch. Sie ist die Göttin!

Die andere Hand Iduns griff unter Jannicas Achseln und zog sie hoch auf die Beine.

»Na siehst du, es geht doch.«

Jannica brachte nur ein Stammeln zustande, das sie selbst nicht verstand. Ihre Beine fühlten sich wie Gummi an. Sie glaubte jeden Moment wieder in die Knie gehen zu müssen.

Die Göttin führte sie zu dem Altar, sodass sie sich dort an der marmornen Platte festhalten konnte.

»Es vergeht gleich«, sagte Idun. »Glaub mir.«

Jannica nickte automatisch, fühlte sich aber noch immer schwach. Sie senkte wieder den Kopf, weil sie glaubte, den Blick der Göttin nicht ertragen zu können.

»Was suchst du?«

»Ich verstehe nicht.«

Idun ließ sie los und trat einen Schritt zurück. »Du bist hier. An diesem Ort. Nur wer sucht, tritt in die geweihten Hallen.«

Jannica biss die Zähne zusammen und dachte über die Worte nach. Es gab so vieles, was sie darauf antworten konnte. Sie erinnerte sich an ihr Leben im Kloster. An die anderen Schwestern, die ihre Freundinnen gewesen und jetzt tot waren. Was suchte sie? Den richtigen Weg? Erfüllung oder Erlösung? Eine Offenbarung, um ihrem Leben einen Sinn zu geben? Vielleicht all das, und dennoch überraschte sie sich selbst dabei, dass eine ganz andere Suche in den Vordergrund trat.

»Die *Vier Säulen der Macht.*«

Jannica sah die Göttin an und glaubte selbst nicht, was sie

gerade gesagt hatte. *Ich bin verrückt geworden. Van Horne und Alena haben mir den Verstand zermürbt. O Göttin, ich denke schon wie sie.*

»Hab keine Angst, junge Tochter. Es war die einzig richtige Antwort.«

»So?« Unglauben schwang in Jannicas Stimme mit. Doch sie begriff langsam. Dieser Ort war nicht *das zweite Kloster,* das Erik Hansen ihnen versprochen hatte. Hier hatte es nie einen Schwesternorden der Idun gegeben. Was sie hier vorfanden diente dem Zweck, damit Alena zu ihrer Bestimmung fand. Ob es nun gut oder schlecht war, wusste Jannica nicht zu sagen.

Enttäuschung machte sich in ihrem Innern breit. Sie hatte gehofft, hier eine neue Familie zu finden. Gleichgesinnte. Freunde. Doch die gab es nicht. Alles woran sie geglaubt hatte, war in Island gestorben. Norwegen war für Jannica eine Sackgasse geworden.

»Unsinn«, sagte Idun, die offenbar jeden Gedanken mitbekam. »Du hast deine Bestimmung, deinen Weg noch nicht gefunden. Das, was du dir erhofft hast, war nur ein Schimmer, etwas an dem du festgehalten hast, weil du nichts anderes kanntest. Du musst neue Leitfäden in deinem Leben erkennen und ihnen folgen.«

»Dann war mein Leben eine Lüge?«

Die Göttin schüttelte den Kopf. »Wie kommst du darauf? Du hast an mich geglaubt. Warum sollte sich daran jetzt etwas ändern? Was ist mit Alena? Ist sie nicht meine Botin, der du folgen kannst? Du verweigerst dich ihr, weil sie nicht das ist, was du erwartet hast. Sie ist eine Opyri, aber das macht sie zu keinem geringeren Wesen. Dinge, die du noch nicht verstehst, brauchst du nicht zu fürchten — nimm dir die Zeit und lerne zu verstehen.«

Eine Vampirin, dachte Jannica und schluckte. Also war es wahr. Die Schwestern in Island hatten nicht nur die Botin Iduns in Alena gesehen, sondern sie war sie tatsächlich. Aber konnte sie ihr folgen? Alles in ihr sträubte sich dagegen, in ihr ein höheres Wesen zu sehen, das ebenfalls der Göttin diente.

»Mit der Zeit, wirst du lernen, es zu akzeptieren.«

»Warum gibst du Alena nicht ihre Erinnerungen zurück?«

Idun lächelte. »Sie erinnert sich bereits. Jetzt in diesem Moment.«

»Und was ist mit den *Vier Säulen der Macht?* Warum dieses Rätselraten darum?«

Statt eine Antwort zu geben, griff Idun in den Korb, zog einen der Äpfel heraus und biss hinein. Sie wandte sich ab und ging zu der Stelle zurück, wo zuvor die Statue gestanden hatte.

»Ein Wegweiser würde jeden dorthin führen. Was verborgen ist, muss es bleiben. Nur diejenigen, die würdig sind, die Rätsel zu lösen, werden Zugang finden.«

»Aber ... du sagst selbst, Alena ist deine Botin. Warum muss auch sie sich erst beweisen?«

»Müssen wir das nicht alle?«

Idun hatte ihre Position eingenommen. Der angebissene Apfel war verschwunden. Ihre Haut verfärbte sich, wurde grau, versteinerte.

»Warte!«, rief Jannica, doch die Verwandlung schritt rapide voran. Mit dem letzten Atemzug stieß die Göttin noch Worte aus, die in Jannicas Bewusstsein widerhallten:

Vier Wege du schaust
Vier Wege du gehst
Auf deine Stimme du hörst
Ein Ziel du siehst

Idun war fort. Zurück blieb nur die Marmorstatue. Für einen Augenblick glaubte Jannica, sie hätte sich die Begegnung mit der Göttin nur eingebildet, doch dann sah sie das Lächeln um die Mundwinkel der Statue. Ein Lächeln, das vorher nicht da gewesen war. Eine Zeit lang starrte sie die Statue nur an. Schließlich nickte Jannica, drehte sich um und nahm sich vor, Elmar aufzusuchen.

Kapitel Sechs

Vergangenheit, 1709

Eine salzige Brise umwehte sie, als sie über die Planken des in Nebel verhüllten Steges ging. Sie reiste mit leichtem Gepäck, das ihr zwei Bedienstete des Handelsschiffkapitäns hinterher trugen. Ihre Schritte hallten hohl vom morschen Holz wider, und mehr als einmal glaubte sie eine der Planken unter sich bedrohlich ächzen zu hören.

Der Dockmeister kam ihnen entgegen und grüßte, indem er sich tief vor Alena verbeugte.

»Guten Morgen, Mylady.« Er zog den gefiederten Hut vom kahlen Kopf. »Ich nehme an, dass Ihr nichts zu verzollen habt?«

»Nein«, sagte Alena.

»Dann benötige ich nur noch Euren Namen für das Hafenbuch.«

»Ich bin die Marquesa Magdalena Labastida aus Viana do Castelo.«

Der Mann zog die Brauen hoch und verneigte sich nochmals vor ihr. »Ein weiter Weg von Portugal hierher. Ich hoffe, die Überfahrt war angenehm.«

Alena lächelte. »Ein wenig stürmisch. Was aber daran liegen mag, dass die *Across The Ocean* von Island aus herkam.«

»Island?« Der Dockmeister blätterte in seinem Logbuch und nickte, als er die Angaben fand, die der Kapitän des Dreimasters gemacht hatte. »Und was führt Euch nach London, Mylady?«

»Geschäfte.«

»Natürlich. Ich wünsche Euch einen angenehmen Aufenthalt.«

Alena bedankte sich und ging weiter. Die Träger folgten ihr in angemessenem Abstand. Sie spürte die Blicke des Dockmeisters förmlich in ihrem Rücken. Vermutlich missbilligte er ihren Aufzug, denn sie trug nur einfache Gewänder und hatte bei der Überfahrt auf die pompösen Kleider, die ihrem Stand entsprachen verzichtet. Sie würde sich vor Ort neu einkleiden lassen müssen, um nicht unangenehm aufzufallen und in Adelskreisen anerkannt zu werden.

Wie sehr ich das alles nicht *vermisst habe*, dachte sie amüsiert. Am Ende des Piers blieb sie stehen und sah sich um. Die *Across The Ocean* hatte einen Liegeplatz bei den alten Docks zugewiesen bekommen. Der Viermaster lag mit eingeholten Segeln an der Anlegestelle vertäut und wurde entladen. Die Handelswaren, die der Kapitän aus Island mitgebracht hatte, bestanden vornehmlich aus gepökeltem Schafsfleisch, geräuchertem Lachs und Schafswolle.

Ein strenger Geruch nach Fisch und Abfällen lag über dem Dock. Es befand sich in der City of London und ersparte den Anlegern so die lange Reise bis zum Stadtzentrum. Der Londoner Hafen galt als der größte der Welt. Bei der An- und Abfahrtsfrequenz, die vor zwei Jahren, seit London Hauptstadt Großbritanniens wurde, noch zugelegt hatte, herrschte extremer Platzmangel. Seit 1696 wurde flussabwärts der Themse ein weiteres Dock, das *Howland Great Dock*, gebaut, um die City of London sowie den Hafen in Southwark zu entlasten. Der neue Hafen sollte nahezu 120 weitere Schiffe aufnehmen können.

Vor den Lagerschuppen an der Dockzufahrt reihten sich ein Dutzend Droschken auf, die auf zahlende Fahrgäste warteten. Alena besaß kein nennenswertes Ziel. Sie war vor zwei Wochen vom Kloster der Idun in Island aufgebrochen, da Boten der Schwesternschaft vom Ende der Inquisition berichteten. Entgegen des Rates ihrer Freundinnen im Orden wollte sie auf dem Festland Europas die Lage ihrer Artgenossen erkunden. Die Vampire waren ein Ziel der Inquisition gewesen. Alena musste wissen, was von ihnen geblieben war, nachdem die Kirche die Hexenprozesse eingestellt hatte. Sie hoffte, dass noch irgendwelche ihrer alten Kontakte existierten und überlebt hatten.

»Guten Morgen, Marquesa!«

Alena wandte den Kopf nach links. Ein Mann im Rüschenhemd, knielangem Rock und Reithosen trat an sie heran und bot ihr eine Hand dar, während er sich gleichzeitig vor ihr verneigte.

Bevor sie sich blamieren konnte, erinnerte sich die Vampirin an die Etikette und hielt ihm ihrerseits die Hand hin. Kühle Lippen berührten flüchtig ihre Haut, dann sah der Fremde auf und lächelte.

»Ihr wisst wer ich bin?«

Die blauen Augen des Mannes blitzen auf. Seine weißhaarige Lockenperücke, die in Adelskreisen getragen wurde, verrutschte leicht und bedeckte seine buschigen Brauen. »Euer Ruf eilt Euch voraus, Mylady.«

»So, tut er das? Ich wollte meine Ankunft eigentlich geheim halten.«

Das Lächeln auf seinen Lippen wurde breiter. Er richtete schnell die Perücke und deutete auf eine der wartenden Droschken. »Seid unbesorgt, Lady Magdalena. Es bleibt unter uns.«

»Wenn Ihr das sagt. Haben die Männer Großbritanniens in den letzten Jahren ihre Manieren verloren?«

»Oh, verzeiht.« Der Mann verbeugte sich noch einmal so übertrieben tief, dass Alena seufzend die Augen verdrehte. Die übertriebenen Förmlichkeiten hatten sie schon von jeher angewidert, zumal sie oft nur geheuchelt waren. Das Leben im Kloster der Idun war einfacher gewesen, ungezwungener. Jeder sagte das, was er meinte und niemand musste sich mehrmals am Tag vor dem anderen verbeugen, nur um ihm seine Ehrerbietung zu zeigen.

»Ich bin Lord-Baron Ivo Dehollander.« Er sah hoch und entblößte in einem angedeuteten Grinsen seine Zähne, von denen zwei für einen winzigen Augenblick unnatürlich lang und spitz wuchsen, wie die eines Raubtieres. »Und ich bin wie *Ihr,* Euer Erlaucht.«

Alena nickte. Der Baron hatte seine natürliche Ausstrahlung gut im Griff, denn sie hatte nicht gespürt, dass er ein Wesen wie sie war. Manchen gelang es, diese Aura zu verbergen, bei anderen leuchtete sie einem Vampir wie ein Fanal in der Nacht entgegen.

Er bot ihr den Arm dar, und Alena hakte sich bei ihm ein. Dehollander führte sie zu der Droschke hinüber und gab dem Fahrer mit einem Wink ein Zeichen. Dieser eilte sofort vom Kutschbock, öffnete die Türen und die Ladeluke, in der er die beiden Koffer und Taschen verfrachtete, die ihm die Träger überließen. Alena machte Anstalten, die beiden Schiffsjungen für ihren Dienst zu bezahlen, doch Dehollander winkte ab.

»Lasst mich das für Euch regeln.« Er griff in seine Tasche, zog die Hand jedoch leer hervor und legte jedem der beiden Männer ein imaginäres Silberstück in die Hände, das ihre Augen zum Strahlen brachte. Die beiden bedankten sich mehrmals, verbeugten sich so tief, dass ihre Stirn fast die Knie berührte und eilten dann über den Steg zurück zur *Across The Ocean.*

»Nichts anderes habe ich auch vorgehabt«, sagte Alena und stieg in die Kutsche. Dehollander folgte ihr und ließ sich auf der Sitzbank ihr gegenüber nieder. Der Fahrer schloss die Tür. Einen Moment darauf waren ein Peitschenhieb und ein Wiehern zu hören. Die Kutsche fuhr an. Dehollander drehte sich nach hinten und nestelte an dem Verschluss für das Faltverdeck.

»Es wird gleich sonnig«, sagte er und zog das Verdeck zu, bis es einschnappte. Der Fahrer warf bei dem Geräusch einen Blick zurück über die Schulter, sagte jedoch nichts.

Dehollander sollte Recht behalten. Kaum, dass sie die Docks verlassen hatten, teilte sich der Nebel vor ihnen und einige Sonnenstrahlen verirrten sich bis zum Boden.

»Ihr stammt nicht aus London, oder?«

Dehollander schüttelte den Kopf so heftig, dass die Perücke erneut verrutschte.

»Und Ihr tragt nicht gerne diese Perücken«, fügte Alena lachend hinzu. »Meinetwegen könnt Ihr sie abnehmen.«

Sie selbst hatte sich mit diesem Kopfschmuck, der den Adel

vom gemeinen Volk abheben sollte, ohnehin nie anfreunden können.

Der Baron lächelte und zog sich die Perücke vom Kopf und legte sie auf die Sitzbank neben sich. Er schlug das rechte Bein über das linke. »Nein, Ihr habt Recht. Ich bin in Antwerpen geboren ...« Er hielt kurz inne und grinste. »Auch das wiederum stimmt nicht.«

»Ich verstehe«, sagte Alena. Er war ein Opyri, wie sie. Sie wurden nicht geboren, zumindest nicht in dieser Welt. Dehollander stammte damit aus der Dunkelsphäre und war irgendwann vor langer Zeit durch das Tor zur Erde gelangt.

»Wie lange seid Ihr in London?«

Der Baron machte eine wegwerfende Handbewegung. »So lange, dass ich es schon nicht mehr zählen kann. Vor dreißig Jahren wurde es zu heiß für mich in Antwerpen. Die Masche mit dem Sterben und einen Nachfahren beerben klappt nicht immer. Manchmal kommen die Menschen dahinter. So gab es dann auch jemanden von meinen Bediensteten, der sich an die Kirche wandte und mich als Ketzer und Hexer entlarven wollte. Ich musste fliehen, mein Schloss und Ländereien zurücklassen und kam hierher nach England.«

Sie fuhren über einen breiten Platz, der, wie Dehollander erklärte, einmal in der Woche für den Fischmarkt herhalten musste. Die Kutsche bog in eine Seitenstraße ein, die so schmal war, dass die Radnaben fast die Hauswände berührten. Mehr als einmal musste sich ein Passant eilig in eine Nische oder einen Eingang drücken, um nicht umgefahren zu werden.

»Wohin fahren wir?«, fragte Alena nach einer Weile.

»Ich habe ein Zimmer für Euch in einem etwas vornehmeren Gasthaus reservieren lassen. Ich selbst wohne dort auch, seit ich im Exil bin.«

»Ein teures Vergnügen seit dreißig Jahren.«

»Nun, wenn man dem Schankwirt über diese Zeit weismachen kann, ihm bei jeder Gelegenheit ein großzügiges Trinkgeld zu überlassen, lässt es sich gut aushalten. Außerdem schmeckt seine Tochter einfach vorzüglich, da kann ich schlecht nein sagen.« Er schmunzelte.

Alena ließ sich nichts anmerken. Natürlich ging der Baron davon aus, dass sie sich selbst jederzeit an Menschen bediente, wenn sie durstig war. Sie wusste nicht, ob er je von ihr und ihren Taten aus jener Zeit gehört hatte, bevor sie das Kloster der Idun in Island aufsuchte. Seither hatte sich viel verändert. Alena hatte sich verändert. Die Eiseskälte war aus ihr verschwunden. Sie sah in den Menschen nicht mehr das Futter, das sie vorher für sie darstellten. Aber dennoch brauchte sie ihr Blut zum Überleben und fühlte sich zu Ihresgleichen hingezogen.

»Wie habt Ihr von meiner Ankunft erfahren?«, fragte Alena nach einer Weile.

Dehollander schürzte die Lippen. »Die Schwestern haben Euch nichts erzählt? Das wundert mich. Ich bin über Jahre hinweg schon ihr Kontaktmann. Ich war auch derjenige, der versucht hat, es Euch auszureden. Allerdings bin ich mir nicht sicher, ob ich es jetzt noch wollte. Wärt ihr in Island geblieben, hätte ich niemals erfahren, welch bezaubernde und wunderschöne Frau Ihr seid.«

»Ihr seid ein Schmeichler, Lord Ivo. Erzählt mir von der Inquisition. Ich hörte, die Kirche hat Erlasse herausgegeben, die Hexenverfolgung einzustellen.«

Dehollander blickte nach draußen als versuche er der Frage auszuweichen. Dennoch antwortete er. »Offiziell hat die Kirche die Hexenverfolgung beendet. Allerdings hindert das nicht die ländlichen Gemeinden, damit fortzufahren. Man sieht keine Inquisitoren und ihre Henker mehr durch die Lande ziehen, aber zeigt jemand auf einen Menschen und ruft laut *Hexe,* könnt Ihr Euch ausmalen, was dann der Pöbel macht. Ihr habt die schlimmste Zeit nicht mitgemacht, Mylady, aber nach meinen persönlichen Schätzungen gab es in ganz Europa vielleicht über eine Millionen Hexenurteile, nachdem der *Malleus Maleficarum** ins Leben gerufen wurde.«

Unschuldige, dachte Alena. Die Kirche hatte die Welt vor den

* lat. für *Hexenhammer*

Dämonen, Wesen wie sie selbst, befreien wollen und doch nur unzählige Unschuldige gerichtet.

Die Kutsche hielt vor einem großen Gebäude an, das mit Säulen im Eingangsbereich verziert war. Anstelle von großen Blumenkübeln thronten unter dem Vordach zwei tönerne Gargoyles, die das Regenwasser vom Dach ableiteten und auf den Asphalt spien. Der Kutscher öffnete die Tür. Dehollander ging voran und half Alena galant beim Aussteigen.

Zum Teufel mit der Etikette, dachte sie, nahm jedoch die Hand des Barons.

Dehollander *bezahlte* den Kutscher, trug ihm auf, noch Alenas Gepäck ins Gasthaus zu tragen und führte sie auf den mit eisernen Beschlägen verzierten Eingang des Gebäudes zu. Neben den Türen prangte ein Schild in goldenen, allerdings sehr verwitterten Lettern:

The Royal Club House

Ein Türsteher in Uniform verneigte sich vor ihnen und öffnete die Pforte.

»Eure Lordschaften.«

Alena entgingen nicht die beiden verkrusteten Male, die kurz unter dem Kragen des Uniformrocks hervorlugten. Sie nickte dem Mann zu und übertrat die Schwelle. Als Dehollander vorhin einen Schankwirt erwähnt hatte, glaubte sie, er wäre in einer etwas vornehmeren Gaststätte mit ein paar Unterkünften eingekehrt. Doch das *Royal Club House* entpuppte sich als Nobelhotel der Extraklasse. Niemand aus dem Mittelstand würde je genug Geld haben, um hier auch nur eine Nacht verbringen zu können. Nur die Creme de la Creme verkehrte hier.

Als Alena und der Baron das riesige Foyer betraten, stürzten sofort zwei Pagen auf sie zu und rissen die vom Kutscher abgestellten Koffer an sich. Der Boden war marmoriert, zum größten Teil jedoch mit rotem, kostbarem Teppich ausgelegt. Zu beiden Seiten fanden sich großzügig angelegte Sitzecken mit breiten Sofas, gewaltigen Ohrensesseln und niedrigen Tischen. Dazwischen Pflanzenkübel mit hohen Farnwedeln und Palmenarrangements. Einige der Sessel wurden von den Vornehmen Londons belegt, die Pfeife rauchten, Zeitung lasen, sich unterhielten. Niemand nahm Notiz von ihnen. Alena ließ ihre Blicke schweifen, beobachtete die Anwesenden genau, doch wenn einer von ihnen ein Vampir wie Dehollander war, dann verbargen sie es gut genug.

Oder ich habe zu lange nicht mehr unter Meinesgleichen gelebt und verlernt, sie zu spüren.

Die Pagen führten die beiden zur Rezeption, die sich hinter einem wuchtigen Marmortresen verbarg, der fast die gesamte Breite des Foyers im hinteren Bereich für sich beanspruchte. Daran schloss sich ein abgeteilter Raum an, der dem Geschäftsführer vorbehalten blieb.

Ein Mann mit Zwirbelschnauzer und jener Art von Perücke, die Dehollander in der Kutsche abgesetzt hatte, begegnete ihnen mit arrogantem Blick. Er musterte Alena skeptisch, dann den Baron. Erst jetzt schien er Dehollander zu erkennen.

»Mylord, ich bitte um Verzeihung. Ihr seht heute ... nun ... *anders* aus, dass ich Euch nicht gleich ...«

Dehollander winkte ab. »Schon gut, Coffey. Ich habe mein Haar in der Kutsche vergessen.«

Der Portier hob die Brauen. »Soll ich sofort jemanden losschicken, um sie noch einzuholen?«

»Nein, das ist nicht nötig. Ich habe ein Zimmer reservieren lassen für die Marquesa Labastida.«

Coffey schlug das Gästebuch auf, fuhr mit dem Finger über die Seiten und nickte dann. »Ja. Ich habe die Kaisersuite freimachen lassen.«

»Ist Count Wellington schon abgereist?«, fragte Dehollander.

Ein verschmitztes Grinsen stahl sich auf die Züge des Portiers. »Oh nein, ich fürchte er wird nun mit der Herzogsuite Vorlieb nehmen müssen. Seine Flüche hallen mir noch immer in den Ohren nach. Aber er wollte partout nicht die dreihundert Pfund mehr zahlen, die Ihr großzügigerweise ...« Coffey sah Alena an, räusperte sich und verstummte sofort.

Sie erledigten die Formalitäten, die Pagen trugen die Koffer nach oben und Alena hakte sich bei Baron Dehollander ein. Die Suite war riesig und die größte, die sie je in einem Hotel gesehen hatte. Aber die Zeiten änderten sich. Sie war vor zweihundert Jahren das letzte Mal auf dem Festland gewesen, zu dem sie auch England zählte.

»Wenn Ihr wollt, könnt Ihr Euch erst ein wenig frisch machen. Ich werde mich um Eure Versorgung kümmern.«

Alena horchte auf. Sie hatte die Jacke ausgezogen und achtlos auf einen der Stühle geworfen. Ehe sie sich bewusst machte, dass sie sich nicht mehr in Gesellschaft der Ordensschwestern befand, zerrte sie bereits an den Knöpfen des Kleides, hielt dann inne und blickte zu Dehollander.

»Oh, entschuldigt. Ich werde dann ...«

»Moment noch, Lord Ivo. Wie habt Ihr das gemeint, Ihr würdet Euch um meine Versorgung kümmern?«

Dehollander fuhr sich mit der Zunge über die Lippen. »Die Reise von Island war sicherlich anstrengend und Ihr hattet nur die Wahl unter einfachen Seeleuten. Bevorzugt Ihr das Blut eines Knaben oder eines Mädchens?«

Alena seufzte und verschränkte die Arme vor der Brust. »Ivo. Wir müssen reden.«

Und sie redeten.

Gegenwart

Keuchend erwachte Alena in der Kammer. Sie lag auf dem steinernen Fußboden und zitterte. Verwirrt stellte sie fest, dass sie sich in ihrer Trance sämtliche Kleider vom Leib gerissen hatte und nackt war. Ihr Körper glänzte vor Schweiß — auch das war seltsam, denn sie konnte sich nicht daran erinnern, je geschwitzt zu haben.

Sie richtete sich langsam hoch und merkte, wie schwach sie war. Nur mit Mühe gelang es ihr, sich vom Steinboden abzustützen und bis zum Bett zu gehen. Dort ließ sie sich einfach fallen. Die Decke schien um sie zu kreisen. Der Rest des Zimmers folgte alsbald nach und bevor ihr schwindelig werden konnte, fiel Alena in einen unruhigen Schlaf.

Keine Träume.

Keine weiteren Erinnerungen.

Das nächste Mal, dass sie die Augen öffnete, fand sie sich eng in die Bettdecke eingewickelt auf der Seite liegend vor. Sie zitterte noch immer, aber zumindest das Schwitzen hatte aufgehört.

Alena schlug die Decke beiseite und stand auf. Die Kälte des Bodens, die durch ihre Glieder fuhr, kam einem Schock gleich. Wie tausend feine Nadelstiche schoss sie durch ihre Fußsohlen die Beine hinauf, jagte über ihren Bauch und den Rücken und explodierte fast in ihrem Kopf. Alena sog scharf die Luft ein. Ihr erster Impuls war, sich sofort wieder ins Bett zu werfen und unter der Decke zu verkriechen. Sie blieb aufrecht stehen, ertrug die Kälte und sah sich nach ihren Sachen um, die vorhin wahllos auf dem Boden verstreut gewesen waren.

Sie waren fort.

Irgendjemand musste hier gewesen sein als sie schlief. Jannica? Elmar? Sonst hatten sie niemanden im Kloster gefunden.

Alenas Blick streifte den Stuhl am Ende des Bettes. Fein säuberlich gefaltet lagen dort Kleidungsstücke, von denen sie auf den ersten Blick erkannte, dass es nicht jene waren, die sie vorhin getragen hatte. Sie fand einen Slip, eine dunkle Lederhose, ein bauchfreies Top sowie Stiefel und ein Lederblouson vor. Die Sachen passten wie angegossen, nur dass das Top zwei Nummern zu klein zu sein schien und sich bis kurz vor der Zerreißprobe über ihre Brüste spannte.

»Erik«, sagte Alena leise und schüttelte den Kopf. »Das macht er doch absichtlich.«

Sie drehte sich zur Tür, legte den Kopf in den Nacken und wiegte ihn in alle Richtungen, um ihre Muskeln zu lockern.

Die Schwäche lauerte noch immer in ihr. Sie wusste, was dies bedeutete: Durst!

So sehr sie sich auch danach sehnte, weiter in den Erinnerungen ihrer Vergangenheit zu graben, sie würde eine weitere Trance nicht durchhalten. Darüber hinaus fühlte sie, dass ihr die Zeit davon lief und sie endlich etwas über die *Vier Säulen der Macht* herausfinden musste. Alena hatte geglaubt, ihre Vergangenheit wäre der Schlüssel zu dem ominösen Rätsel, aber keine ihrer Erinnerungen kam auch nur in die Nähe der vier Säulen.

Die Vampirin öffnete die Tür und verließ die Kammer. Draußen im Gang schloss sie die Augen und horchte in sich hinein.

Ivo ...

Sie seufzte. Nur zu gerne hätte sie sich an alles erinnert, doch das musste warten.

Genau wie in ihrem Zimmer waren auch in den Fluren des Klosters die Fackeln nicht heruntergebrannt. Noch immer flackerten sie in der Zugluft, spendeten mehr Licht als Wärme und schienen unverwüstlich zu sein. Elmar war auf die grandiose Idee gekommen, Wasser über eine Flamme zu kippen. Sie war natürlich erloschen, nur um am nächsten Tag von neuem zu brennen.

Alena suchte die Zimmer Jannicas und Elmars auf, doch die beiden waren nicht dort. Sie fand allerdings den Zettel, den Jannica bei Elmar hinterlassen hatte und fragte sich, was vorgefallen war. Der durchdringende Duft von Lavendel im Zimmer, wies darauf hin, dass Jannica versucht hatte, andere Gerüche zu überdecken.

»Elmar ...« Alena begriff. Elmar hatte sich gehen lassen und sich betrunken. Sie wollte sich lieber nicht ausmalen, wie sehr. Jannicas Worte auf dem Zettel waren in diesem Zusammenhang eindeutig.

Etwas später traf sie die junge Norwegerin im Foyer, als sie gerade im Begriff war, sich dem Ausgang des Klosters zuzuwenden.

»Hey«, sagte Alena und versuchte ein Lächeln. Sie wusste, dass sie bei Jannica noch immer auf Granit stieß. Es war gewiss nicht jedermanns Sache von seinem Glauben enttäuscht zu werden. Alena stellte sich vor, wie es in einem Christen aussah, wenn er plötzlich erfuhr, dass er sein Leben lang den Teufel angebetet hatte. So musste es zumindest Jannica vorkommen, auch wenn Alena von sich selbst wusste, alles andere als der Teufel zu sein.

Zu ihrer Überraschung erwiderte Jannica das Lächeln. »Hallo! Da bist du ja. Hast du etwas herausgefunden?«

Alena stutzte. Die Freundlichkeit in Jannicas Stimme war sie bisher nicht gewohnt. Dennoch antwortete sie sofort: »Weitere Erinnerungen aus meinem früheren Leben. Aber nichts, was uns helfen könnte, den Rätselvers zu lösen.«

»Vielleicht sollten wir die Sache logisch angehen und den Vers einfach auseinander nehmen. Zeile für Zeile.«

Alena sah, dass Jannica noch etwas sagen wollte, sich im letzten Moment aber anders entschied.

»Wir können es versuchen. Es ist wohl momentan die einzige Möglichkeit. Wo ist Elmar?«

»Das frage ich mich auch. Das letzte Mal sah ich ihn ... in seiner Kammer.«

Alena ahnte das Wort, das sie ausließ. *Sturzbetrunken.*

»Vielleicht hat ihm dein Zettel nicht gefallen? Wir suchen ihn besser.«

Jannica nickte und wandte sich wieder zum Tor. »Ich hab schon alles im Kloster abgesucht, auch unten die Weinkeller. Er scheint nirgends zu sein.«

»Du meinst er wäre rausgegangen?«

Statt einer Antwort öffnete Jannica das Tor und trat aus dem Gebäude. Alena folgte ihr. Draußen hatte sich nichts verändert. Noch immer war der Himmel violett und dichte Nebelschwaden umwaberten die Brücke, die sie hierher geführt hatte. Doch im Staub vor dem Eingang zeigten sich auch Fußspuren, die zur Brücke hin führten und nicht nur von dort kamen.

»Elmar?«, rief Jannica.

Alena trat bis an das große mit Runen verzierte Tor heran und rief ebenfalls Fuchs' Namen. Als sie keine Antwort erhielt, wiederholte sie den Ruf.

»Er war hier«, sagte Jannica und deutete auf die Fußspuren, die sich mit ihren eigenen vom Hinweg vermischten. Elmar war in der Mitte der Brücke am Rand stehen geblieben. Dann setzte sich seine Spur genau auf der anderen Seite des Geländers fort. Anschließend verlor sie sich in dem hinteren Bereich der Höhle.

»Irgendetwas stimmt hier nicht.« Alena betrachtete die Spuren.

Jannica trat neben sie und nickte. »Als wäre er hier über das Geländer gestiegen, unter der Brücke hergegangen oder -geschwommen und auf der anderen Seite wieder hochgeklettert.«

Alena blickte über den Rand der Brücke hinaus. Selbst ihre Augen vermochten nicht den dichten, violetten Nebel zu durchdringen. Für einen Moment spielte sie mit dem Gedanken, es einfach auszuprobieren und in die Schwaden zu springen, entschied sich jedoch dagegen. Was immer er herausgefunden haben mochte, konnte er ihnen erzählen, wenn sie ihn fanden. Alena deutete auf den Weg zu den Höhlen. Als sie hergekommen waren, hatte sich dort ein Loch im Fels befunden, das zu dem Höhlensystem nördlich von Hammerfest führte. Doch kaum, dass sie ihren Fuß auf die Brücke gesetzt hatten, war der Durchgang verschlossen und sie hier gefangen.

Elmars Fußspuren endeten vor der Felswand und führten nicht mehr zurück.

»Bei der Göttin!« Jannica tastete die Wand ab, drückte ihre Schulter gegen den Stein. Alena half ihr, aber so sehr sie sich auch bemühten, sie fanden keinen Ausgang.

»Zwecklos. Das haben wir doch schon alles hinter uns.«

Jannica fuhr herum. »Und wie ist Elmar dann herausgekommen?«

»Ist er das denn?«

Jannica wollte etwas einwenden, hielt sich dann jedoch zurück, was Alena erneut irritierte. Die junge Frau verhielt sich seltsam. Ihre frühere Abneigung gegen Alena schien wie fortgewischt, und jedes Mal wenn sie energischer auftreten wollte, hielt sie sich bei der Vampirin zurück.

Irgendetwas muss geschehen sein, dachte Alena. *Elmar fort. Jannica verändert sich. Ich bin anscheinend nicht die Einzige, die im Kloster ihre Erfahrungen gemacht hat.*

Die Vampirin trat an Jannica heran und blieb auf Armeslänge vor ihr stehen. Verlegen senkte die Norwegerin den Blick und strich sich eine verirrte Strähne ihres blond gelockten Haars aus der Stirn. Alena streckte die Hand aus und berührte Jannicas Schulter. Das Mädchen zuckte leicht zusammen, sagte jedoch nichts.

»Ist alles in Ordnung mit dir?«

»Ich komm schon klar.«

Alena schob der anderen die Hand unters Kinn und hob es leicht an, sodass Jannica gezwungen war, sie anzusehen. In ihren Augen las sie Scheu und Furcht. »Sicher?«

Jannica nickte. »Ja … Schwester Alena.«

Die Vampirin war viel zu erstaunt, um sofort etwas erwidern zu können. Sollte Jannica sie endlich als Freundin akzeptiert haben und nicht mehr nur das Monstrum in ihr sehen? Bevor sie sich vergewissern konnte, wurden sie abgelenkt. Ein Geräusch ließ sie herumfahren. An der Felswand der Höhle tat sich etwas. Der vorher noch massive Stein wurde plötzlich transparent und offenbarte die dahinter liegende Seite: Ein schmaler, von violetten, in den Fels eingearbeiteten Kristallen erleuchteter Gang, durch den sich fast ein Dutzend Gestalten näherten und direkt auf Alena und Jannica zu bewegten.

Kapitel Sieben

»Es sind drei«, flüsterte der Kleine, als er atemlos und verschwitzt zurückkehrte. Im grellen Licht der sechs Taschenlampen, die die Umstehenden auf ihn richteten, wirkte sein Gesicht puterrot und vor Anstrengung verzerrt.

Nicht nur vor Anstrengung, dachte Elmar. *Er hat Angst.*

Kai Wolter drängte sich an den Jungen, den sie als Kundschafter ausgeschickt hatten. »Bewaffnung?«

Der Kleine japste nach Luft und hielt sich die Seite. »Ich weiß es nicht ... sieht aus wie im Fernsehen. Gewehre, Messer im Gürtel, vielleicht auch Pistolen.«

»Erbärmliches Ergebnis«, kommentierte Wolter und schüttelte den Kopf.

Ela trat an ihn heran und legte ihm eine Hand auf den Unterarm. »Lass ihn. Er ist kein Soldat.« Sie sah zu dem Jungen, der kaum älter als neunzehn oder zwanzig sein konnte. Sein schwarzes Haar war fettig und stand zu allen Seiten ab. An den Ansätzen schimmerte es blond durch. Im rechten Ohr trug er einen Anhänger, der eine Schlange symbolisierte, die sich mehrfach um die Klinge eines Breitschwerts schlängelte. Seine Kleidung bestand aus einem schwarzen Langarmshirt mit einem riesigen, roten Pentagramm auf der Brust, über dem der Aufdruck *Inkubus — Sukubus* prangte, und einer dunklen Jeans.

»Alles in Ordnung?«, fragte Ela den Jungen.

Er nickte schwer atmend. Sie schickte ihn fort zu einem Mädchen mit langem, rot gefärbtem Haar in Netzstrümpfen und mit ledernen Hotpants, das ihn in die Arme nahm und zu den anderen brachte.

Elmar, Wolter, Ela und Zuber waren im vorderen Bereich der Höhle allein.

»Gefällt mir nicht«, sagte der Kahlköpfige und wischte sich mit dem Handrücken über die Nase.

»Wo liegt das Problem?« fragte Elmar. »Es sind nur drei.

Wenn ich mich nicht verzählt habe, seid ihr über zwei Dutzend. Die könnt ihr überrennen.«

»Ihr?« Rafaela legte den Kopf schief.

»*Wir.*« Er gewöhnte sich besser daran, dass er jetzt mit diesem Haufen Ravern — *nein, Goths, wie sie sich selbst nennen* — zusammenarbeitete.

Wolter spielte mit seinem Messer und sah in den Höhlengang hinaus, aus dem der Junge gerade gekommen war. »Du warst nie beim Bund, was, Alter?«

»Nein, ich hatte Besseres zu tun.« Elmar wusste nicht, worauf der andere abzielte, aber er hatte jetzt keine Lust, mit ihm über seine Vergangenheit zu plaudern.

»Und *Commandos* hast du auch nicht am PC gezockt, nehme ich an?«

Elmar seufzte. »Was wird das jetzt?«

»Was glaubst du, wie viele von uns draufgehen, ehe wir sie deiner Meinung nach überrannt haben?«

»Ich ...«

»Genau. Du hast nicht den blassesten Schimmer. Sie haben automatische Waffen und brauchen sich nur am Höhlenrand zu verschanzen und ihre Kanonen in den Gang zu halten, damit sie uns der Reihe nach niedermähen können. Nicht einer von uns wird das überleben.«

Elmar schluckte. Zur Unterstreichung seiner Worte führte Kai Wolter einen imaginären Schnitt mit der Messerklinge an seinem Hals entlang.

»Aber wir können ihnen nicht mehr ausweichen.« Elmar senkte seine Stimme, als die Geräusche von Schritten lauter worden. Er drehte sich um und blickte nach hinten. Sie waren erst im letzten Gang einer Patrouille der norwegischen Armee ausgewichen und hatten sich in diese Höhle zurückgezogen, doch nun kamen Soldaten von der anderen Seite. Der Befehlshaber ließ bei der Suche nach Alena alles auf den Kopf stellen.

Wolter nickte und schnitt mit dem Messer ein paar Zeichen in die Luft. Erst als sich daraufhin einige der anderen in

Bewegung setzten, erkannte Elmar, dass es sich dabei um stumme Befehle handelte. Er sah den Goths zu, wie sie sich in der kleinen Höhle verteilten, sich hinter Vorsprüngen und Stalagmiten verschanzten und abwarteten.

Wolter deutete auf zwei Mädchen und einen Jungen und nickte dann in die Richtung aus der sie gekommen waren. Die drei rannten sofort los und verursachten mit dem Schritt mehr Lärm, als notwendig war. Wolter selbst zog Ela und Zuber aus dem Bereich des Ausgangs in die Schatten der Felsen. Wie auf ein unsichtbares Zeichen hin, erloschen mit einem Mal alle der mitgebrachten Taschenlampen. Es wurde schlagartig dunkel in der Höhle.

»Wenn du da stehen bleibst gibst du eine hervorragende Zielscheibe ab«, zischte Wolter.

Elmar beeilte sich, sich ebenfalls eine Deckung zu suchen, was angesichts der Dunkelheit nun nicht mehr so einfach war. Er stieß gegen eine Wand und keuchte. Langsam tastete er sich daran entlang und prallte mit dem Knie gegen ein weiteres Hindernis. Diesmal stöhnte er lauter auf, doch bei dem Lärm, den die drei davonlaufenden Kids verursachten, machte er sich darüber keine Gedanken.

»Deckung!«

Elmar ging hinter dem Findling, über den er gestolpert war, nieder und machte sich so klein, wie es eben nur ging. Ein Ruf ertönte. Dann unterhielten sich Männer miteinander. Elmar verstand kein Wort, aber er sah die grellen Lichtkegel von Xenon-Taschenlampen, die über die schroffen Felswände auf und ab tanzten.

Die Stimmen erstarben.

Kurz bevor sie die Höhle betraten, blieben die Soldaten stehen. Elmar blinzelte zwischen einem Spalt hindurch und sah, dass die Lichtquellen jetzt etwas weiter auseinander lagen. Die drei Männer hatten sich verteilt und suchten die Höhle ab. In diesem Moment erklang von weiter hinten ein Geräusch. Die drei Goths, die Wolter fortgeschickt hatte, hatten am Ausgang abgewartet, was die Soldaten tun würden.

Zwei der Lichtkegel bewegten sich. Einer von ihnen genau auf Elmar zu. Der andere weiter weg in die Höhle hinein, während der dritte am Eingang verharrte. Elmar hatte nicht die geringste Idee, wie er reagieren sollte. Er war unbewaffnet. Und Wolter schien das einzige Messer in der Gruppe zu haben.

Plötzlich ging alles so schnell, dass Elmar es kaum verfolgen konnte. Ohne Vorwarnung blitzten knapp ein Dutzend Taschenlampen auf und richteten ihre Lichtkegel auf die Quellen der drei vorhandenen. Die Soldaten wurden überrascht und waren geblendet.

Rufe! Ein Stöhnen. Schritte hallten durch die Höhle wider. Dann löste sich ein Schuss. Etwas sirrte an Elmars Kopf vorbei. Das Rattern eines Gewehres war zu hören. Danach ein Schrei. Ein lautes Klatschen drang an Elmars Ohr. Dann ein dumpfer Laut.

»Sicher!«, rief jemand.

»Hier auch, gesichert!«

»Alles klar.«

Die Lichtkegel der Taschenlampen richteten sich zur Decke und wurden dort schwach reflektiert, sodass man in der Höhle die Umgebung und die anderen Leute erkennen konnte. Elmar stand vorsichtig auf und versuchte zu ergründen, was geschehen war. Keine zwei Meter von ihm entfernt lag einer der Goths von zwei Kugeln durchbohrt. Die Augen starrten leer zur Decke hinauf. Elmars Blick wanderte weiter. Eine junge Frau war von einem Streifschuss getroffen worden und wurde von einer anderen versorgt.

Zwei der Soldaten waren tot. In der Brust des einen steckte Wolters Messer. Der Mann, der zu seinen Füßen lag hatte einen tiefen Schnitt in der Kehle. Zuber hielt den letzten der drei Soldaten fest, während einer der anderen Goths unablässig auf ihn einschlug.

»Das reicht jetzt!«, rief Elmar und kam hinter seiner Deckung hervor. Die drei Kids, die den Köder dargestellt hatten, waren zurückgekehrt. »Wir sollten schnellstens von hier verschwinden. Die Schüsse wird man bis nach draußen gehört haben.«

»Endlich denkst du mal taktisch«, kommentierte Wolter und grinste. Er bückte sich, zog dem Toten das Messer aus der Brust, wischte die Klinge an der Uniform ab und ließ es mit einer Drehung in seiner Gürtelscheide verschwinden. Anschließend nahm er eines der Gewehre an sich, bedeutete seinen Leuten, auch die beiden anderen nicht zu vergessen und warf Elmar eine Pistole zu, die er dem Toten abgenommen hatte. Ungeschickt fing Elmar die Waffe auf und betrachtete sie ungläubig. Dann sah er zu Wolter hoch. Irgendetwas stimmte hier nicht. Die Vorgehensweise für den Hinterhalt war für Elmars Geschmack etwas *zu* präzise. Er fing Rafaelas Blick auf und wusste, dass sie das Gleiche dachte wie er.

»Was ist hier eigentlich los, Wolter? Bist du ein Bulle und hängst in deiner Freizeit mit Typen wie diesen ab?«

»Ich wäre an deiner Stelle vorsichtig, wie du über diese Leute«, er machte eine unbestimmbare Geste, die die anderen Goths einschloss, »redest. Sie könnten nachtragend sein.«

Elmar trat näher an ihn heran. Gleichzeitig gesellte sich auch Ela zu ihnen.

»Er hat Recht«, meinte die Frau, warf einen kurzen Blick auf die Leichen und sah dann wieder Wolter an. »So kenne ich dich nicht.«

Wolter schürzte die Lippen. »Wobei wir beim Punkt wären. Kennen wir uns überhaupt, Ela?«

Die Frau stemmte die Hände in die Hüften und wollte protestieren, doch er legte ihr einen Zeigefinger auf den von Lippenstift geschwärzten Mund und schüttelte langsam den Kopf. »Fuchs hat Recht, wir müssen verschwinden. Ich erkläre es euch später.«

»Hoffentlich.« Elmar atmete tief durch. Die Kühle des Pistolengriffs schien sich durch die Haut seiner Hand fressen zu wollen. Ein Gefühl der Sicherheit vermittelte ihm die Waffe jedoch nicht.

Kai Wolter rief die anderen zusammen. Es schien eine hitzige Debatte um die Toten zu entbrennen, da ein Teil der Goths sie zumindest unter losen Felsen begraben wollte, doch ehe die Sache eskalieren konnte, hallten weitere Schritte und Stimmen vom Höhleneingang herein. Mehr Soldaten! Ihre Annäherung erstickte jedweden Einwand bezüglich der Leichen. Elas Gruppe raffte sich auf und folgte Wolter und Zuber durch den schmalen Höhlenausgang.

Ehe sich Ela anschließen konnte, packte Elmar den Ärmel ihres mittelalterlichen Kleides und zog sie zurück. »Mir gefällt das nicht. Wie lange kennst du Wolter und die anderen, denen er die Befehle gegeben hat?«

Die Frau hob die Schultern. »Viele von den Leuten hier waren schon oft im *Near Dark*. Aber … Kai und ein paar der anderen das erste Mal an dem Abend als …«

»Als Alena dort aufkreuzte?«, vollendete Elmar den Satz. Ein ungutes Gefühl beschlich ihn. »Zuber?«

»Nein, Zuber kenne ich schon länger. Kai, Carsten, Oli, Simone und Wolf — das waren die neuen Gesichter in jener Nacht, als Alena ins *Near Dark* kam.«

Elmar merkte, dass sie die letzten waren und bewegte Rafaela zum Weitergehen. Sie holten zu den anderen auf, hielten jedoch genügend Abstand, um sich weiter ungestört unterhalten zu können. Mehrmals blickte Elmar zurück, konnte jedoch keinen Lichtschein hinter sich entdecken.

Während sie hinter den anderen hergingen deutete Ela auf die Männer und die Frau, die sie gerade namentlich aufgezählt hatte. Im Gegensatz zu vielen der anderen Goths wirkten sie relativ normal. Sie trugen schwarze Kleidung, die Frau einen Ledermini und ein transparentes Top, durch das der schwarze BH schimmerte, aber keiner dieser Leute hatte sich übermäßig geschminkt, die Haare gefärbt oder sich mit Schmuck behangen. Elmar sah Ela eine Sekunde lang an und atmete tief durch.

»Du denkst …?« Sie hatte seinen Blick richtig gedeutet.

Elmar nickte nur und hob einen Finger an die Lippen. Er

wusste noch nicht, was er von dieser Erkenntnis halten sollte, aber wer auch immer diese Leute waren, zumindest hatten sie sie nicht den Soldaten ausgeliefert.

Aber was heißt das schon? Sie sind hinter Alena her. Ganz einfach.

Um sich von dem Gedanken abzulenken, wechselte er das Thema. »Was ist das eigentlich für eine Sache mit *Heinrichs Erbe* und meinem angeblichen Fernsehauftritt?«

Ela erzählte es ihm und Elmar wünschte sich mit jedem ihrer Sätze, er hätte niemals gefragt.

Wütend über das, was DARK ihm angehängt hatte, nachdem sie ihm seine Identität gestohlen hatten, achtete Elmar Fuchs nicht mehr auf den Weg vor sich. Mit gesenktem Kopf und in den Hosentaschen geballten Fäusten trottete er durch die Stollen des Höhlenlabyrinths. Jetzt war er für die Welt kein *Niemand* mehr, sondern nur noch ein namenloser Terrorist, der angeblich die gefährlichste Seuche seit der Pest oder der Spanischen Grippe unter die Menschheit bringen wollte.

Nur am Rande merkte er, dass Rafaela Behrmann noch immer an seiner Seite war und ihn nicht allein gelassen hatte. Dankbar sah er zu ihr hinüber.

Die Gruppe vor ihnen hielt unvermittelt an. Hätte Ela ihn nicht zurückgezogen, wäre Elmar direkt in die vor ihm hermarschierenden Leute hineingelaufen.

»Fuchs?« Jemand drehte sich zu ihm um und deutete nach vorn wo Kai Wolter ihm kräftig zuwinkte.

Elmar gefiel immer weniger, dass der andere die Führung übernommen hatte. Aus dem etwas tumben Goth war in seinen Augen ein eiskalter Killer geworden, der ein eigenes Ziel verfolgte. Und mit Elmar hatte er dafür den perfekten Köder.

»Ich denke, wir haben sie ein wenig an der Nase herumgeführt«, sagte Wolter als Elmar zusammen mit Rafaela bis zu ihm vorgedrungen war. »Es wäre nicht schlecht, wenn du uns jetzt zu Alena führen könntest.«

Wie denn?

Elmar sah sich um. Die Höhlenstollen glichen einander wie ein Ei dem anderen. Er konnte nicht sagen, ob er in diesem oder einem anderen Tunnel schon einmal oder mehrmals vorbeigelaufen war. Die schlechten Sichtverhältnisse machten es nicht einfacher. Das einzige sichere Anzeichen, sich in der Nähe zu dem Durchgang zum Kloster zu befinden, wären die violetten Kristalle im Felsgestein gewesen. Aber hier gab es keine.

»Wenn wir in den Gang zurückkehren könnten, in dem du mich aufgegabelt hast«, sagte Elmar, »dann würde ich den Weg zurück finden.«

Wolter schüttelte den Kopf. »Du hast Nerven. Da wimmelt es nur so von Soldaten.«

»Es ist der einzige Weg.« *Den ich kenne,* fügte Elmar in Gedanken hinzu. Er lugte an Wolters Schulter vorbei. Der Gang vor ihnen machte nach etwa fünfzehn Metern einen scharfen Rechtsknick. Für einen Moment spielte Elmar mit dem Gedanken, einfach loszurennen, in der Hoffnung, er könnte Wolter und die anderen abhängen. Was immer sie von Alena auch wollten, er durfte sie nicht direkt zu ihr führen.

Wolter fuhr sich über das Kinn. Wie beiläufig checkte er das Magazin im Gewehr und warf der Reihe nach seinen Leuten einen Blick zu.

Plötzlich hatte Elmar eine Idee. Ein heißer Stoß fuhr ihm über den Rücken und er merkte, wie er unruhig wurde. Bevor er überlegen konnte, wie er seinen Gedanken geschickt in die Tat umsetzte, platzte die Frage schon aus ihm heraus. »Wie war es … als Alena dich gebissen hat?«

Am liebsten hätte er sich in diesem Moment selbst gebissen — und zwar auf die Zunge. Wolter sah ihn überrascht an. Auch die anderen vier blickten neugierig auf.

»Es war wie eine Erlösung.«

Stirnrunzelnd drehte Elmar sich um. Weder Wolter noch einer seiner Komplizen hatte geantwortet, sondern Gerd Zuber. Der Kahlköpfige blinzelte im Licht der Taschenlampe. Auf seinen Lippen lag ein verzücktes Grinsen und er präsentierte

Stolz die beiden Stellen mit den Bissen: seinen rechten Unterarm und seinen Nacken.

»Und wo sind deine Male?«, fragte Elmar an Wolter gewandt.

»Wir können nicht ewig hier warten. Irgendwann finden sie uns auch in diesem Gang.«

Elmar atmete tief durch und wiederholte seine Frage. Diesmal mit etwas Schärfe in der Stimme, gerade soviel, dass Wolter es nicht als Aggressivität auslegen konnte. Doch statt zu antworten entstand eine steile Falte zwischen den Augenbrauen des anderen.

»Du traust mir nicht.«

Elmar stieß beide Hände vor und rammte sie gegen Wolters Schultern. Der Große taumelte rückwärts. Ehe jemand begriff, was geschah, riss Elmar dem anderen die Taschenlampe aus der Hand und rannte den Gang entlang.

»Haltet ihn auf!«, schrie jemand.

Ein Schuss ertönte, jagte vor Elmar in die Wand hinein. Dann war er um die Ecke verschwunden und lief so schnell er konnte und es die Sicht der Lampe zuließ. Hinter ihm drangen Rufe an sein Ohr. Er hörte die schnellen Schritte. Das Scheppern von Metall auf Fels.

Elmar stieß mit der Schulter gegen eine Wand, schrammte an einem Vorsprung entlang und riss sich die Jacke auf. Er fluchte, hielt sich den schmerzenden Arm und rannte weiter. Was war mit Ela und den anderen? Würden Wolter und seine Leute ihr etwas tun? Elmar ahnte, dass auch die Goths nur Mittel zum Zweck waren, um hierher zu gelangen. Aber wer war Wolter?

Der Tunnel teilte sich. Elmar lief instinktiv nach links und wusste noch im selben Moment, dass er die falsche Entscheidung getroffen hatte. Nach zwei Biegungen, verjüngte sich der Gang und plötzlich empfing ihn helles Tageslicht und eine ganze Kompanie Uniformierter, die nicht minder überrascht waren, ihn zu sehen, als er sie.

Elmar blieb stehen. Seine Lunge brannte. Hinter ihm polterten die Schritte von Wolter und den anderen. Die Soldaten regten sich. Jemand brüllte etwas auf Norwegisch. Dann rief ein anderer auf Englisch, dass er sich nicht von der Stelle rühren sollte.

Der blöde Spruch mit *Regen* und *Traufe* raste ihm wieder durch den Kopf. Elmar blieben drei Möglichkeiten: Sich den Soldaten zu ergeben und hoffen, dass sie ihn *nicht* erschossen; zurück in den Tunnel und damit Wolter und den anderen direkt in die Arme laufen, in der Hoffnung, dass sie ihn *schnell* erschossen; einfach weiter laufen, einen anderen Höhleneingang wählen und sich dem Wunschdenken ergeben, dass ihn die unweigerlich von den Soldaten abgegebenen Schüsse verfehlten.

Er wählte die Möglichkeit, die mit größter Wahrscheinlichkeit zu seinem Tod führen musste und rannte los. Zweimal stolperte er über einen Felsvorsprung und schrammte erneut mit der Schulter an den scharfen Scharten der Steinwand entlang.

Hektische Rufe. Ein einzelner Schuss.

Elmar sah den nächsten Höhleneingang und versuchte sich daran zu erinnern, ob er ihn kannte. Die Durchgänge wirkten alle gleich. Möglich, dass er mit Jannica diesen Stollen genommen hatte, aber es konnte genauso gut sein, dass es viel weiter nördlich oder in der entgegengesetzten Richtung gewesen war.

Noch ein Schuss. Diesmal peitschte eine Kugel keine zwei Meter von seinen Füßen entfernt in den moosigen Boden. Lehm spritzte hoch. Elmar zuckte zusammen, sprang zur Seite, verlangsamte sein Tempo jedoch nicht.

»Letzte Warnung!«, schrie jemand. »Bleiben Sie sofort stehen, dann geschieht Ihnen nichts!«

Elmar dachte nicht daran. Mit zusammengebissenen Zähnen erwartete er einen tödlichen Schuss. Als die ersten Gewehre krachten, glaubte er bereits die Einschläge in seinem Körper zu fühlen, die Schmerzen und die Wucht, die ihn an die Felswand nagelte — doch dann realisierte er, dass er noch immer wie ein Wilder an dem Berg entlang rannte.

Hinter ihm ratterten Maschinengewehre. Leute schrien. Im Laufen warf er einen Blick zurück und erkannte Wolter und seine Leute, die aus der Höhle gestürmt kamen und das Feuer mit den erbeuteten Waffen auf die völlig überraschten Soldaten eröffneten.

Nein! Hört das nie auf?

Elmar erreichte den Eingang, hetzte hinein und stieß mit einem Uniformierten zusammen, der, alarmiert durch die Schüsse, herausgerannt kam. Er spürte den Aufprall kaum, doch der andere hatte weniger Glück und machte mit Elmars Schulter Bekanntschaft, die unglücklich gegen sein Kinn stieß und ihn gegen die Wand schleuderte. Ein hohler Laut verriet Elmar, dass der Kopf des Mannes gegen den Felsen geschmettert wurde. Der Soldat verdrehte die Augen, bis nur noch das Weiße in ihnen zu sehen war und sackte an der Wand herunter.

»Scheiße!« Elmar blieb keuchend stehen und starrte auf den Toten. Seine Beine fühlten sich an wie Pudding, und er spürte Übelkeit in sich aufsteigen.

»Scheiße, Scheiße!« Er stützte die Hände auf die Knie und merkte, wie sich der Kloß in seinem Hals nach oben kämpfte und jeden Moment den Brechreiz auslösen konnte.

Ich habe einen Menschen getötet! Gott, nein!

»Ein Unfall«, sagte er laut, um sich zu beruhigen, doch seine Stimme klang heiser, dünn. Und sie sprach seiner Geste Hohn, als er sah, wie er sich nach der fallen gelassenen Waffe des Mannes bückte und sie aufhob.

Die Schüsse von draußen klangen lauter. Elmar schreckte aus seiner Starre auf und sah den in Gang zurück. Rufe. Schritte. Plötzlich sprang jemand durch den Eingang. Selbst wenn Elmar vorbereitet gewesen wäre, hätte er gar nicht gewusst, was er mit dem Gewehr in seinen Händen anfangen sollte. Dementsprechend reagierte er auch nicht, als zwei von Wolters Leuten durch den Eingang stürmten.

Einer der beiden — Oli — schlug ihm die Waffe aus der Hand, verdrehte ihm den Arm auf den Rücken und stieß ihm den Fuß in die Kniekehle, sodass Elmar in die Knie ging. Der andere musste derjenige sein, den Rafaela Carsten genannt hatte. Er hockte am Ausgang und gab hin und wieder eine Salve nach draußen ab.

»Die Munition geht mir aus.«

»Hier!« Oli warf dem anderen das von Elmar erbeutete Gewehr zu und zog gleichzeitig Elmar wieder auf die Füße. Seinen Arm behielt er verdreht auf dem Rücken.

Carsten gab einen letzten Feuerstoß ab, dann hämmerte der Schlagbolzen auf eine leere Kammer. Er ließ die Waffe fallen, nahm die zweite an sich, lud durch und schoss weiter.

Wolter rannte mit Rafaela und Zuber im Schlepptau durch den Eingang. Danach folgten Simone mit den drei Goth-Kids, anschließend Wolf mit zwei weiteren aus der Gruppe. Doch das war nicht mal annähernd die Hälfte von Elas Leuten.

»Wo ist der Rest?«, fragte Elmar und spürte, wie ihm der Arm noch höher gerissen wurde. Ein stechender Schmerz fuhr ihm den Nacken bis ins Gehirn hinauf.

»Halt die Schnauze!« Olis Atem an seinem Ohr war heiß und feucht, die Stimme fast nur ein Zischen. »Du hast uns den ganzen Mist doch erst eingebrockt.«

»Lass ihn los«, sagte Wolter.

»Was?«

»Versprich mir, dass du bei uns bleibst und nicht wieder abhaust. Wir stehen auf deiner Seite, Elmar!«

»Ach, tut ihr das? Ich wusste gar nicht, dass ich mich einem Fanclub aus Killern angeschlossen habe.«

Wieder Schmerzen. Oli ging nicht gerade zimperlich mit ihm um. Elmar biss die Zähne aufeinander und merkte, wie ihm die Tränen in die Augen trieben.

»Wer seid ihr?«, fragte er.

»Wenn wir länger hier bleiben, schießen sie den Eingang in Stücke. Hab ich dein Wort, dass du keinen Alleingang machst? Nebenbei bemerkt, die anderen Goths haben wir zurückgelassen. Sie sind noch in der anderen Höhle. Aber die Kids, Zuber und Ela mussten uns ja unbedingt hinterher rennen.«

Elmar gefiel die Sache immer weniger. Er konnte diese Typen nicht zu Alena führen. Aber wenn er sich jetzt weigerte, riss ihm Oli den Arm aus.

»Hab ich dein Wort?«, fragte Wolter erneut.

Elmar nickte. Endlich lockerte sich der Griff und Oli stieß ihn leicht von sich, nicht ohne ihm vorher die Pistole aus dem Hosenbund zu ziehen. Vermutlich hätte er damit ohnehin nicht umgehen können, genauso wenig wie mit dem Gewehr.

Ein Rattern ließ Elmar zusammenzucken. Von draußen klangen erneut Schüsse in die Höhle herein. Carsten erwiderte das Feuer mit zwei Salven, zog sich dann vom Eingang bis zu den anderen zurück.

»Wie viele?«, fragte Wolter.

»Zu viele. Mindestens zwanzig.«

Elmar sah, dass sich Carsten die Seite hielt. Blut sickerte zwischen seinen Fingern durch, und der gequälte Ausdruck auf seinem Gesicht verriet, dass er unter Schmerzen litt.

Wolter bemerkte es ebenfalls. »Schaffst du es?«

Carsten nickte, knickte jedoch gleichzeitig in den Knien ein, sodass Oli und Simone ihn stützen mussten.

Aus dem hinteren Bereich kehrte der Mann zurück, den Rafaela als Wolf bezeichnet hatte. Elmar hatte gar nicht bemerkt, dass er fort gewesen war. *Sie bewegen sich lautlos, wie …*

»Der Stollen ist sicher. Zumindest die ersten fünfzig Meter, danach zweigt er in zwei Richtungen ab.«

»In Ordnung, verschwinden wir, ehe die Schießwütigen hier sind.« Wolter drängte sich an den anderen vorbei und übernahm wieder die Führung. Diesmal stellte sich Rafaela ihm in den Weg. Sie stemmte die Hände in die Hüften und reckte ihm provozierend das Kinn entgegen.

»Was glaubst du eigentlich, was du tust?«

Elmar glaubte, dass Wolter die kleinere Frau einfach zur Seite schieben würde, doch zu seinem Erstaunen blieb der Hüne stehen und grinste sie schief an. »Tut mir Leid, Ela, aber bis wir in Sicherheit sind und Alena gefunden haben, werde ich das Kommando übernehmen.«

Jetzt schob er sie an die Seite und ließ sie einfach stehen. Simone und Oli folgten mit dem verwundeten Carsten in ihrer Mitte. Auch die drei Jugendlichen schlossen sich an.

»Wer seid ihr Typen eigentlich?«, rief Zuber und schien sich nicht von der Stelle rühren zu wollen. Doch die Schritte, die von draußen in die Höhle drangen, die scharfen Befehle, die auf Norwegisch gebrüllt wurden und Wolfs entschlossener Gesichtsausdruck, trieben auch den Kahlköpfigen an.

»Bitte«, sagte Wolf und deutete mit dem Lauf des erbeuteten Gewehres in die Höhle hinein.

Elmar fasste Rafaela am Arm und zog sie mit sich. Ihm gefiel die Gesellschaft Wolters und seiner Leute immer weniger, ganz gleich wie oft und laut dieser behauptete, er stünde auf seiner Seite. Aber angesichts der Waffen, die sich jetzt in ihrem Besitz befanden, konnte er ohnehin nicht viel gegen sie ausrichten. Eine zweite Flucht schien unmöglich zu sein. Die Frage, die ihn jetzt beschäftigte war, ob er sie wirklich zu Alena führen sollte. Waren sie gekommen, um die Vampirin zu töten? War Alena allein stark genug, um sie zu überwältigen.

Ehe Elmar eine Entscheidung treffen konnte, realisierte er, in welchem Korridor sie sich befanden. Es war der Gang, durch den er und Jannica geflohen waren und schließlich das Portal zu der Dimensionsblase der Dunkelsphäre gefunden hatten. An den Wänden des Stollens glommen feine Kristalle in einem düsteren Violett. Elmars Gedanken rasten. Er überlegte, einfach stehen zu bleiben und Wolter zu sagen, dass es sich um den falschen Gang handelte. Doch was er auch im Sinn hatte, er brachte kein Wort hervor. Er spürte, wie seine Hand vor Aufregung und Angst feucht wurde und Rafaelas entglitt, doch die kleine Frau ließ ihn nicht los und klammerte sich an seinem Arm fest. Nachdem sie Wolter als Freund *verloren* hatte, schien Elmar momentan ihr einziger Bezugspunkt zu sein.

»Und jetzt?«, fragte Oli, als Wolter vor einer Wand Halt machte. Sie waren in einer größeren Grotte angelangt, deren Decke vier oder fünf Meter über ihnen hing. Die schroffen

Felswände waren hier so stark mit Kristallen besetzt, dass sie genügend Licht spendeten, um sehen zu können. Wolter und seine Leute hatten ihre Taschenlampen längst ausgeschaltet.

Elmar hörte, wie Oli seinem Anführer etwas zuraunte und dabei auf Carsten deutete. Der Angeschossene hielt nicht mehr lange durch, das konnte selbst Elmar sehen.

Noch mehr Tote. Er dachte an den Soldaten, den er bei seiner Flucht angerempelt und gegen die Wand geschleudert hatte. Ein Unfall. Aber der Gedanke spendete keinen Trost. Der Mann war tot, nur weil er sich genau wie Elmar zur falschen Zeit am falschen Ort befunden hatte.

»Nun, Fuchs?«

Er brauchte eine Weile, ehe er begriff, dass Wolter ihn angesprochen hatte. Elmar blickte hoch und ließ Rafaelas Hand los. Er wischte sich den Schweiß an der Hose ab.

»Ich habe keine Ahnung.«

»Du wirst verstehen, wenn ich dir das nicht abnehme, oder?«

Elmar brachte ein Lächeln zustande. »Und du wirst verstehen, wenn ich euch nicht zu Alena führen kann, ja?«

Zuber zog scharf die Luft ein. Elmar merkte, wie sich Rafaela neben ihm versteifte.

»Ach, woher der plötzliche Sinneswandel?« Wolters Blick wurde lauernd.

Elmar ballte die Hände zu Fäusten. Er wusste, dass ihn seine Antwort das Leben kosten konnte. So wie seinen Onkel Cristian Kosa. Das Bild des Toten tauchte unweigerlich vor seinem inneren Auge auf. Onkel Cristian lag tot auf der Wehrmauer der Ruinenburg Sliminc in Rumänien. Getötet von …

»Weil ihr Inquisitoren seid!« Nun war es raus. Elmar rechnete damit, dass die Leute DARKs so schnell und präzise arbeiteten, wie er es bisher von ihnen gewohnt war. Ein Schlag gegen seinen Kehlkopf, ein Messerstich in seinem Rücken, eine Salve aus den Sturmgewehren — er erwartete jede mögliche Todesart und hoffte, dass Ela und Zuber nicht leiden mussten.

Wolter nickte und fuhr sich mit der Zunge über die Lippen.

Dann trat er dicht an Elmar heran, so nah, dass dieser die Körperwärme des anderen förmlich spüren konnte.

Er wird dich erwürgen, dachte Elmar, aber zu seiner Überraschung wandte Wolter seinen Kopf und schob sein schulterlanges Haar beiseite. Elmar sah die beiden Male am Hals des anderen. Alena hatte ihn tatsächlich gebissen und von ihm getrunken.

»Dinge ändern sich«, sagte Wolter. Er nickte in Richtung seiner Kameraden. »Wir waren dort, im *Near Dark,* als Goths getarnt und sollten Alena beschatten. Doch als die anderen Besucher des Clubs in Ekstase gerieten, griff der Funke nach und nach auch auf uns über. Es war wie ein Rausch gegen den wir uns nicht wehren konnten. Wir erwachten irgendwann mitten in der Nacht mit den anderen Goths. Von da an, änderte sich alles.«

Verblüfft glotzte Elmar den Hünen nur an. Er hatte Recht behalten und sich trotzdem geirrt? »Ihr seid nicht hinter Alena her? Wollt sie nicht töten oder gefangen nehmen?«

»Nein.« Wolter schüttelte den Kopf. »Wir sind aus demselben Grund hier wie Ela, Gerd und die anderen. Um Alena zu helfen und sie zu beschützen.«

Elmars Brauen zogen sich zusammen. Konnte er einem Inquisitor trauen? Selbst wenn die Male echt waren, Elmar war auch von Alena gebissen worden und verspürte nicht notwendigerweise den Drang ihr zu helfen oder sie zu beschützen. Warum dann diese Leute? Gab es unterschiedliche Bissmethoden?

»Ich kann mir vorstellen, dass es dir schwer fällt, uns zu vertrauen. Aber glaubst du ernsthaft, ich hätte das Leben meiner Leute riskiert, wenn wir noch loyal zu DARK stünden? Ich weiß nicht mal, ob Carsten durchkommt.«

Elmar sah zu dem Verwundeten, der noch immer von Simone und Oli gestützt wurde. Sein Gesicht war kalkweiß, in seinen Augen funkelte ein fiebriger Glanz und seine Stirn war von Schweißperlen übersät, die sich zu feinen Bächen zusammenfanden und ihm über die Brauen ins Gesicht tropften.

»Alena könnte ihn heilen«, sagte Wolter.

Ja, das könnte sie, aber nur, wenn sie ihn in einen Pseudovampir verwandelt. Elmar schüttelte sich als er dabei an das Schicksal seiner Verlobten dachte. Bevor die Bilder der Toten jedoch ganz in sein Bewusstsein dringen konnten, drängte er sie zurück und sperrte sie in einen Raum, zu dem er sich wünschte, nie wieder Zugang zu haben. Doch er würde ihn nicht ewig verschließen können und den Schlüssel dazu immer bei sich tragen. Tief in sich.

»In Ordnung«, hörte er sich selbst sagen und sah die Inquisitoren an. Dann glitt sein Blick zu den drei Kids, deren Namen er nicht kannte und zu Rafaela und Zuber. Elmar streckte eine Hand aus und deutete auf die Wand, an der die meisten der violett leuchtenden Kristalle eingebettet waren. »Alena ist dort. Aber ich habe nicht den blassesten Schimmer, wie wir …«

Er verstummte mitten im Satz als die Felswand plötzlich transparent wurde. Das Funkeln der Kristalle verblasste und machte einem milchigen Glanz in der gleichen Farbe Platz. Hinter dem Fels erschien der schmale Korridor, an den sich die Brücke anschloss, die zum Kloster in der Dimensionsblase führte. Auf der Brücke standen Alena und Jannica.

Jetzt wird sich wohl zeigen, ob ich Wolter und seinen Leuten vertrauen kann.

Wolf war bereits vorangegangen. Ihm folgten Rafaela, Zuber und die drei Kids. Wolter nickte Elmar zu und schloss sich dann mit den anderen drei Inquisitoren an. Als sie den Korridor hinter sich gebracht hatten, blieben sie am Anfang der Brücke stehen und knieten vor Alena nieder. Jeder, selbst der verwundete Carsten, senkte den Kopf und wartete darauf, dass ihnen ihre Herrin befahl, aufzustehen.

Unglaublich!, dachte Elmar, trat über die imaginäre Schwelle in den Stollen hinein und wusste, dass die Wand hinter ihm wieder aus festem Fels bestand.

Kapitel Acht

528 Tage bis zur Stunde Null.

Die Bilder der heutigen Nachrichten gingen Robert Whitting nicht aus dem Kopf. Nur ein Thema beherrschte die Sendungen — und das so intensiv, dass sich auch die Wettervorhersage darum drehte: *Heinrichs Erbe.*

Whitting hoffte, dass Hyde wirklich wusste, was er tat und anrichtete. Drei Ausbruchsherde sollte es geben. Drei. Von zweien war inzwischen die Rede, allerdings nicht ganz so, wie Hyde es Whitting anhand des Diagramms in seinem Büro gezeigt hatte.

Die ersten Vireninfektionen waren vor einigen Tagen in Oslo aufgetreten. Sofort hatte man sie mit dem gestohlenen Virus in Verbindung gebracht und eine Quarantänezone eingerichtet. Doch kurz darauf gab es einen Fall in Lillehammer. Dann gestern die erste Meldung aus Schweden. Whitting hatte die Nachrichtensendungen schweren Herzens verfolgt und versucht, anschließend Hyde zu erreichen, doch dieser befand sich angeblich außer Haus.

Die norwegische Regierung rief gestern einen Krisenstab zusammen und bat die Weltgesundheitsorganisation sowie die Vereinten Nationen um Hilfe. Truppen der norwegischen Armee sperrten derweil die Grenzen ab und hielten die Flughäfen besetzt. Um ein Ausbreiten des Virus' zu vermeiden, wurde sämtlicher Reise- und Warenverkehr von und nach Norwegen gestoppt. Die Schweden verstärkten die Kontrollen an ihren Grenzen und entsandten ebenfalls Militär, doch heute Morgen war ein Krankheitsfall in Göteborg gemeldet worden.

Die Seuche breitet sich aus, dachte Whitting und spürte wie eine eiskalte Hand über seinen Rücken bis zum Hals hinauf kroch. *Verdammt, Hyde, was haben Sie getan?*

Der Doktor verließ den Fernsehraum, wollte sich erst nach rechts wenden, um Braspenninckx aufzusuchen, drehte dann aber in die andere Richtung ab und blieb am Ende des Korridors vor der massiven Tür stehen, die den Weg nach draußen verwehrte. Obwohl ihm Hyde klargemacht hatte, wie sinnlos es war, vor Ende der Mission aus dem unterirdischen Labor herauszukommen, hämmerte Whitting gegen das Metall.

»He, Mister Littelton! Hier ist Doc Whitting, können Sie mich hören?«

Nicht ein Geräusch drang von der anderen Seite zu ihnen durch. Whitting erinnerte sich an Hydes Worte, dass er der einzige war, der diese Tür passieren könne. Was, wenn Hyde plötzlich starb? Bei dem Gedanken sträubten sich seine Nackenhaare.

Wir wären auf ewig hier gefangen.

Er klopfte nochmals gegen die Tür. »Little John!«

Hinter ihm klangen Schritte auf. Schwester Selma.

»Was tun Sie denn da, Doktor?«

Whitting fuhr herum und sah die Krankenschwester entgeistert an. *Sie begreift es nicht. Sie versteht überhaupt nicht, in welcher Lage wir uns befinden. Nicht nur wir, sondern die ganze Menschheit!*

»Wir müssen hier raus!« Er spie die Worte förmlich hinaus, sodass Selma zusammenzuckte.

»Doktor … beruhigen Sie sich bitte. Und Sie sollten sich besser ansehen, was in Zimmer Eins geschieht. Die Frau ist erwacht.«

Whitting lag eine scharfe Erwiderung auf der Zunge. Er merkte, dass er drohte, hysterisch zu werden, aber die Worte Selmas ließen ihn innehalten. Verblüfft starrte er die Schwester an, dann brach die Hektik in ihm aus, als ein Adrenalinschub ihn vorwärts springen und den Gang entlang hasten ließ.

Rebecca Hyde ist wach!

Die Räume flogen an ihm vorbei. Vor den Einzelzimmern stieß er mit Braspenninckx zusammen.

»Was ist passiert?«

Der Belgier hob die Schultern und deutete in Richtung des

Zimmers in dem Rebecca untergebracht war. Durch die Beobachtungsscheibe konnten die beiden jede Einzelheit von dem erkennen, was auf der anderen Seite vor sich ging. Rebecca Hyde war nicht nur erwacht. Sie stand neben dem Bett und hatte ihre Zähne im Hals Schwester Jennas vergraben.

»Großer Gott!«, stöhnte Braspenninckx und machte Anstalten, in den Raum zu stürmen, doch Whittings Hand schoss vor und packte den Assistenzarzt am Arm.

»Nicht«, sagte Whitting. Er erinnerte sich deutlich an Hydes Drohung, seine Tochter ungeschoren zu lassen. Wenn sie starb, war ihr aller Leben keinen Penny mehr wert.

Schwester Selma schloss zu ihnen auf und schlug eine Hand vor den Mund. Sie konnte einen Aufschrei nicht unterdrücken.

Entweder hörte Rebecca das Geräusch oder sie spürte die Anwesenheit der Ärzte und Schwestern auf der anderen Seite des Fensters. Noch während sie aus Jenna trank, sich ihre Halsmuskeln mit jedem Schluck spannten, schlug sie die Lider auf und schien jeden einzelnen von ihnen anzustarren. In ihren Augen lag ein befremdliches Glühen, sie wirkten ekstatisch und böse zugleich und vermittelten Whitting ein Gefühl, gegen das er sich nicht wehren konnte.

Du bist der Nächste.

An den Reaktionen Braspenninckx' und Selmas erkannte er, dass es ihnen ähnlich erging. Die beiden wichen keuchend von der Scheibe zurück. In ihren Blicken stand die nackte Angst vor dem Tod geschrieben.

Ein dumpfer Laut ließ Whitting wieder in das Zimmer sehen. Jenna lag auf dem Boden, offenbar von Rebecca einfach fallen gelassen worden. Fasziniert beobachtete der Arzt die Vampirin und fragte sich, was sie als nächstes tun würde. Ihr Haar schien in Flammen zu stehen, die Augen starrten mit einer Gier, die er in seiner langjährigen Laufbahn als Mediziner bei keinem Menschen beobachtet hatte.

»Whitting!« Braspenninckx' Stimme war ein leises Flüstern. »Was tun wir jetzt?«

Whitting hörte ihn nicht einmal richtig. Die Worte wehten an sein Ohr und verflogen, ehe er sie realisierte. Unverwandt starrte er Rebecca an und spürte plötzlich den unwiderstehlichen Drang, zu ihr zu gehen, sich ihr hinzugeben.

Komm!, schien ihr Blick zu sagen.

Ein Sog erfasste ihn, zerrte an seinem Herzen und wollte ihn in den Raum ziehen. Er schluckte, wollte *ja* sagen und fühlte, dass die Frau nebenan wie geschaffen für ihn war.

Gott, wie schön sie ist.

Rebecca stand dort. Wartend. Stolz. Mit ihrem roten Haar und dem glühenden Blick wirkte sie wie ein Racheengel. Die blutverschmierten Lippen, über die sich die beiden Augzähne gestülpt hatten, glänzten. Whitting leckte sich selbst über die Lippen und griff sich mit einer Hand ans Herz. Es pochte. Sein Blut rauschte. Er merkte, wie sein Glied erigierte, doch er war nicht peinlich berührt, sondern fand es natürlich Rebecca gegenüber sein Verlangen so deutlich zu zeigen, wie es von Natur aus möglich war. Sie glich einem Raubtier. Wild, unbezähmbar, gefährlich, aber gleichzeitig anmutig, geschmeidig und wunderschön.

Ihr Gesicht war das eines Engels.

Eines Todesengels.

Neben Whitting trat Braspenninckx bis dicht an die Scheibe heran. Seine feuchten Finger klebten an dem Glas, die Nase drückte sich dagegen und seine Zunge hinterließ einen schmierigen Abdruck. Whitting hörte hinter sich Schwester Selma leise stöhnen.

Komm!

Der stumme Ruf der Vampirin hallte in seinem Kopf wider. Whitting wusste, dass er auch die beiden anderen erreichte. Er musste unbedingt der Erste sein, musste Rebecca vor Braspenninckx und der Schwester erreichen. Sie würde ihm ihre Gunst schenken, ihn verführen, ihn liebkosen.

Ihn unsterblich machen.

Whitting wandte sich zur Verbindungstür um, doch genau in dem Moment, in dem er einen Schritt tun konnte, ließ der

Bann abrupt nach. Rebecca wischte sich mit dem Handrücken über den mit Blut verschmierten Mund und legte sich wieder auf das Bett. Sie schloss die Augen und schien übergangslos einzuschlafen.

Selma brach zusammen. Braspenninckx rutschte an der Beobachtungsscheibe herunter und fing an zu wimmern. Eine unglaubliche, nie zuvor gefühlte Leere machte sich in Robert Whittings Gedanken breit. Er spürte einen tiefen Verlust. Schmerzen in der Seele. Jemand hatte ihm etwas weggenommen und ließ ihn leidend zurück. Er konnte die Tränen nicht zurückhalten und ergab sich ihnen.

Erst Stunden später kamen er, Braspenninckx und Schwester Selma wieder zu sich und realisierten, was geschehen war.

»Ich … ich verstehe das alles nicht«, sagte der Belgier.

Ich auch nicht. Whitting hatte in dem tranceähnlichen Zustand nichts mehr bei sich halten können. Den beiden anderen erging es nicht anders. Unangenehmer Gestank hatte sich in dem Gang vor dem Fenster ausgebreitet.

»Säubern wir uns«, sagte der Arzt und nickte in Richtung des Krankenzimmers. »Dann holen Sie die Leiche von Jenna heraus.«

»Und wenn sie wieder aufwacht?«, fragte Selma, die sich beschämt ihren beschmutzten Kittel ansah und versuchte die nassen Flecken von Hand zu entfernen. Immer wieder strich sie mit fahrigen Bewegungen darüber. Ihre Hände zitterten.

Whitting antwortete nicht. Er ging davon aus, dass sie seine Anordnungen ausführten. Noch wackelig auf den Beinen suchte er sein Quartier und die Dusche auf. Im Moment wollte er nichts sehnlicher, als sich den Schmutz vom Leib waschen. Den selbst verursachten und jenen, den die Vampirin in seinem Innern hinterlassen hatte.

Kapitel Neun

Im Gegensatz zu Elmar und Jannica glaubte Alena, dass sie den ehemaligen Inquisitoren trauen konnte. Sie erinnerte sich an jeden einzelnen von ihnen. Nicht nur an ihr Äußeres, sondern auch an ihre Gedanken, ihre Gefühle, ihre Vergangenheit. All das, was beim Trinken ihres Blutes auf sie übergegangen war.

»Es wird ein bisschen viel auf einmal, findest du nicht?« Elmar strich sich durch sein dunkelblondes Haar und sah bedrückt zu Boden.

Alena konnte es ihm nicht verübeln. Er hatte vollkommen Recht. Die Dinge wollten einfach nicht klarer werden, sondern erschienen von Mal zu Mal komplizierter. Nach allem, was sie bisher durchgemacht und erfahren hatten, kratzten sie offenbar noch immer nur an der Oberfläche. Jannica hatte von ihrer Begegnung mit der Idun erzählt, Alena von ihren Erinnerungen und damit von der Tatsache, dass sie Lu van Horne bereits im 18. Jahrhundert als Inquisitor begegnet war.

Diese Enthüllung hatte Jannica am schlimmsten getroffen. Sie war seit ein paar Wochen mit dem Physikprofessor unterwegs. Ihr Bild, mit einem ganz normalen Menschen gereist zu sein, war zerstört.

Wenn er aber kein Vampir ist, sondern in der Vergangenheit ein Inquisitor — warum ist er scheinbar unsterblich?

»Ja«, sagte Alena auf Elmars Frage hin. Sie wollte sich nicht unbedingt vorstellen, wie er sich jetzt fühlte. Als wäre seine Identitätslöschung durch DARK noch nicht genug gewesen, musste er jetzt noch der Sündenbock für einen Virendiebstahl sein. Was auch immer DARK damit bezweckte. Alena fühlte sich für alles, was Elmar angetan worden war, verantwortlich. Sie hatte ihn erst in diese Lage gebracht. Und sie sah keine Möglichkeit, etwas daran zu ändern. Vielleicht später, wenn sie erst einmal das Tor zur Dunkelsphäre versiegelt hatten.

»Und? Was tun wir jetzt?« Elmars Augen waren gerötet. Als

sie sich von den Goths getrennt und in diesen Raum zurückgezogen hatten, war er von seinen Gefühlen übermannt worden und hatte angefangen zu weinen. Alena wollte ihn in die Arme nehmen und trösten, doch ihre Gewissensbisse hielten sie davon ab. Dafür war Jannica an seiner Seite gewesen und hatte ihm einen Arm um die Schulter gelegt und Elmar zu sich herangezogen.

»Wir müssen diese vier Säulen finden«, sagte Alena. »Aber vielleicht sollten wir die anderen hinzuziehen.«

»Wenn du ihnen wirklich traust?«

Alena nickte. »Das tue ich.«

Elmar brauchte noch ein paar Minuten, ehe er sich auf Jannicas Wink hin aufraffen konnte. Sie verließen die Kammer, die sich hinter dem Altar in der Andachtshalle des Klosters befand und suchten die Bibliothek auf, in der sie Wolter, Rafaela und die anderen zurückgelassen hatten. Die Goths wollten sich nützlich machen und in den alten Büchern nach Hinweisen über die *Vier Säulen der Macht* suchen — vielleicht hatten sie ja etwas gefunden.

Sie trafen die anderen tatsächlich beim Wälzen der Bücher an. Die vier großen Holztische, ein Teil des Steinbodens und einige der Bänke waren förmlich übersät mit aufgeschlagenen Folianten. Von den drei jungen Leuten, die Elmar bisher nur als *die Kids* bezeichnet hatte, da er ihre Namen nicht kannte, hockten zwei über scheinbar uralte Wälzer im Format der Encyclopaedia Britannica. Der dritte, schien sich nicht schlüssig zu sein und stand mit in den Hosentaschen vergrabenen Händen vor einem meterhohen Wandregal.

Rafaela Behrmann schlug den Deckel eines Buches zusammen als sie die Tür hörte, sah zu Alena und verbeugte sich so galant wie man es von einer Kammerzofe gegenüber einer Königin erwartete. Alena seufzte. Sie hatte den anderen verboten, ihr derartige Ehrerbietungen zu zeugen und dennoch schien sie nur gegen eine Wand gesprochen zu haben. Selbst Wolter und die anderen Ex-Inquisitoren verneigten sich vor ihr.

»Wo ist Carsten?«, fragte Alena als sie den verletzten Inquisitor nirgends entdeckte. Wolter hatte sie angehalten, seine Wunde zu heilen, indem sie ihn in einen Vampir verwandelte, doch das hatte sie abgelehnt. Solange sie nicht wusste, wer sie war, woher sie stammte und welche Pläne unbekannte Mächte für sie schmiedeten, war es nicht klug sich scharenweise Diener zu schaffen, die wiederum in ihrem Blutrausch auf Menschen losgingen. Elmar hatte ihre Entscheidung, den verletzten Inquisitor nicht zu einem Pseudovampir zu machen, mit einem Nicken quittiert. Zwar machte sie damit nicht wieder gut, was mit seiner Katrin geschehen war, aber es tat gut Elmar trotz allem auf ihrer Seite zu wissen.

»Er hat es nicht geschafft«, sagte Kai Wolter. In seiner Stimme schwang kein Vorwurf mit, nur Bedauern. Auch die anderen blickten nur betrübt drein. Niemand schien Alena anklagen zu wollen, obwohl sie als Einzige in der Lage gewesen wäre, den Verstorbenen zu retten.

Meine Entscheidungen werden nicht in Frage gestellt. Sie sah Wolter an, dann die anderen. Offenbar würde sie mit ihnen noch ein ernstes Wort darüber reden müssen, dass sie nicht ihre Herrin war.

Rafaela trat vor und senkte scheu den Blick. »Wir haben ihn auf dem Hinterhof neben der Kapelle begraben.«

Bevor sich betretenes Schweigen in der Bibliothek ausbreiten konnte, stellte sich Elmar an Alenas Seite und verschränkte die Arme vor der Brust. Er sah sie kurz an, dann wandte er sich den Goths zu. »Nun, wir sollten die Fakten zusammentragen und versuchen gemeinsam das Rätsel zu lösen. Aber zuerst noch eine Frage von mir. Was ist das für eine Sache mit dem Virus? Was ist *Heinrichs Erbe?*«

Wolter und die anderen Inquisitoren zuckten die Schultern.

»Keine Ahnung, ehrlich nicht«, sagte der Anführer und balancierte dabei sein Messer um die Finger. »Wenn DARK irgendetwas in der Richtung geplant hat, dann waren nicht alle eingeweiht. Wir kennen nur die Version aus den Nachrichten.«

Alena glaubte ihm. Um die Pläne DARKs konnten sie sich

später noch kümmern. Vorrangig war das Tor zur Dunkelsphäre. Sie legte Elmar eine Hand auf die Schulter und trug noch einmal den Vers vor, den sie vom Letzten Hüter Siebenbürgens in Sliminc mit auf den Weg bekommen hatte. Worte, die sich tief in ihr Bewusstsein eingebrannt hatten:

Im Osten das Feuer des Tages brennt
Winde des Nordens stürmen
Das Wasser des Westens rinnt
Die Berge des Südens sich türmen
Vier Dinge, die das Schicksal kennt
Vier Säulen der Macht die Götter zürnen.
Wo Schönheit die Nacht benennt
Dunkle Herzen Eiseskälte spüren

Die Goths und Ex-Inquisitoren hingen an Alenas Lippen. Als der letzte Satz verklang blieb nur das leise Heulen des Windes zurück, der durch die Ritzen und Fugen von Türen und Wänden des Klosters hindurch zog und etwas von dem violetten Nebel von draußen herein brachte.

Wolter legte den Kopf schief. »Hört sich an, wie ein mittelalterlicher Wetterbericht.«

Er fing sich einen Rippenstoß von Rafaela ein, die ihn zornig anfunkelte. Dann blickte sie zu Alena.

»Ich denke, wir sollten das Zeile für Zeile durchgehen. So haben wir es jedenfalls früher immer im Deutschunterricht gemacht. Ich war ziemlich gut darin, Gedichte zu analysieren.« Sie rieb mit einem Finger über ihr Kinnpiercing und sah sich auf dem Tisch an ihrer Seite um, bis sie einen Bleistift fand und den Vers auf ein leeres Blatt in der Innenseite eines der vielen Bücher schrieb.

»Mit dem Wetterbericht liegt Kai gar nicht so verkehrt«, kommentierte Jannica als sie Ela über die Schulter sah. »Es ist von vier Himmelsrichtungen die Rede.«

»Soll das bedeuten, dass wir jeweils eine Säule dort finden?« Elmar beugte sich ebenfalls vor.

»Es klingt ziemlich offensichtlich«, sagte Kai Wolter und deutete mit der Messerspitze auf die einzelnen Sätze des Verses. »Aber wenn es so wäre, ist es so vage gehalten, dass wir ewig suchen könnten. Schaut doch, *im Osten das Feuer des Tages brennt* — das ist die Sonne, die im Osten aufgeht. Aber wollen wir jetzt ganz China nach einer Säule absuchen? Es fehlen weitere Anhaltspunkte.«

Alena biss sich auf die Lippen. Das Hungergefühl in ihr wurde stärker, bohrender. Früher oder später würde sie jemanden zur Ader lassen müssen. Die Goths würden ihr nur zu bereitwillig ihr Blut geben.

»Machen wir weiter«, sagte sie, um sich abzulenken. »Vielleicht finden wir ja doch noch einen Hinweis. Mit dem Norden verbindet man Kälte, eisige Winde. Ist der zweite Satz *die Winde des Nordens stürmen,* ein Hinweis auf Norwegen? Oder noch weiter nördlich?«

»Der nächste Satz macht aber keinen Sinn mehr.« Elmar schürzte die Lippen. »Das Wasser des Westens … Wasser gibt es überall.«

»So kommen wir nicht weiter«, meinte Wolter und stand von dem Tisch auf. »*Vier Dinge, die das Schicksal kennt* — es gibt zu viel Zahlenmagie, auf die man sich berufen könnte. Vier Himmelsrichtungen, vier Elemente der Alchimie, vier Erzengel.«

Allgemeines Getuschel erhob sich, als jeder plötzlich glaubte, irgendeinen Kommentar zu mystischen Zahlen abgeben zu müssen. Am Ende waren sie bei der Bedeutung der Sieben und der Zwölf angelangt.

»Das bringt nichts!« Elmar schrie fast, um die anderen zu übertönen. »Es geht hier nicht um Zahlen. Oder sollen wir noch alles addieren, bis wir zweiundvierzig herauskriegen?«

»Zweiundvierzig?« Zuber runzelte skeptisch die Stirn, woraufhin Elmar übertrieben die Augen verdrehte.

»Zweiundvierzig. Nie gehört?« Die Antwort auf die Frage nach dem Sinn des Lebens, dem Universum und dem ganzen Rest?«

Zuber schaute noch unverständlicher drein. Elmar winkte ab und murmelte etwas, das sich wie *Kulturbanause* anhörte.

»Ein Ort.« Alles verstummte plötzlich und drehte sich zu Jannica um, die relativ leise die beiden Worte ausgesprochen hatte, die dennoch für jedermann verständlich waren.

Sie stand abseits der anderen über eine Landkarte aus Tierhaut gebeugt, die einer der drei Kids auf dem Boden ausgebreitet hatte. Alena ging zu Jannica hinüber und blickte auf die Umrisse Europas. Dem Stil und der Gebietsaufteilung nach zu urteilen, musste es sich um eine sehr alte Karte handeln.

»Was hast du gesagt?«

Jannica blickte hoch. »Es ist eine Ortsangabe. Die Worte, die mir Idun sagte, *vier Winde du schaust, vier Wege du gehst, auf deine Stimme du hörst, ein Ziel du siehst.* Ein Ziel. Versteht ihr? Die vier Säulen befinden sich nicht an vier verschiedenen Orten, sondern an nur einem einzigen. Und an diesem Ort müssen diese vier Beschreibungen zutreffen: Das Feuer im Osten, Wind im Norden, im Süden Berge und im Westen Wasser.«

Ein Lachen unterbrach sie. Alena bemerkte Kai Wolter an ihrer Seite.

»Eine solche Beschreibung kann auf *jeden* Ort der Welt zutreffen.«

»Er hat Recht«, mischte sich Elmar ein und deutete auf die Karte. »Es kann alles Mögliche bedeuten. Wir brauchen genauere Anhaltspunkte. Es muss einen Grund geben, warum wir hierher geschickt wurden. Wenn, dann muss dieses Rätsel von hier aus zu lösen sein.«

Alena atmete tief durch. Genau daran dachte sie auch. Zwar schien es keine unmittelbare Verbindung zum letzten Hüter Siebenbürgens und Erik Hansen zu geben, aber der angebliche *Vater,* der sie schon zweimal aus Schwierigkeiten geholt, sie zu Elmar und nach Sliminc geführt hatte, steckte offensichtlich viel tiefer in der Sache mit drin, als Alena oder Jannica es vermutet hätten.

Er hält noch ein paar Überraschungen für uns bereit. Ich fühle es.

Inzwischen hatten sich auch Rafaela, Zuber und die Ex-Inquisitoren um die Karte geschart und starrten wie gebannt darauf, als könnten sie den gesuchten Ort ohne Weiteres auf dem großen, glatten Lederstück finden.

»Ein Fragment?« Rafaela sah Alena erwartungsvoll an. Ihre stumpfen, dunklen Augen schienen für einen Moment aufzuleuchten. »Was, wenn es sich bei diesem Vers nur um ein Fragment handelt?«

Elmar schnippte mit den Fingern. »Der Wächter hatte nicht viel Zeit, er lag im Sterben. Es könnte sein, dass er dir nur das Wichtigste mitgeteilt hat.«

Seufzend ließ sich Alena auf einer Tischkante nieder und schüttelte den Kopf. »Es macht alles keinen Sinn. Wenn es ein Ort wäre, hätte er nur den Namen sagen müssen und wir hätten ihn ohne Probleme gefunden.«

»Das ist richtig«, sagte Elmar. »Aber die Gefahr, dass jemand mithörte war zu groß. Ein Rätsel wäre für andere genauso schwierig zu knacken gewesen, wie für uns — nur mit dem Unterschied, dass wir hierher geführt wurden. Wir wissen doch gar nicht, was uns am Tor zur Dunkelsphäre erwartet. Vielleicht wären wir blindlings in eine Falle gelaufen, wenn wir den Namen des Ortes erfahren hätten.«

Das klang plausibel, aber es war nur eine Wahrscheinlichkeit aus einem Topf schier unendlicher Möglichkeiten, die ihnen an Erklärungen offen standen. Sicher konnten sie nicht sein. Da Erik schon einmal hier gewesen war, hätte er ihnen auch gleich die Auflösung des Rätsels mitgeben können, statt vorzugeben, er wüsste nicht, was es damit auf sich hatte.

Testet er uns? Mich? Will er sicher gehen, dass ich würdig bin?

Ihr schwirrten die Gedanken. Alena merkte, wie die Erinnerungen an ihre Vergangenheit wieder hochkamen. Vereinzelte Bilder zuckten durch ihren Verstand. Dehollander. London. Sie wusste, dass sie ihnen nicht mehr lange widerstehen konnte, genauso wenig wie sie dem Blutdurst widerstand.

»Ist alles in Ordnung?«, fragte Elmar.

Alena merkte, wie ihr schwindelig wurde. »Ich bin nur

etwas …« *Durstig,* hatte sie sagen wollen, verkniff sich aber das Wort und fügte ein »… schläfrig.« hinzu. Doch Elmars Blick verriet ihr, dass er genau wusste, was mit ihr nicht stimmte. Er verzog angewidert die Mundwinkel, nickte dann aber, als würde er ihr Vorhaben zwar nicht akzeptieren, zumindest aber die Notwendigkeit einsehen. Sie erhob sich von der Tischkante und sah Gerd Zuber an.

»Kann ich etwas für dich tun?« Der Kahlköpfige deutete eine Verbeugung an, erinnerte sich offenbar aber rechtzeitig an Alenas Verbot und verharrte mitten in der Bewegung, wobei er unfreiwillig eine komische Figur abgab, die an den sprichwörtlichen sterbenden Schwan erinnerte.

»Sucht bitte weiter nach Hinweisen«, sagte Alena. »Wenn der Vers wirklich nur ein Fragment darstellt, dann muss hier der Rest davon zu finden sein.«

Sie verließ die Bibliothek in der Gewissheit, dass Gerd Zuber ihr folgte.

Kapitel Zehn

438 Tage bis zur Stunde Null

Übelkeit konnte man sich in seinem Beruf nicht leisten. Sie machte alles nur schlimmer und störte die notwendige Konzentration, die man für schwierige Operationen benötigte. Robert Whitting hatte seinen Magen stets gut im Griff. Ganz gleich, wie tief er in den Eingeweiden eines Menschen herumstochern musste, wie viel Blut dabei aus offenen Arterien schoss, wie verbrannt die Haut war oder ob Knochen blank lagen — bisher hatte er die Schrecken erregenden Anblicke einfach aus seinem Verstand ausgeblendet und sich auf das konzentriert, was er am besten konnte, wofür er ausgebildet war: Diagnostizieren, Operieren, Heilen.

Aber die größten Verletzungen seiner Patienten hatten ihn nicht auf die Skrupellosigkeit eines Mannes vorbereitet für den er arbeitete und dessen Entscheidungen er sich dadurch mitschuldig machte.

Beim Sehen der Fernsehnachrichten und aktuellen Sondersendungen wurde Whitting einfach übel. Für ihn stand fest, der einzige Mensch zu sein, dem das Grauen in seiner ganzen Tragweite bewusst war. Die restliche Bevölkerung glaubte an einen Terrorakt, gegen den die Regierungen, die Streitkräfte und die Gesundheitsbehörden machtlos waren. Die Wahrheit hätte vermutlich niemand verstanden. Selbst Whitting tat es nicht, denn das, was draußen, außerhalb des unterirdischen Labors vor sich ging, entsprach keiner Logik, machte keinen Sinn.

Eine Lüge. Hyde hatte ihn belogen. Ob wissentlich oder nicht, spielte keine Rolle. Whitting hatte seinen Boss darauf hingewiesen wie gefährlich es war, ein selbst mutierendes Virus freizusetzen und seine Bedenken angemeldet. Jetzt schien alles außer Kontrolle zu geraten.

»... dass sich trotz aller sofort eingeleiteten Quarantänemaßnahmen die Seuche rapide ausbreitet.« Der CNN-Sprecher las die Meldungen von seinem Blatt Papier ab und vermied es, ständig Blickkontakt mit der Kamera zu halten. Normalerweise lief ein Teleprompter mit dem Nachrichtentext, um es den Moderatoren zu ermöglichen, ständig in den Aufnahmebereich zu schauen und damit dem Zuschauer das Gefühl zu vermitteln, die Nachrichten wären nur für sie bestimmt. Whitting hatte jedoch die geröteten Augen und den blassen Teint des Mannes bemerkt. Die Sachlichkeit, mit der er die Meldungen vorlas, war nur aufgesetzt. In Wahrheit hatte der Nachrichtensprecher eine Heidenangst.

»Erste Infekte wurden aus Finnland gemeldet. Auch hier wurden Quarantänezonen eingerichtet. Der Luftverkehr über dem nordeuropäischen Raum wurde inzwischen eingestellt. Während Doktor Stordahl von der Universität Oslo davon ausging, dass sich das Virus lokal eingrenzen ließe, musste er jetzt zugeben, sich geirrt zu haben. Sowohl in Tunesien als auch in Malaysia wurden Menschen mit den Symptomen von *Heinrichs Erbe* in Kliniken eingeliefert. Um eine Pandemie zu verhindern, tagte heute der Weltsicherheitsrat der UNO und gab dem Drängen der europäischen sowie fernöstlichen Mitgliedsstaaten nach, die Bekämpfung der Virusinfektion zentral durch ein einziges, neu gebildetes Gremium zu koordinieren. Diese Instanz wird als Globale Seucheninitiative bezeichnet, im Pressejargon jedoch die *Fünf* genannt, da sie aus fünf Vertretern der Staaten Russland, China, England, Deutschland und den Vereinigten Staaten besteht. Erstmalig in der Geschichte der UNO wurde neben dem Weltsicherheitsrat ein Gremium mit globalen Vollmachten ausgestattet. Gegner dieser Entscheidung, vor allen Dingen Nichtmitgliedsstaaten der Vereinten Nationen, sprechen von einer *Weltregierung* und imperialistischen Instanz, doch die *Fünf* betonten, ihre Regierungsgewalt nur zum Zweck der Bekämpfung von *Heinrichs Erbe* einzusetzen und von ihren Ämtern zurückzutreten, sobald die Seuche eingedämmt ist …«

Zitternd wanderte Whittings Hand zur Fernbedienung und fand den Ausschalter. In einer Sache hatte Hyde ihn nicht belogen: Die UNO war als globales Machtinstrument zum Zug gekommen. Zweifelsohne rekrutierten sich die *Fünf* aus Angehörigen DARKs. Damit war ihre Organisation jetzt stark genug, um als eine globale Einheit zu agieren, falls es den Vampiren gelingen sollte, von der Dunkelsphäre zur Erde zu gelangen.

Drei Ausbruchsherde. Auch darin hatte Hyde nicht gelogen. Aber die Quarantänezonen waren mittlerweile durchbrochen worden. Die Epidemie breitete sich aus. Und wenn das geschah, würde Hyde nichts tun können, um das noch zu verhindern.

Kalter Schweiß rann Whittings Nacken herunter. Er griff nach dem Mobilteil des Telefons und drückte die direkte Verbindung zu Hyde.

»Gibt es Neuigkeiten von meiner Tochter?«, fragte der Anführer DARKs, ohne den Arzt auch nur zu begrüßen.

Bei der Anspielung auf Rebecca Hyde kroch ein Schauer über Whittings Rücken. In den letzten drei Monaten war es nicht bei Jennas Tod geblieben. Anna löste Selma ab, Margaret dann Anna. Für Margaret kamen Jason und Patricia, ehe sie durch Schwester Chloe und einen Pfleger abgelöst wurden, dessen Namen sich Whitting nicht einmal gemerkt hatte, weil auch seine Anwesenheit im Labor nur von kurzer Dauer sein würde. In beängstigender Regelmäßigkeit wachte Rebecca auf, saugte einen der Pfleger oder Schwestern bis auf den letzten Tropfen aus und legte sich wieder schlafen. Nur Braspenninckx und Whitting selbst waren bisher verschont geblieben. Allerdings wurden Rebeccas wache Momente immer noch von einem gewaltigen, emotionalen Sog begleitet, der ihr auch die beiden Ärzte willenlos auslieferte, wenn sie es gewollt hätte. Whitting und Braspenninckx konnten sich gegen die sexuelle Erregung nicht wehren. Wenn Rebecca wach war, waren die beiden bereit, für sie alles zu tun — auch zu sterben.

Whitting schüttelte den Gedanken ab und bemühte sich, den Hörer nicht fallen zu lassen. Seine Hand zitterte so stark, dass er die andere zur Unterstützung brauchte, das Telefon festzuhalten.

»Sie ist wieder im Koma«, sagte der Doktor leise.

»Gut. Ich gehe davon aus, dass es ihr an nichts fehlt?«

Whittings Herz schien ein paar Schläge auszusetzen. Wie ein Ertrinkender rang er nach Luft und glaubte, jeden Moment einfach schlapp zu machen und umzukippen.

Menschenfutter! Der Gedanke bohrte sich wie ein glühendes Eisen durch sein Hirn. Fast hätte er vor Qual aufgeschrien.

Statt die Frage Hydes zu bejahen, ignorierte er sie. »Es gibt da eine andere Sache, die ich mit Ihnen besprechen muss.«

Ein Seufzen war vom anderen Ende der Leitung zu vernehmen, als hätte Hyde geahnt, was ihm der Doktor jetzt erzählen wollte.

»Es geht um *Heinrichs Erbe?*«

»Ja.«

»Sie wissen, dass ich mit Ihnen nicht darüber diskutiere.«

»Magnus, Sie haben mir gesagt, dass sich das Virus nicht über die drei Quarantänezonen ausbreiten wird. Inzwischen grassiert es aber in ganz Skandinavien.«

»Noch gibt es nur wenige Todesfälle. Wir werden die Sache wieder in den Griff bekommen.«

»Warum beruhigt mich das jetzt nicht?«

»Sagen Sie es mir!«

Whitting atmete tief durch und wollte etwas erwidern, aber Hyde kam ihm zuvor.

»Kümmern Sie sich weiter um Ihre Patienten, Robert. Ich will, dass Rebecca wieder auf die Beine kommt!«

Hyde hängte ein und ließ Whitting frustriert zurück. Der Arzt studierte den Tablet-PC mit den Vitalanalysen seiner beiden Patienten. Seltsam war, dass van Hornes Zustand seit seiner Einlieferung unverändert war. In den fast vier Monaten, die er nun schon hier lag, hatten sich nicht einmal seine Muskeln zurückgebildet.

Whitting rief sich von der Überwachungskamera in van Hornes Zimmer ein Bild auf den PC.

»Was stimmt mit dir nicht?« Er tippte mit dem Eingabestift auf die Zoomfunktion und holte das Gesicht des Fremden näher heran. Van Hornes Atmung arbeitete ohne mechanische Unterstützung. Hin und wieder konnte Whitting unter den geschlossenen Lidern die REM-Phasen beobachten, dabei hatte er angenommen, Komapatienten träumten nicht.

Was stimmt mit dir nicht?

Der Arzt beugte sich vor und drückte die Sprechtaste zum Schwesternzimmer. Er hatte sich nicht einmal die Namen der beiden Damen gemerkt, die erst gestern im Austausch für die letzten von Rebecca ausgesaugten Opfern angekommen waren.

»Whitting hier. Schwester … wer gerade Dienst hat, entnehmen Sie von Mister van Horne eine Blutprobe und veranlassen Sie eine externe DNA-Analyse.«

Die Schwester bestätigte und Whitting lehnte sich in seinem Sessel zurück. Er ließ das gezoomte Bild van Hornes auf dem Tablet-PC und kaute gedankenverloren auf dem Stylus. Die DNA-Analyse konnte nicht hier durchgeführt werden, es würde etwas dauern, bis Ergebnisse vorlagen. Whitting hoffte, dass in der Zwischenzeit Rebecca nicht wieder aufwachte.

Kapitel Elf

London, 1709

Die Kutsche hielt vor einem uralten Gebäude im Norden der Stadt, weit außerhalb der vornehmen Villen und Herrenhäuser.

Es wirkte wie eine Mischung aus einem Bauernhof und einer Burg. Ein großer Stall und zwei Scheunen schlossen sich hinter dem Brunnen an. Zwei Seiten waren von einer Art Wehrmauer umgeben, die an ihren Eckpfeilern in einen befestigten Turm mündete. Doch da die anderen beiden Grundstücksseiten völlig offen dalagen, boten weder Mauern noch Turm wirksamen Schutz vor einem etwaigen Angriff.

Alena vermutete, dass das Anwesen früher eine bessere Verteidigungsanlage besessen hatte und irgendwann umgebaut worden war, um als reines Wohnobjekt zu dienen.

»Wir sind da«, sagte Dehollander überflüssigerweise. »Gifford Manor.« Er lächelte Alena an und nickte kurz. Wie immer sah er äußerst galant und attraktiv aus. Er verzichtete auf die Adelsperücke und hatte seine Haare mit einer fettigen Substanz eingerieben und streng nach hinten gekämmt. An seiner Seite baumelte das Jagdschwert, von dem er sich niemals trennte, wenn er unterwegs war — sehr zum Missfallen anderer Adelige, die ihn oftmals pikiert musterten. Männer seines Standes bevorzugten in der Regel einen leichten Degen als zeremonielle Waffe. Niemand rechnete wirklich damit, je davon Gebrauch machen zu müssen. Dehollander schon, denn er verzichtete auf ein Heer an Leibwächtern und regelte seine Angelegenheiten selbst.

»Keine Sorge, sie sind vorbereitet.«

»Das macht mir keine Sorgen«, entgegnete Alena, die sich in dem langen Kleid mit Reifrock unwohl fühlte. Zu allem Übel hatte der Kammerdiener darauf bestanden, ihre langen, braunen Haare mit einer Nadel zu bändigen und unter einem Hut zu verstecken, dessen riesige Krempe gut und gerne zwei

Leuten in sprühendem Regen Unterschlupf gewährt hätte. »Es ist einfach nur so lange her.«

Dehollander wartete, bis der Kutschfahrer die Tür öffnete, stieg dann aus, umrundete den Wagen und bot Alena die Hand dar.

»Du bist ein Charmeur.«

»Stets zu Euren Diensten, Mylady.« Er nickte in Richtung des Anwesens. »Der Gifford-Clan war sofort bereit, dich zu treffen. Ihr Anführer ist Earl Gedeon Gifford.«

Sie gingen auf das Haus zu. Noch ehe sie die pompöse, mit Marmorsäulen verzierte Doppeltür erreichten, wurde bereits geöffnet. Ein livrierter Butler verbeugte sich übertrieben tief vor ihnen und nahm dann Alena und Dehollander die Mäntel ab.

»Es ist eine Freude, Euch wieder als Gast bei uns zu haben, Lord Ivo.«

»Ganz meinerseits. Das ist die Marquesa Magdalena Labastida.«

»Seine Lordschaft erwartet Euch bereits. Wenn Mylady und Mylord mir bitte folgen würden.«

Die Eingangshalle war überwältigender als das Äußere des Anwesens erahnen ließ. Kostbare Teppiche säumten den Boden. An den Wänden hingen wertvolle Ölgemälde. Säulen mit marmornen und goldenen Skulpturen zierten den Boden und flankierten die große Treppe, die ins obere Stockwerk führte. Die meterhohe Decke war verziert mit Darstellungen alter Schlachten. Gewaltige Wagenräder, die zu Kerzenleuchtern umfunktioniert waren, tauchten die Malereien in einen erhebenden Glanz. Der Earl musste über immensen Reichtum verfügen. Alena war überrascht, dass er den Prunk so offen zeigte, denn das Überlebensmotto der Opyri lag darin, sich eher unauffällig zu verhalten.

»Hier entlang bitte.«

Sie folgten dem Diener zu einem Raum, der hinter der Treppe lag. Eine Verbindungstür führte sie in einen angrenzenden Saal, in dem der Earl of Gifford bereits eine Festtafel aufgetischt hatte. Wuchtige Tische waren in Hufeisenform aufgestellt und mit Geschmeide von unschätzbarem Wert dekoriert. Orientale Wandteppiche, Brokatvorhänge, Seidenschals und goldene Büsten berühmter Dichter, Feldherren oder Könige ließen den Luxus in diesem Saal nahezu explodieren.

Dementsprechend war auch die Tafel gedeckt und sprach mit ihren Köstlichkeiten der menschlichen Vorstellung Hohn, Vampire würden sich ausschließlich von Blut ernähren. Was die Ernährung betraf, stimmte es zwar, denn herkömmliche Lebensmittel sättigten sie nicht, aber sie verstanden es sehr wohl, sich kulinarischen Genüssen hinzugeben.

Das Raunen und Getuschel, das im Saal vorherrschte, verstummte abrupt, als Alena und Dehollander die Schwelle übertraten. Der Diener räusperte sich.

»Ihre Lordschaften die Marquesa Magdalena Labastida und Lord-Baron Ivo Dehollander.«

Am Kopf der Tafel erhob sich ein großer, in dunklen Hosen und Frack gekleideter Mann. Er tupfte sich mit einer Serviette den Mund ab, umrundete den Tisch und ging mit weit ausgreifenden Schritten auf die beiden zu.

Alena hielt unwillkürlich die Luft an als sie dem Earl of Gifford gegenüber stand.

Er war groß. Etwa einsneunzig. Sein rabenschwarzes Haar hatte er im Nacken mit einer Spange zusammengebunden. Gifford nickte Dehollander zu und griff nach Alenas Hand. Sie bemerkte seine schönen, langen Finger und ertappte sich selbst bei der Vorstellung, wie diese Finger über ihre Haut wanderten, ihr Gesicht streichelten, ihre Schultern und den Nacken massierten. Der Handkuss war nicht nur gehaucht, wie es die Etikette gebot. Giffords Lippen saugten sich für einen Augenblick an Alenas Handrücken fest und hinterließen einen feuchten, roten Abdruck. Noch faszinierender als seine Hände waren die Augen des Earls. Eines schimmerte grünlich, das andere blau. Sein Blick war freundlich und sanft.

»Mylady, Ihr seid das bezauberndste Geschöpf, das meine Augen jemals erblickt haben.«

Alena bemühte sich um eine kühle Reaktion, so zu tun als hätte sie diese Worte schon dutzende Male gehört, was sogar der Wahrheit entsprach. Aber ganz gleich, was ihr auf der Zunge lag, sie vermochte es bei Giffords Anblick nicht auszusprechen. Seine Augen schlugen sie in einen Bann. Die Gegenwart des Earls erdrückte sie auf eine angenehme Weise. Er strahlte etwas Geheimnisvolles aus. Aber auch Alter. Weisheit und Macht.

Sie versank in seinem Blick, ließ sich treiben. Alena merkte nicht, wie sie sekundenlang einfach dastand und Gifford anstarrte. Erst das Räuspern Dehollanders riss die Vampirin in die Gegenwart zurück.

»Verzeiht«, sagte Alena und schenkte dem Earl ein Lächeln. »Ich war in Gedanken.«

»Natürlich ward Ihr das.« Er erwiderte ihr Lächeln, behielt ihre Hand in der seinen und geleitete sie zur Festtafel.

Alena entging nicht der Seitenblick Dehollanders. *Er ist eifersüchtig.*

Zu ihrer Überraschung führte Gifford sie an das Tafelende und wies ihr einen Platz direkt neben seinem Stuhl zu. Kaum dass sie und Dehollander sich gesetzt hatten, wurden silberne Pokale mit einer roten Flüssigkeit gereicht. Die Gefäße waren warm. Zu warm für Wein. Alena drehte sich bei dem in ihre Nase strömenden Aroma fast der Magen um. Erst jetzt spürte sie, wie durstig sie eigentlich war. Sie beherrschte sich, den Inhalt des Pokals nicht einfach in sich hinein zu stürzen, sondern wartete den Trinkspruch ab, den Gifford ihr zu Ehren hielt. Seine Worte hörte sie kaum, obwohl sie wie gebannt an seinen Lippen hing.

»War wohl ein Fehler, dich herzubringen«, raunte ihr Ivo Dehollander zu.

Irritiert stellte sie den Pokal auf dem Tisch ab und sah zur Seite. Der Baron wirkte tatsächlich gekränkt.

»Ich wusste nicht, dass du so eifersüchtig sein kannst.«

»Ich wusste auch nicht, dass dich ein anderer Mann so faszinieren kann.« Dehollander wartete nicht das Ende Giffords Rede ab, sondern leerte den Pokal bis zur Hälfte. Dafür erntete er verhaltenes Räuspern und einige giftige Blicke der anderen Gäste am Tisch.

»Erzählt mir etwas über die Clans«, sagte Alena nach dem Essen. Das gereichte Blut war warm und köstlich. Gifford hatte ihr verraten, dass er in den Gewölben des Anwesens eine Art Vorratslager angelegt hatte. Nur junge, gesunde Menschen, deren Lebenssäfte ein feines Bouquet versprachen.

Die Gäste Giffords waren ausnahmslos Opyri, Adelige dieser Zeit, die sich ihre Blaublütigkeit erkämpft oder selbst vergeben hatten. Auf gewisse Weise waren sie Adelige ihrer Art: Reinblütige Vampire, als solche geboren. Die von ihnen erschaffenen Pseudovampire nahmen nicht an der Feier teil, die, wie Alena inzwischen erfahren hatte, ihr zu Ehren gegeben wurde. Dehollander hatte ihre Ankunft in London publik gemacht und Gifford war sofort Feuer und Flamme für die Idee gewesen, der unbekannten Vampirin aus Island ein Festmahl aufzutischen.

Dabei wusste niemand an dieser Tafel etwas über sie. Nur die Tatsache, dass sie eine Opyri war und seit nahezu zweihundert Jahren auf der Flucht vor der Inquisition im Exil in Island gelebt hatte, war ihnen bekannt.

»Nun«, sagte Gifford und drehte sich zu Alena um. Die anderen Gäste unterhielten sich in Grüppchen. Einige lachten. Andere verlangten nach mehr Blut, das ihnen von der Schar Diener unverzüglich gebracht wurde. »Nachdem der Hexenhammer offiziell als Verfahrensanweisung für die Inquisition durchgesetzt wurde, gelang es den Jägern der Kirche immer öfter, einen der unseren zu erwischen und hinzurichten. 1639 beschlossen die ältesten und mächtigsten von uns beim Prager Abkommen, unsere Stärke und Zahl zu bündeln. So entstand die Idee der Clans. Anführer einer jeden Familie wurde ein Opyri mit den von ihm gezeugten Pseudovampiren. Allerdings schlossen sich bald Clans zusammen und bildeten so größere, mächtigere Vereinigungen. Einige tauchten in den Untergrund ab, um sich vor der Inquisition zu verstecken. Ich persönlich halte das aber weder für notwendig noch standesgemäß. Ihr seht, was ich hier aufgebaut habe. Welcher Ehrenmann würde den Earl of Gifford der Hexerei bezichtigen oder ihn als Vampir denunzieren?«

Alenas Blick wanderte zu Dehollander, der nur zustimmend nickte. Er hatte ihr nie gesagt, ob auch er einem Clan angehörte oder sein Leben allein und frei von anderen gestaltete. Bisher hatte sie ihn für einen Einzelgänger gehalten.

»Und Eure Blutvorräte?«, fragte sie dann wieder an Gifford gewandt.

Der Earl deutete auf die gefüllte Karaffe vor ihnen auf dem Tisch. »Nun, das war der Preis den wir zahlen mussten. Die Unauffälligkeit verbot uns, weiter offen Jagd auf Opfer zu machen. Die Gefahr, entdeckt zu werden, ist viel zu groß, also legten wir einige Regeln innerhalb der Clanstrukturen fest. Wir töten nicht mehr unsere Beute, sondern lassen sie am Leben. Keine Leichen, keine Beweise. Hin und wieder verschwinden Menschen auf Reisen, die ihren Weg zu uns finden und bei uns bleiben — manche freiwillig, andere müssen wir *überreden.*«

Alena griff nach ihrem Pokal und trank. Das Blut wurde bereits kalt und begann zu gerinnen. Sie hatte zu lange gewartet, leerte den Becher dennoch in einem Zug. Die Clanstrukturen unter den Vampiren überraschten sie, aber je mehr sie darüber nachdachte, desto stimmiger wurden sie mit den Zielen und Lehren der Idun. Leben bewahren, statt es zu vernichten. Wenn die Vampire keine Menschen mehr töteten, um an ihr Blut zu gelangen, hatten sie sich enorm gewandelt.

Ein Lächeln umspielte Lord Gedeons Lippen als er Alena zuprostete und ebenfalls seinen Pokal leer trank. »Was denkt Ihr, Lady Magdalena?«

Sein Blick ging ihr unter die Haut. Sie fühlte sich wie elektrisiert und konnte sich nur mühsam zurückhalten, ihn an sich heranzuziehen und zu küssen. Gleichzeitig spürte sie Ivos

Eifersucht förmlich. Wäre sein Zorn mächtig genug gewesen, Feuer zu erzeugen, wäre Gifford in diesem Moment in Flammen aufgegangen.

Alena tätschelte beruhigend Dehollanders Hand. »Es ist spät geworden. Wir werden uns zurückziehen.«

»Gewiss. Ich habe zwei Zimmer für Euch und Lord Ivo vorbereiten lassen.« Gifford winkte einem Diener, der so schnell herbeieilte, als hätte er die ganze Zeit über nur auf ein Zeichen seines Herrn gewartet. »Führt die Lordschaften in die Gästesuiten.«

Zum Abschied küsste Gifford erneut Alenas Hand. Seine Augen schweiften langsam ihren Arm hinauf, bis sich ihre Blicke trafen. Grün und Blau funkelten ihr entgegen und brachten eine Saite in ihr zum Schwingen, von der sie geglaubt hätte, sie in der Kälte Islands zurückgelassen zu haben.

»Sehe ich Euch morgen, Mylady?«

Alena erwiderte nichts, lächelte nur. Als sie dem Diener aus dem Saal und die große Treppe hinauf ins erste Stockwerk folgten, sprach Dehollander kein Wort mit ihr.

Als Alena erwachte, war das Kaminfeuer in ihrem Gemach heruntergebrannt. Nur eine schwache Glut war noch zu sehen, die jedoch die Kühle, die durch die Fensterschlitze und Türritzen ihren Weg ins Zimmer fand, nicht zu vertreiben vermochte.

Sie hatte geträumt. Von Gifford. Im Traum war er in der Nacht zu ihr ins Zimmer geschlüpft, zu ihr ins Bett gekrochen und hatte sie begehrt. Die Erinnerungen daran waren so lebhaft, dass sie sich ernsthaft fragte, ob es wirklich nur ein Traum gewesen war.

Gifford. Der Name schwang in ihren Gedanken nach. Sie fragte sich, wann sie in den letzten Jahrhunderten je einen Mann so sehr gewollt hatte, wie ihn. Das Sehnen nach seinen Händen, die langsam über jeden Zentimeter ihres Körpers streichelten, wurde mit jedem Augenblick stärker. Alena fühlte, wie das Verlangen die Überhand zu gewinnen drohte. Sie musste sich ablenken. Schnellstens, ehe sie völlig verblendet auf die Idee kommen konnte, Giffords Gemach aufzusuchen und über ihn herzufallen.

Alena schlug die Bettdecke zurück, stand auf und ging zum Fenster. Ohne nachzudenken zog sie die Vorhänge auf und wurde von grellem Sonnenschein geblendet. Allein die Tatsache, dass sie nicht augenblicklich in Flammen aufging, würde zahlreiche Abergläubige beruhigen und sie als normalen Menschen ansehen lassen. Doch der Volksmund irrte, denn die Opyri vertrugen Sonnenlicht, nur war es ihnen unangenehm, ließ sie schwindeln oder erzeugte leichte Übelkeit und Kopfschmerzen — aber sie starben daran nicht.

Kühle Luft, dachte Alena und riss das Fenster auf, um das Feuer in ihrem Schoß zu löschen. Kaum, dass die Morgenkälte ihre Haut erreichte und sich einen Weg durch den dünnen Stoff des Seidennachthemds bahnte, wünschte sich Alena plötzlich weit fort.

Der Glutball verfehlte sie nur um Haaresbreite und schlug hinter ihr in die Holzdielen ein. Zwei Funken griffen auf die Vorhänge über und fraßen sich schwelend durch den Stoff, doch erst eine Flammenzunge, die beim Aufprall des explodierenden Brandsatzes in Richtung Fenster leckte, entfachte ein Feuer, dass durch den schweren Brokat vom Boden bis zur Decke hochschnellte.

Alena schlug die plötzliche Hitze ins Gesicht. Sie taumelte zurück und versuchte einen Blick aus dem Fenster zu werfen, doch ein zweiter Brandsatz, der genau in diesem Moment am Fensterrahmen zersprang, ließ sie weiter zurückweichen. Eine Stichflamme griff nach ihr. Das Nachthemd fing Feuer. Alena riss sich die Kleider vom Leib, stürzte zur Tür, griff auf dem Weg dorthin nach einer Wolldecke, die lose über einen Sessel vor dem Bett lag.

Jenseits der Tür klang Lärm auf. Von draußen drangen Rufe ins Zimmer. Ehe sie den Ausgang erreichte, wurde die Eichentür bereits aufgestoßen. Dehollander wankte ins Zimmer. Sein

Blick verhielt kurz auf Alenas nacktem Körper, dann griff er nach ihrer Hand, zog sie aus dem Gemach und warf ihr die Decke über die Schulter.

»Was ist passiert?« Alena sah aus dem Fenster an der Flurwand und erkannte unten auf dem Hof Dutzende von Gestalten, die hektisch hin und her eilten. Zuerst dachte sie, sie wären dabei das Feuer zu löschen, doch dann bemerkte sie unter ihnen die Männer, die einen kleinen Katapult bedienten, der die Brandsätze gegen das Anwesen Giffords schleuderte.

»Bei der Göttin, was ist los?«, fragte Alena noch einmal.

Dehollander zog sie vom Fenster fort in Richtung Treppe. Aus den anderen Zimmern stürmten die dort untergebrachten Gäste. Männer, nur in Schlafhosen bekleidet. Zwei Frauen waren nackt, eine dritte hatte wohl noch versucht eilig ein Unterkleid überzustreifen, für die Verzögerung jedoch einen hohen Preis bezahlt. Ihr Leib stand in Flammen. Sie sprang aus dem Zimmer und schrie vor Schmerz und in wilder Panik. Rasch stoben die anderen beiseite, um nicht mit dem lebenden Feuerbündel in Berührung zu kommen. Die Frau rannte zur Treppe, stieß gegen das Geländer und stürzte darüber. Wie eine menschliche Fackel fiel sie in die Tiefe und schlug im Foyer auf dem Boden auf, wo sie sofort einige der Teppiche in Brand setzte.

Dehollander zerrte Alena hinter sich her. Er selbst wirkte gehetzt, seine Haare hingen ihm wirr ins Gesicht und außer seinen Hosen trug er nur noch die Stiefel am Leib. Alena bemerkte seinen geröteten Oberkörper. Auch Dehollander war offenbar nur knapp dem Flammentod entronnen.

»Wohin?«, rief jemand.

»Das war Lady Sophia … meine Güte, habt Ihr gesehen, wie sie verbrannte?«

Dehollander drängte sich an zwei orientierungslosen Männern vorbei. Ein Brandgeschoss flog durch das Flurfenster, zerschmetterte es und rollte über den Boden, bis es vor einem der Vampire zerplatzte und ihn in eine Feuersbrunst einhüllte.

Sie hatten den Treppenabsatz fast erreicht. Eine der Frauen vor ihnen zerfloss zu einem dunklen, schattenhaften Etwas, das sich über den Boden schlängelte, das Geländer hinauf und dann nach unten ins Foyer flog. Für einen Moment spielte Alena mit dem Gedanken, es der anderen Vampirin gleichzutun, doch ehe sie den Impuls zur Verwandlung auslösen konnte, stürmten die Leute von draußen das Haus. Eine aufgebrachte Meute platzte ins Foyer. Männer mit grimmigen Gesichtern, offenbar zu allem entschlossen, um das eigene Leben so teuer wie möglich zu verkaufen. Sie waren bewaffnet. Viele mit Heugabeln oder Stöcken, andere waren uniformiert und trugen Säbel und Degen. Aber ausnahmslos jeder hielt in der freien Hand einen hölzernen Pflock, dessen Sinn und Zweck jedem Vampir sofort klar werden musste. Die Meute wusste mit wem sie es zu tun hatte und kam her, um die Vampire zu pfählen.

Giffords Worte vom Vorabend wehten wie die blasse Erinnerung an einen längst vergangenen Traum durch Alenas Gedanken. *Welcher Ehrenmann würde den Earl of Gifford der Hexerei bezichtigen oder ihn als Vampir denunzieren?* Offenbar gab es einen Ankläger. Oder einen Spion in seinem Anwesen.

»Hier entlang.« Dehollander wollte sie weiter mit sich ziehen, während zwei Männer an ihnen vorbei die Treppe hinunter und damit ins sichere Verderben liefen. Auch wenn sie bereit waren zu kämpfen, würden sie kaum eine Chance gegen den Mob haben.

Alena riss sich von Dehollanders Griff los und wickelte sich enger in die Wolldecke. Sie spürte, wie der Boden unter ihren Füßen heiß wurde. Die Flammen breiteten sich rasch aus. Aus mehreren Zimmern strömte dichter Rauch, der jedem Menschen die Tränen in die Augen getrieben hätte. Doch die Bewohner dieses Anwesens waren keine Menschen. Der Rauch kümmerte sie nicht, vielmehr waren die Brandherde das eigentliche Problem.

Sie umrundeten den Treppenabsatz und nahmen den Weg in das zweite Stockwerk. Ein Mann und eine Frau folgten ihnen, während der Rest von Giffords Gästen offenbar entschlossen war, die Freiheit im Foyer zu suchen. Alena erhaschte einen kurzen Blick zwischen die Geländerstäbe und sah, wie sich ein halbes Dutzend Männer auf einen der Vampire stürzten und ihn allein durch ihre schiere Überzahl zu Boden rangen. Der Mann hatte nicht die geringste Chance. Seine Zähne schnappten nach Fleisch. Die zu Krallen mutierten Finger rissen klaffende Löcher in Hälse. Aber seine Gegenwehr erlahmte, als ein Holzpflock sein Herz durchbohrte. Ein herbeieilender Soldat holte mit dem Säbel aus und ließ ihn auf den Hals des Opyri niedersausen.

Alena sah weg und rannte hinter Dehollander die Treppe hinauf. Auf dem nächsten Absatz kam Lord Gedeon aus seinem Zimmer gestürmt. Wie die anderen hatte auch er nicht die Zeit gefunden, sich ordentlich zu kleiden. Das Nachthemd hing an mehreren Stellen aus seinen schwarzen Hosen. Seine rechte Wange glühte und warf Blasen. Das grüne Auge tränte.

»Es gibt einen Fluchttunnel durch die unteren Gewölbe«, sagte er. Sein Blick streifte Alenas. Er nickte ihr zu.

»Dafür ist es zu spät.« Alena deutete die Treppe hinunter. »Der Pöbel ist unten längst eingefallen. Jeder der sich dort hinunter wagt, wird gepfählt und enthauptet.«

Sie sah wie Giffords Wangen zuckten. Wut spiegelte sich in seinem Blick wider. »Wie können sie es wagen ...?«

»Wir haben nicht viel Zeit«, sagte Dehollander. »Gibt es einen anderen Ausweg?«

Der Earl deutete nach oben, die Treppe hinauf.

Im nächsten Stockwerk führte eine Tür über einen Vorratsspeicher in den anderen Flügel des Herrenhauses. Auch hier drang von unten Kampfeslärm zu ihnen herauf. Allerdings war die Etage auf dieser Seite unversehrt und bisher nicht den Flammen zum Opfer gefallen.

»Bastarde!« Gifford spähte vom Flur durch ein Fenster hinunter zum rückwärtigen Hof des Gebäudes. Alena trat an seine Seite und zog die Wolldecke fester um ihren nackten Körper. Auch auf der Rückseite des Anwesens hatten sich

Angreifer gesammelt und begannen damit das Haus durch die Fenster im Erdgeschoss zu stürmen. Unter ihnen sah sie Männer in roten Uniformen mit Musketen und aufgepflanzten Bajonetten. Soldaten der königlichen Armee.

»Das sind Captain Dales Leute von der hiesigen Garnison.« Gifford zog den Kopf zurück und drängte Alena an die Wand, als jemand von unten zu ihnen herauf sah. Sie warteten zwei, drei Sekunden, ehe der Earl einen weiteren Blick riskierte. Seine Hand behielt er knapp unter Alenas Brust. Sie spürte seine Wärme. Seine Nähe. Ihr Atem beschleunigte sich weniger aufgrund der Gefahr, in der sie schwebte als vielmehr wegen der Berührung Giffords.

Dehollander zog Alena von dem Earl fort in eines der an den Flur angrenzenden Zimmer hinein. Er deutete auf einen Schrank. »Du ziehst dir besser rasch etwas anderes an, solange du noch Gelegenheit dazu hast.«

Die Decke fiel von ihren Schultern. Genau in dem Moment kam Gifford ins Zimmer, blieb im Türrahmen stehen und musterte Alenas Körper mit einem langen Blick.

»Ich kann meine Worte von gestern über Eure Schönheit nur wiederholen, Mylady.«

Alena lächelte und sah aus den Augenwinkeln, wie Dehollander vor Zorn rot anlief. »Wenn wir etwas mehr Zeit haben, Lord Gedeon.«

Sie drehte sich zum Schrank um, zog die Türen auf und stöberte in den Sachen. Für eine Flucht kam ein Kleid kaum in Frage. Alena wählte enge Reithosen, die ihr eine Nummer zu groß waren, und ein mit Rüschen besetztes Hemd. Die Stücke gehörten zweifelsohne einem Mann, aber angesichts der Situation, in der sie sich befanden, waren sie viel zweckdienlicher als alles, was zurzeit in der Damenwelt zur Mode gehörte.

»Wir müssen uns beeilen.« Gifford war inzwischen noch einmal auf den Flur getreten und hatte die Belagerer durch das Fenster beobachtet. Jetzt kehrte er zurück und winkte eilig. Alena und Dehollander folgten ihm einen weiteren

Treppenabsatz hinauf. Die beiden Vampire, die mit ihnen heraufgekommen waren, gingen vor. Alena versuchte sich an ihre Namen zu erinnern. Es blieb bei dem Versuch. Gifford hatte sie gestern so vielen Leuten vorgestellt, deren Namen und Adelsstände sie sich unmöglich alle merken konnte.

Sie erreichten den Dachstuhl. Die Dienerschaft hing hier offenbar die gewaschene Wäsche von Giffords Gästen zwischen alten Mehlsäcken und allerlei ausrangierten Sammlungsstücken auf. An den Dachbalken befestigte Hanfleinen mit Bettlaken und Röcken wechselten sich mit alten Truhen und lose abgestelltem Unrat ab. Die Wäsche roch muffelig. Alena wusste, dass die Adeligen sie später noch nachparfümierten.

Gifford riss ein Laken von der Leine als er sich daran vorbeikämpfte, um zu einer Dachluke zu gelangen. Er öffnete den Mund, um etwas zu sagen, ließ es dann bleiben und starrte nur sprachlos in die Tiefe. Alena und Dehollander schlossen zu ihm auf. Als sie einen Blick nach draußen wagten, wussten sie das Entsetzen in Giffords Augen zu deuten. Der Innenhof glich einer Belagerungsstätte. Zwischen den unzähligen Bürgern Londons drängten sich immer wieder die roten Uniformen der Garnison. Alena sah auch Männer in Schwarz, die Befehle an die Rotröcke weitergaben. Sie hielten sich abseits und schienen weder dem Militär noch Vertretern der Stadt anzugehören.

»Wer sind die?« Alena deutete nach unten.

»Inquisition.« Die Art und Weise wie Gifford das Wort ausstieß, zeigte ihr, wie wenig er selbst daran glaubte. »Aber …«

»Es ist nicht möglich?«, fragte Dehollander. »Wie Ihr seht, sehr wohl. Jemand muss denen einen Hinweis gegeben haben.«

Gifford schüttelte den Kopf, in der gleichen Bewegung nickte er. Wie fest verwurzelt blieb er stehen und starrte in die Tiefe.

»Wir müssen verschwinden«, sagte Alena und zupfte an seinem Ärmel, doch erst als Dehollander ihn bei den Schultern packte und nachdrücklich schüttelte, kam der Earl wieder zu sich.

»Ja ... ja, natürlich. Ich verstehe nur nicht, wieso ... sie haben es doch versprochen.«

»Wer hat *was* versprochen?«

Gifford blickte sie ausdruckslos an. Doch statt ihr zu antworten, deutete er aus dem Fenster hinaus. Bevor er etwas sagen konnte, eilten die beiden Adeligen in ihrer Begleitung zur Brüstung. Die Frau raffte ihren Rock hoch, sprang auf das Sims und dann in die Tiefe.

»Wartet!« Alena hielt den Atem an.

Der Lord hob seine Hand an die Stirn, salutierte und bleckte dabei die überlangen Eckzähne. Ansatzlos setzte er über die Brüstung.

Zusammen mit Dehollander und Gifford verfolgte Alena das unmögliche Szenario. Sie lehnte sich weit über die Brüstung hinaus und sah gerade noch, wie die beiden fallenden Körper sich in der Luft zu etwas Dunklem, Halbtransparentem verformten. Plötzlich schienen zwei gigantische Fledermäuse dem Boden entgegenzujagen, glitten über den Kopfstein und dann wieder hinauf in den Himmel. Die Männer in Schwarz zeigten auf sie. Musketenschüsse peitschten, doch die Bleikugeln schossen wie durch dunklen Nebel hindurch und hinderten die beiden Schatten nicht daran, höher zu steigen.

»Sie schaffen es!«, sagte Gifford und schickte sich an, ebenfalls auf die Brüstung zu steigen, doch Alena und Dehollander hielten ihn zurück.

»Seht!« Dehollander deutete nach unten. Zwei der Inquisitoren befahlen den Rotröcken mit hektischen Gesten eine Art Katapult auszurichten. Alena runzelte die Stirn. Die Wurfmaschine wirkte wie eine überdimensionierte Armbrust, fast wie eine Balliste aus der Antike, nur auf einem drehbaren Sockel montiert.

»Was wollen sie mit dem antiquierten ...?« Er sprach nicht zu Ende. Im nächsten Moment jagte ein armdickes, pfeilförmiges Geschoss den Himmel hinauf und durchstieß einen der beiden riesigen Schatten. Zuerst sah es so aus, als würde der Pfeil wie die Kugeln einfach hindurch fliegen, doch kurz bevor die Spitze auf der anderen Seite heraustrat, fing das Geschoss plötzlich Feuer. Eine grelle Stichflamme raste von beiden Enden über den Schaft, bis sie in der Mitte in einer Kaskade explodierte.

Mensch wie Vampir wandte sich ab und schloss die Augen, doch alle hörten den unmenschlichen Schrei. Ein Kreischen. Hysterisch. Unnatürlich schrill.

Vor Alenas Augen tanzten Flecken. Sie bekam nur undeutlich mit, wie ein zweites Geschoss auch den anderen Schatten einholte. Eine weitere Lichtexplosion erhellte den Himmel über dem Gifford-Anwesen. Noch während der Schatten lodernd zu Boden stürzte, verwandelte er sich teilweise zurück in die menschliche Gestalt. Es handelte sich um die Frau. Ihr Schreien erstarb auf halbem Wege in die Tiefe, ehe sie hart auf dem Hof aufschlug und immer noch brennend liegen blieb.

»Verdammte Bastarde!« Gifford sah Alena an. »Kommt. Es gibt einen Geheimgang durch den Keller, der Euch sicher nach draußen führt.«

»Durch den Keller?« Eine Steile Falte entstand zwischen Alenas Brauen. »Wie sollen wir denn nach unten gelangen? Hier wimmelt es vom Mob.«

»Folgt mir.« Der Earl wandte sich vom Fenster ab, durchmaß den Dachboden mit schnellen Schritten und stieß am anderen Ende die Tür auf, die in den zweiten Flügel des Herrenhauses führte. Er wartete auf Alena und Dehollander, schwang sich dann mit einem Satz über das Geländer des Treppenhauses und sackte wie ein Stein in die Tiefe.

»Was zum …?« Dehollander beugte sich über das Geländer. »Er ist genauso verrückt, wie die anderen beiden.«

»Ich fürchte, wir haben aber keine andere Wahl, mein Lieber.« Alena schenkte ihm ein Lächeln, und ehe er es verhindern könnte, folgte sie Gifford. Sie hörte noch das Fluchen Dehollanders und registrierte befriedigt, dass er ebenfalls über das Geländer stieg. Der Fall dauerte höchstens zwei Sekunden. Als die beiden unteren Stockwerke an ihr vorbeizogen, sah sie Menschen auf den Treppen. Kampfeslärm drang an ihre Ohren. Jemand rief, zeigte in ihre Richtung. Vielleicht bildete sie sich das auch nur ein.

Ein harter Laut von unten. Gifford war auf dem Boden aufgekommen und sprang aus dem Weg. Alena folgte ihm. Sie spürte den Aufprall kaum, federte ab und war froh, jetzt kein umständliches Kleid zu tragen, mit dem sie die Rolle über die Schulter weit weniger elegant hinbekommen hätte. Sie kam auf die Füße und sah sich direkt einem Mann gegenüber. Er hielt eine brennende Fackel, in der anderen Hand einen Pflock. Alena wollte ihn packen, doch in dem Moment bemerkte sie seinen starren Blick und den Schwall Blut, der aus seinem Mund schoss. Hinter ihm schälte sich Gedeon Gifford aus den Schatten und zog seine blutverschmierte Hand aus dem Rücken des Toten.

»Schade um die Vorspeise«, kommentierte der Earl und nickte mit dem Kinn in eine Richtung hinter Alena. Sie drehte sich um. Neben ihr kam Ivo Dehollander auf, federte in die Knie und unterdrückte einen Aufschrei. Seine Landung war offenbar nicht ganz so glimpflich verlaufen wie ihre und Giffords. Der Baron klopfte sich den Staub von der Kleidung.

Gifford nahm die Fackel der Leiche an sich und löschte sie in einem Wasserbottich, am Fuß der Treppe. Licht brauchten Wesen wie sie nicht. Der Earl bückte sich am Ende des Korridors und zog eine Falltür auf. Zwei Ratten stoben quiekend davon. Eine fette Spinne krabbelte über den Handrücken Giffords und verschwand in der Dunkelheit.

»Nach Euch, Mylady, Mylord.«

Dehollander zog skeptisch die Brauen hoch, doch Alena zögerte nicht. Sie sprang durch die Luke und landete auf weichem, moosigen Boden. Es roch faulig und nach Kot. Irgendwo plätscherte Wasser. Der Tunnel unter dem eigentlichen Keller erstreckte sich, soweit Alenas Augen reichten, schnurstracks in eine Richtung.

»Ein Zugangsstollen zum Abwasserkanal«, erklärte Gifford. »Wir sollten uns beeilen.«

Das Moos unter ihren Füßen schluckte die Schritte.

Tatsächlich führte der Tunnel vielleicht zweihundert Meter geradeaus, ehe er langsam anstieg und dann einen scharfen Rechtsknick machte. Der Gestank von Urin und Kot nahm zu. Anscheinend kamen sie nun in die Nähe des Abwassers.

Gifford hielt inne und drückte sich mit dem Rücken gegen die Gangwand. »Still!«

Sie waren noch weit entfernt, doch Alena konnte sie jetzt auch hören. Stimmen. Zuerst schienen sie näher zu kommen. Ehe sich Worte aus den Fetzen herauskristallisieren konnten, entfernten sie sich jedoch wieder.

Gifford entspannte sich. »Weiter.«

Über ihnen fiel Sonnenlicht durch ein Gitter im Tunnel. Alena warf einen kurzen Blick hinauf und fragte sich, wie weit sie wohl schon vom Herrenhaus entfernt waren. Da Gifford jedoch weiter durch den Stollen hastete, offensichtlich noch nicht weit genug. Sie marschierten noch einige hundert Meter und kamen an mehreren Abzweigungen vorbei, ehe der Earl endlich eine wählte, die schräg aufwärts führte und schließlich in einem Ausgang mündete. Gifford hob den Kanaldeckel leicht an, spähte hinaus und schob ihn dann komplett zurück. Mit einem Sprung war er draußen und bot mit einer charmanten Geste Alena einen Arm dar, obwohl sie gut und gerne auf dieselbe Art und Weise wie er den Tunnel hätte verlassen können. Dankbar ergriff sie seine Hand und ließ sich hochziehen. Den eifersüchtigen Blick Dehollanders spürte sie förmlich in ihrem Rücken brennen. Wenn sie nicht bald aus Giffords Gegenwart verschwanden, legte es Ivo womöglich noch auf ein Duell an.

Sie befanden sich in einer Seitengasse Londons. Alena glaubte, die Gegend schon einmal gesehen zu haben.

»Euer Hotel ist ganz in der Nähe. Ich hoffe, Ihr kommt ungesehen dorthin.«

»Ihr begleitet uns nicht, Lord Gedeon?«

Der Earl setzte eine bekümmerte Miene auf und schüttelte den Kopf. »Ich fürchte nein. Jemand hat uns verraten, und bis zum Einbruch der Dunkelheit weiß jede Seele in London, wer ich in Wahrheit bin. Die Stadt ist nicht mehr sicher. Auch nicht für Euch! Ihr solltet ins Hotel, Eure Sachen packen und schleunigst abreisen.«

»Was meintet Ihr vorhin damit, *sie hätten es versprochen?* Wer?«

Gifford senkte den Blick. »Es gab eine Vereinbarung zwischen einigen Clanführern und der Kirche. Sie blasen die Inquisition ab. Wir ziehen uns zurück und streifen nicht auf der Suche nach Beute durch die Städte. Wir haben uns daran gehalten und wie es aussah, die Kirche auch. Zumindest offiziell ist die Hexenverfolgung beendet, aber irgendwer lässt die Inquisition weiterleben. Ich muss herausfinden, wer das ist und die anderen Clans warnen.« Er wandte sich zum Gehen.

»Werde ich Euch wieder sehen, Lord Gedeon?«

»Aye, Mylady. Ich hoffe es.« Er verbeugte sich tiefer als nötig vor ihr und verschwand in den Schatten der Gasse.

Dehollander warf ihr einen finsteren Blick zu. »Du und die Männer.«

»Ich?« Alena legte den Kopf schief. »Die Magd der Wellinghams hat mir einiges über deine Abenteuer mit den Frauen erzählt.«

»Wer sind schon die Wellinghams. Können sich nicht mal vernünftige Dienstboten leisten.« Ivo Dehollander machte eine wegwerfende Handbewegung.

Um seinen Zorn nicht noch zu schüren, hakte sich Alena bei ihm ein und küsste sanft seine Wange. Er sog tief die Luft ein, lächelte dann aber.

Sie erreichten das Hotel unbemerkt und schlichen sich durch den Hintereingang ins Innere. An der Rezeption weckten sie den Nachtportier, der den frühen Morgen für ein Nickerchen nutzte, um sich aus dem Gästebuch auszutragen. Der untersetzte Mann war sichtlich verstört, dass seine Gäste tatsächlich die Unverfrorenheit besaßen, in aller Herrgottsfrühe abzureisen. Vermutlich fühlte er sich um seinen Schlaf betrogen. Als Alena den Federkiel in das Tintenfass tauchte und unterschreiben wollte, flog ihr Blick über die anderen eingetragenen

Gäste und blieb an einem Namen hängen, der ihr wahrscheinlich nur eigentümlich vorkam, weil er nicht englisch aussah: *Graaf Lu van Horne.*

Sie zuckte die Achseln, unterschrieb und verabschiedete sich von dem Nachtportier, nicht ohne ihm ein großzügiges Trinkgeld zu hinterlassen, das ihm auch den restlichen Schlaf aus den Augen trieb. Spätestens, wenn man ihn verhaftete, würde er merken, dass die Ein-Pfund-Note nur ein unbenutztes Taschentuch war, das Alena aus den Weiten ihres Kleides hervorgeholt hatte.

Kapitel Zwölf

Gegenwart, Norwegen

Stunden schienen zu Monaten zu werden. Jannica fühlte sich müde und ausgelaugt. Sie vermochte nicht zu sagen, wie lange sie bereits einen Wälzer nach dem anderen aus den Regalreihen gezogen und durchforstet hatte. Die Idee, es könne sich bei dem Vers bloß um ein Fragment handeln, war nur eine Vermutung gewesen, doch jeder der Anwesenden klammerte sich an diesen Strohhalm wie ein Ertrinkender. Was, wenn sie sich auf einer gänzlich falschen Fährte befanden?

Alena war irgendwann mit Gerd Zuber zurückgekehrt. Der Mann schien wackelig auf den Beinen zu sein. Die Male an seinem Hals waren noch nicht ganz verkrustet und leuchteten rot wie zwei Warnleuchten. Jannica schluckte bei dem Anblick. Sie hatte Alena den Eindruck vermittelt, ihre beste Freundin zu sein, doch innerlich sträubte sie sich noch immer dagegen, was die Statue der Göttin ihr über die Vampirin erzählt hatte. Es war ungeheuerlich, dass sie seit acht Jahren Göttern diente, die in Wahrheit Blut saugende Bestien waren.

Jannica schüttelte sich bei dem Gedanken. Ihr Blick streifte den Alenas für eine Sekunde. Die Vampirin lächelte ihr zu, doch Jannica fiel es mit einem Mal schwer, die Geste zu erwidern. Sie starrte Zuber an, der sich von den anderen etwas abseits setzte und mit hängenden Schultern wie ein Häufchen Elend wirkte.

»Habt ihr etwas gefunden?«, fragte Alena.

Elmar Fuchs schüttelte den Kopf. »Nein, noch nicht. Aber das heißt nichts. Diese Bibliothek ist riesig. Wir könnten mit dreimal soviel Leuten noch Monate suchen, ohne etwas zu finden, selbst wenn eines der Bücher definitiv das enthält, was wir suchen.«

Länger als sonst sah Jannica den Mann an, den sie erst seit ein paar Tagen kannte, deren gemeinsame Erlebnisse sie aber bereits so fest zusammengeschweißt hatten, als wären sie sich schon vor einer Ewigkeit über den Weg gelaufen. Vielleicht war sie nicht korrekt mit ihm umgesprungen und zu hart mit ihm gewesen, als er die Schweinerei in seiner Kammer veranstaltet hatte. Sie schlug sich nicht darum, jemand anderes Kot und Urin vom Boden zu wischen, er hätte ihr wenigstens einen Dank spendieren können. Wahrscheinlich wusste er im Vollrausch nicht einmal mehr, was er getan hatte. Sie konnte ihn verstehen, nach allem was er durchgemacht hatte. Aber ging es ihr nicht genauso? Hatte sie nicht ebenfalls ihre Familie durch den Tod aller Schwestern verloren? Ihre Heimat durch die Zerstörung des Klosters in Island?

Ich habe mich nicht so gehen lassen, wie du, Fuchs.

Sie schluckte den aufkeimenden Groll hinunter. Elmar schien wieder nüchtern und bei Verstand zu sein, seit er mit den Goths zurückgekehrt war. Und mit dem Lösen des Rätsels hatte er eine Aufgabe, die ihn beschäftigte. Mit ein wenig Glück würden seine Wunden zumindest soweit heilen, dass er nicht wieder rückfällig wurde.

Als Elmar ihren Blick bemerkte, sah sie rasch in eine andere Richtung und tat so, als interessiere sie sich für eines der Bücher. Sie hielt die Suche nach dem Rest des Verses für Zeitverschwendung, auch wenn sie glaubte, dass Rafaela einen guten Ansatz geliefert hatte. Es konnte aber nicht Sinn der Sache sein, die Zeit mit Suchen zu vertrödeln. Warum sollte Vater Hansen ihnen solch eine Aufgabe stellen? Es musste direkter gehen. Schneller.

Jannica blickte sich in der Bibliothek um. Erst als sie sicher war, dass jeder in die Bücher vertieft war und niemand in ihre Richtung sah, schlich sie sich an der Regalwand entlang zum Ausgang. Sie atmete auf und ließ die Tür angelehnt. Die Luft war außerhalb der Bibliothek wesentlich kühler und frischer. Der Staub und Geruch von tausenden, Jahrhunderte alter Bücher lastete offenbar schwer auf dem Saal. Hinzu kam, dass er keine Fenster besaß und sie sich seit ungezählten Stunden mit gut einem Dutzend Leuten darin aufhielten und den Sauerstoff verbrauchten.

Ihre Gedanken schweiften kurz zu van Horne, doch sie schob sie schnell wieder beiseite. Seit sie von Alena erfahren hatte, dass der angebliche Physikprofessor jemand ganz anderes und viel älter sein musste als er vorgab, versuchte sie alle Erinnerungen an ihn zu verdrängen. Sie wollte nicht daran denken, die ganze Zeit mit einem Wesen verbracht zu haben, das offensichtlich kein Mensch war.

Fast wären wir uns näher gekommen. Sie würgte die aufkeimenden Bilder aus van Hornes Landhaus ab und konzentrierte sich auf das, was ihr jetzt auf dem Herzen lag.

»Ich wusste, dass du zu mir zurückkehrst.«

Die Göttin hatte sie gefunden, nicht umgekehrt. Auf halbem Wege zu dem Raum mit der Statue, trat ihr die junge Frau mit dem goldenen, zu Zöpfen geflochtenen Haar in den Weg und lächelte sie mit dem milden Lächeln an, das nur von einem höheren Wesen stammen konnte. Jannicas erste Reaktion war, sich auf die Knie fallen zu lassen, doch sie erinnerte sich daran, was die Göttin bei ihrer vorherigen Begegnung getan hatte und verharrte mitten in der Bewegung. Es musste komisch aussehen, denn Idun lachte laut auf.

»Das brauchst du doch nicht zu tun«, sagte sie.

Jannica presste die Lippen zusammen und nickte nur. Idun trat an sie heran und legte ihr einen Arm auf die Schulter. Sie zog sie mit sich, und gemeinsam schlenderten sie den Gang entlang.

Aus dem Korb mit den goldenen Äpfel drang ein frischer Duft, der Jannica daran erinnerte, dass es höchste Zeit war, wieder einmal etwas anderes zu kosten als nur das getrocknete Obst und gepökelte Fleisch aus den Vorratskellern des Klosters.

»Ihr kommt voran?«

Jannica runzelte die Stirn. »Offen gestanden, nein. Alle zerbrechen sich den Kopf über diesen Vers. Aber ich denke, wir wissen mittlerweile, dass sich die vier Säulen an einem einzigen Ort befinden.«

Die Göttin an ihrer Seite schürzte die Lippen. Sie hielt den

Blick stur geradeaus gerichtet, doch Jannica hatte das Gefühl, als würde sie sie dennoch direkt ansehen.

»Du vertraust mir doch, oder?«

Die Frage überraschte Jannica und ihre impulsive Antwort ebenso. »Ja, natürlich. Ich habe dir mein Leben geweiht.«

Idun blieb stehen. Sie stellte den Korb mit den Äpfeln zu ihren Füßen ab und ergriff Jannicas Hände. Ihre Haut war warm und übertrug bei der Berührung ein sanftes Prickeln auf Jannicas Körper. Die klaren Augen der Göttin musterten sie.

»Ich würde für dich in den Tod gehen.« Jannica schluckte als sie die Worte sprach. Sie klangen in ihren Ohren seltsam. Eher wie eine Floskel, als inbrünstig und ernst gemeint. Idun musste das unweigerlich spüren, doch sie ließ sich nichts anmerken. Im Gegenteil wurde ihr Lächeln noch breiter.

»Kind, das ist nicht das, was ich von jenen, die an mich glauben, verlange. Ich bin die Göttin des Lebens und der Unsterblichkeit. Ich will, dass du lebst. Nicht deinen Tod.«

Jannica fühlte sich erleichtert. Sie hatte mit dem schlimmsten gerechnet und stellte fest, dass sie dazu überhaupt nicht bereit war. *Versagt mein Glaube hier? Ist er nicht tief genug?*

Die Antwort auf die Fragen musste warten, denn das, womit sie Idun konfrontierte, war ungleich schlimmer als der Tod.

»Du weißt, was Schwester Alena vorhat?«

Jannica nickte unsicher. Ein milder Ausdruck trat auf Iduns Gesichtszüge. Sie strahlte innerlich und schien ihre Wärme allein durch den Blick und die Berührung der Hände auf Jannica zu übertragen.

»In deinen Augen ist es gut. Du magst in Schwester Alena noch immer mehr ein Monstrum als meine Botin zu sehen, doch ihre Geste scheint dem Wohl derer zu dienen, an die du glaubst.«

»Ja.«

Idun beugte sich vor, so dicht, dass ihre Nasenspitze fast die Jannicas berührte. »Alenas frühes Erwachen hat ihr die Erinnerung geraubt, die Erinnerung an ihre Bestimmung, an die

Prophezeiung. Ihre Aufgabe liegt nicht darin, das Tor zur Dunkelsphäre zu versiegeln, sondern es zu öffnen.«

Jannica prallte entsetzt zurück. Instinktiv befreite sie sich aus dem Griff der Göttin und stieß mit dem Rücken gegen die Wand. »Nein!«

»Du zweifelst, das ist mir klar. Aber es ist so, wie ich gesagt habe.«

Vielleicht war es die Milde in Iduns Stimme, die Jannica nicht in Panik davonlaufen ließ. Was erwartete einen Jünger von seinem Gott, wenn er ihm widersprach? Seinen Zorn? Eine furchtbare Strafe? Doch Idun zeigte nichts dergleichen. Sie lächelte einfach verständnisvoll und wirkte auf Jannica wie die Güte und reinste Liebe in Person.

Sie ist eine Göttin, dachte Jannica und schämte sich plötzlich für ihre Zweifel und Abneigung. Ihr Weltbild war an diesem Tag bereits mehrmals erschüttert worden, und noch immer kam sie nicht damit zurecht, dass sich das Sinnbild ihres Glaubens vor ihr manifestierte.

»Aber … die Opyri werden …«

Idun machte einen langsamen Schritt auf sie zu. »Das ist es, was du verstehen musst, Jannica. Die Opyri sind nicht die Ungeheuer, die du in ihnen siehst. Es ist ihre Bestimmung, hier zu sein und über die Menschen zu wachen. Sie sind die eigentlichen Herrscher der Erde und wurden vor langer Zeit durch einen Verrat des Ordens DARK von hier vertrieben.«

Das Entsetzen nahm ein Ausmaß an, dem Jannica nicht mehr widerstehen konnte. Sie wandte sich ab und rannte fort. Ganz gleich, wohin sie ihre Beine trugen, sie wollte einfach nur noch weg. Sie nahm die Gänge und Abzweigungen, die sie passierte nicht wahr, rannte nur so schnell sie konnte, bis ihre Lungen vor Luftmangel brannten. Erschöpft ließ sie sich auf dem kalten Boden nieder und begann zu weinen.

Zur Abwechslung wären ihm eine eisgekühlte Limonade und ein saftiges Schnitzel mit Pommes Frites lieb gewesen, doch die Vorratskammern des Klosters gaben außer Brunnenwasser und eingekellertem Wein nichts her, das auch nur entfernt an eine Pepsi oder Sprite erinnerte. Dörrobst und Pökelfleisch standen normalerweise auch nicht auf seinem Speiseplan. Es wurde Zeit, dass sie endlich aus diesem Kloster kamen und sich wieder unter zivilisiertes Volk mischen konnten — auch wenn er dort draußen alles verloren hatte.

Elmar Fuchs fühlte sich erschöpft und elend. Das violette Leuchten, das selbst hier im Lesesaal vorherrschte, obwohl es keine Fenster gab, drückte genauso auf sein Gemüt, wie die stickige Luft und das Gefühl, im Kloster eingesperrt zu sein. Merkwürdig war auch sein Zeitempfinden. Obwohl sie gerade mal ein paar Tage hier waren, schien seine innere Uhr ihm vorzugaukeln schon Monate in den uralten Gemäuern verbracht zu haben.

Kein Wunder bei dem Klima hier.

Er legte das Buch, das er durchblättert hatte beiseite, ließ es jedoch aufgeschlagen. Die Wälzer in den Regalen stellten ein ähnliches Rätsel dar wie nie erlöschende Fackeln oder zur Neige gehende Vorräte. Jeder der Anwesenden las die Texte in der eigenen Sprache. Es war Elmar merkwürdig erschienen, dass die Bücher in deutscher Schrift geschrieben waren, als er jedoch Jannica einmal fragte, sah sie ihn an, als zweifele sie an seinem Verstand, denn für sie erschienen die Texte auf Norwegisch.

Elmar blickte hoch. Die anderen schnüffelten unnachgiebig weiter in den Folianten, auf der Suche nach etwas, das dem Vers, den Alena von dem Letzten Hüter Siebenbürgens erhalten hatte, ähnlich war. Als sein Blick Gerd Zuber streifte, kam ihm ihre erste Begegnung draußen in den Höhlen in den Sinn. Etwas hatte ihn damals beschäftigt, doch auf der Flucht vor den Soldaten, hatte er den Gedanken verdrängt. Jetzt erst fiel es ihm wieder ein. Er ging zu Zuber hinüber, der nach Alenas Mahl noch immer sichtlich geschwächt war. Für Elmar war es schwer vorstellbar, dass dieser Mann sich freiwillig von ihr anzapfen ließ — genauso wie all die anderen.

Ein Haufen Irrer. Wahrscheinlich bin ich der einzig normale Mensch hier. Er dachte an Jannica. *Und Jannica.*

»Hey, Zuber, hast du eine Sekunde?«

Der Kahlköpfige sah hoch und nickte. Er war bleich und seine Augen wirkten müde.

Elmar hockte sich zu ihm auf die Bank. »Als wir uns heute Morgen zum ersten Mal begegnet sind und du mich aus den Nachrichten erkannt hast, wie lange ist das her?«

Zuber blickte ihn verständnislos an. »Wie jetzt? Heute Morgen ...«

»Nein, das meine ich nicht. Ihr seid von Nürnberg hierher gekommen, habt ihr unterwegs Nachrichten gesehen?«

Der Kahle schüttelte den Kopf. »Nein, wie denn? Wir sind mit den Wagen von Wolter und den anderen gefahren.«

»Die ganze Strecke mit Autos?«

»Na ja«, Zuber grinste schief. »Genug Kohle, um zu fliegen hatten wir nicht. Und außer uns hier«, er beschrieb mit der Hand eine Geste, die den ganzen Lesesaal umfasste, »sind drüben in der Höhle ja noch die anderen. Wir sind bis Rostock gefahren, dann auf die Fähre.«

»Und die Nachrichten?«

»Ach, das war noch in Nürnberg, zwei oder drei Wochen ehe wir uns überhaupt entschlossen haben, nach Hammerfest zu fahren.«

Elmar stutzte. *»Wochen?«*

Zuber und er blickten sich einige Sekunden lang stumm an. Schließlich nickte der Kahlköpfige. »Natürlich. Es dauerte eine Weile, bis uns allen bewusst wurde, wen wir vermissen, wen wir suchen. Als wir uns dann einig waren, mussten wir einen Weg finden, Alena aufzuspüren. Wir wussten ja noch nicht, dass wir uns alle nur konzentrieren müssen, um ihren *Ruf* in uns zu hören. Die Fahrt von Nürnberg nach Hammerfest kostete uns auch noch mal vier Tage.«

Elmar hob eine Hand. »Moment, Moment. Welches Datum haben wir heute?« Er fügte in Gedanken *deiner Meinung nach* hinzu, sprach es jedoch nicht aus.

Zuber sah auf seine Armbanduhr, doch die war seit dem Eintritt in den Bereich der Dunkelsphäre genauso stehen geblieben wie Elmars. Der Goth hob die Schultern.

»Der 30. Juni, wieso?«

»Das kann nicht sein«, sagte Elmar. »Dann wären wir bereits über einen Monat hier, wir sind aber maximal vor drei oder vier Tagen hier angekommen.«

Zuber winkte Rafaela zu sich und stellte ihr die Frage nach dem Datum, nur um sich in ihrer Antwort bestätigt zu wissen. »Die Blonde hat uns erzählt, dass du eine Zeitlang im Suff warst, offenbar hast du einen ganzen Monat verpennt, was?«

Elmars Blick verfinsterte sich. Er suchte Jannica, doch er fand sie nirgends. Aber Alena würde hoffentlich genauso wissen, wie lange sie schon im Kloster waren. Es sei denn, ihre Flashbacks in die Vergangenheit hatten auch ihr Zeitgefühl schwinden lassen. Die Vampirin war jedoch mit ihm einer Meinung. Exakt fünf Tage, wovon Elmar einen ganzen fort gewesen wäre. Doch das wiederum konnte er nicht glauben, denn sein Ausflug in die Höhlen und das Treffen mit Rafaela und den anderen hatte höchstens eine Stunde gedauert, nicht einen Tag.

»Hier stimmt was nicht!«

Inzwischen hatten die anderen sich von den Büchern abgewandt und sich um Elmar, Alena, Zuber und Rafaela geschart. Elmar legte noch einmal seine Beobachtung dar.

»Das würde bedeuten, dass der Zeitablauf hier im Kloster manipuliert wird?«, schloss Kai Wolter und rieb sich mit der Klinge seines Messers unter dem Kinn, sodass das Schaben über seine Bartstoppeln ein kratzendes Geräusch verursachte.

»Manipuliert ... oder die Zeit unterliegt hier anderen Gesetzmäßigkeiten als in der Realität, die wir kennen.« Alena schürzte die Lippen und schien nachzudenken.

»Wir sollten uns draußen umsehen«, sagte Wolter.

»Zurück zu den Soldaten?« Zuber schüttelte den Kopf. »Ohne mich. Ich hab keinen Bock, neben Carsten begraben zu werden.«

»Aber Kai hat Recht.« Elmar atmete tief durch. »Wir müssen herausfinden, ob unsere Beobachtung stimmt. Je länger wir hier drin bleiben, desto mehr Zeit vergeht draußen. Wir brauchen eine Art Umrechnungsfaktor für unsere Beobachtung.«

»Und was soll uns das nützen?«, fragte Rafaela, während sie an den Ärmeln ihres mittelalterlichen Kleides zupfte. Offenbar verstand sie nicht, worum es ging, oder wollte es nicht verstehen.

»Na, stell dir vor, wir bleiben zwei, drei Wochen hier und draußen vergehen zehn Monate ... oder Jahre ...«, Elmar erschauderte bei dem Gedanken und beeilte sich, weiter zu sprechen, um nicht daran hängen zu bleiben, »... draußen kann alles Mögliche passiert sein. Alena will schließlich dieses Tor versiegeln, was, wenn es längst von Seiten der Opyri gestürmt wurde, wenn DARK genug Zeit hatte, alle Kräfte zu mobilisieren, um sie daran zu hindern. Wir müssen wissen, was draußen vor sich geht.«

Wolter nickte. »Ich gehe mit meinen Leuten.« Er winkte Wolf, Oli und Simone zu.

»Ich komme mit«, sagte Alena, doch Elmar schüttelte den Kopf.

»Nein, besser nicht. DARK ist hinter *dir* her. Auch wenn du dich gut zur Wehr zu setzen weißt, müssen wir nicht unbedingt ein Risiko eingehen. Ich werde mitgehen.«

Diesmal war Wolter nicht einverstanden. »Sorry, Kleiner, aber das ist eher was für große Jungs und Mädchen. Die Show, die du neulich in den Höhlen abgezogen hast, hat mir gereicht. Bleib besser hier bei den anderen, ich will nicht noch jemanden bei mir haben, auf den ich aufpassen muss.«

»Er hat Recht«, sagte Alena als Elmar widersprechen wollte. In dem Augenblick hätte er sie am liebsten angeschrien, dass sie ihm seine ganze Lage eingebrockt hätte und ihn jetzt nicht bevormunden sollte. Aber als er in ihre Augen blickte und fast wieder begann, sich darin zu verlieren, konnte er ihr einfach nicht böse sein.

»Das ist eine Aufklärungsmission.« Elmar verschränkte die

Arme vor der Brust und ging zwei Schritte in Richtung Ausgang. »Meine Idee, meine Theorie und ich will verdammt noch mal wissen, ob ich Recht habe. Entweder nehmt ihr mich mit, oder ich gehe alleine.«

»Das lässt du mal hübsch bleiben.« Wolter klang nicht so bestimmt wie er es vermutlich gewollt hätte. »Na schön, wir nehmen dich mit, aber keine Alleingänge, du tust das, was wir dir sagen und hältst dich im Hintergrund, falls wir auf Soldaten treffen.«

»Versprochen.«

Elmar spürte Alenas Blick und sah sie erneut an. Sie sah aus als wolle sie ihn zurückhalten, doch der Moment verging. Dann nickte sie.

Das Zittern ließ allmählich nach. Ihre Tränen versiegten und trockneten auf ihren Wangen. Jannica saß mit zur Brust angezogenen Beinen an eine Wand gelehnt auf dem kalten Boden und verschwendete keinen Gedanken daran, dass sie sich möglicherweise erkältete. In ihrem Kopf schossen tausend Fragen hin und her, suchten Gründe, bestehende Zweifel zu tilgen, doch immer wieder wurden neue aufgeworfen. Konnte sie der Göttin glauben? Allein der Gedanke daran, dass Idun log, war Blasphemie.

Ich verrate meinen Glauben.

Alena als Botin der Göttin zu akzeptieren war schon schwer genug gewesen. Jetzt sollte sie die Opyri als göttliche Wesen hinnehmen, die auf die Erde gehörten und über die Menschen herrschten?

Wenn sie das in Frage stellte, dann hatte sie acht lange Jahre für eine Lüge gelebt. Dann war sie nicht bereit, die Lehren und die Weisheit der Idun als eigenen Lebenszweck zu verinnerlichen.

Sie nahm die Gestalt erst wahr, als sie sich neben ihr niederhockte. Jannica blickte aus geröteten Augen hoch und zuckte innerlich zusammen als sie Idun erkannte.

»Ich weiß, dass es für dich schwer ist«, sagte die Göttin. »Du hast in Island all die Zeit für etwas gelebt, das du nicht verstanden hast. Deine Weihe stand kurz bevor und du fühltest dich von deinen Schwestern verraten. Aber du hast mit Nina gesprochen. Sie war eingeweiht, sie hat an die Lehren geglaubt, die man ihr im Kloster beigebracht hat, sie hat danach gelebt. Du hättest es auch getan, wenn sie dir schon viel früher Bescheid gesagt hätten.«

Jannica sah in die klaren Augen der anderen Frau. Irgendwann hob sie die Schultern. »Ich weiß es nicht. Ich weiß es einfach nicht. Es ist alles so unwirklich. Ich dachte ...« Sie brach ab, aber Idun lächelte und strich ihr mit einer Hand über die Wange.

»Du dachtest, du stündest mit beiden Beinen fest im Leben. Du hast deinen Glauben als etwas Geistiges, Jenseitiges betrachtet und nie daran gedacht, dass die Dinge auch im Weltlichen Sinn machen und Gestalt annehmen, richtig?«

Jannica nickte. »So ungefähr.«

Idun beugte sich vor, umfasste Jannicas Gesicht mit beiden Händen und zwang sie, sie anzusehen. In den Augen der Göttin glomm ein eigenartiger Funke auf, der scheinbar über ihre Iris tanzte und sie in verschiedenen Farben aufleuchten ließ. Grün. Blau. Violett.

»Wie wichtig es ist, dass das Tor zur Dunkelsphäre geöffnet wird, werde ich dir jetzt zeigen.«

»Mir?« Jannica hörte ihre eigene Stimme wie von weiter Ferne. »Aber warum mir? Wenn Alena deine Botin ist, warum zeigst du es nicht ihr.«

Die Daumenkuppen Iduns strichen sanft über Jannicas Wangenknochen und hielten kurz vor ihren Augen. Jannica spürte ein leichtes Kribbeln und eine Art von Wärme, wie sie sie bisher nicht gekannt hatte. Sie ging durch ihre Haut bis hinunter zu ihrem Herzen und erfüllte sie von innen.

»Alena ist einfach zu früh aus ihrem Schlaf erwacht, unter Umständen, die ihr Gedächtnis blockieren. Ihre Erinnerungen kommen nach und nach zurück, aber ihre Moralvorstellungen von Gut und Böse haben sich verkehrt. Sie will die Menschen schützen und sieht nicht das Gute in den Wesen ihrer Art. Es dauert zu lange, sie wieder auf den richtigen Weg zu führen.«

»Das verstehe ich nicht.« Jannica runzelte die Stirn. »Du bist die Göttin. Wenn du ihr erscheinst so wie mir, wird sie doch verstehen, oder nicht?«

Idun antwortete nicht. Sie schloss die Augen, und der Funke war noch immer dort, schimmerte durch ihre Lider, wuchs und sprang mit einem Mal auf Jannica über. Was die Göttin ihr zeigte, erschreckte sie so sehr, dass sie plötzlich aufschrie und wie wild um sich schlug.

Als sie sich nach einer Weile wieder beruhigt hatte und zu sich kam, war Jannica allein in dem Gang. Doch die schrecklichen Bilder aus Iduns Funke hatten sich unauslöschlich in ihr Bewusstsein gebrannt.

Der Beobachter hatte vollstes Verständnis für Jannicas Reaktion. Sie saß lange Zeit auf dem Boden und schluchzte vor sich hin. Erst als es so aussah, dass sie den Rest ihres Lebens in dem schmalen Korridor des Klosters verbringen wollte und sich die Gestalt auf der anderen Seite der Wand schon anschickte, ihren Schützling geistig anzustupsen, regte sich die junge Frau.

Jannica stützte sich vom Boden ab und stand auf. Die Dinge, die sie Idun sehen ließ, hatten sie geschwächt. Sie brauchte ihre ganze Kraft, um sich auf den Beinen zu halten und musste sich an den rauen Wänden festhalten. Sie bot einen erschöpften Anblick, und ihre Schritte waren schleppend. Für den Weg zur nächsten Abbiegung brauchte sie mehr als dreimal so lang, wie unter normalen Umständen, doch der Beobachter wartete seelenruhig ab.

Als Jannica im nächsten Korridor verschwunden war und der Beobachter sicher war, dass ihr Weg zu Alena führen würde, verließ er seine Position. Wie ein Schatten schlüpfte er in Gestalt der Idun durch die Wand und manifestierte sich in dem Flur. Die Farben des grünen Kleides verblassten, die geflochtenen Zöpfe zogen sich zurück, das Gesicht alterte rapide und endete in einem von Falten zerklüfteten Antlitz.

Erik Hansen lächelte zufrieden. Alles lief nach Plan.

Kapitel Dreizehn

213 Tage bis zur Stunde Null

Wenn er die Nachrichten verfolgte, wünschte er sich, er würde jeden Moment aus dem Albtraum erwachen und feststellen, dass er in seinem Bett in Nordlondon lag und einfach nur einen beschissenen Tag hatte. Doch der besagte Tag zog sich nun schon über elf Monate hin. Eine Besserung schien nicht in Sicht zu sein.

Heinrichs Erbe war außer Kontrolle. Allein im skandinavischen Raum gab es bereits über Hunderttausend von Opfern. Bei der Geschwindigkeit, mit der sich das Virus ausbreitete, konnte die Zahl in ein paar Monaten gut und gerne die Millionengrenze in Europa sprengen — weltweit tat sie das längst. Obwohl nicht alle Infizierten gestorben waren und es interessanterweise sehr viele Überlebende gab, die Antikörper gegen *Heinrichs Erbe* in ihrem Blut besaßen, war es den Medizinern bisher nicht gelungen, den Erreger zu isolieren und einen Impfstoff zu entwickeln.

Robert Whitting war kein Virologe, aber er hatte sich während seiner Studienzeit und auch später als Praxisinhaber immer wieder mit Krankheitserregern und Seren befasst. Die Seuche grassierte seit fast einem Jahr, die ersten Überlebenden waren vor zehn Monaten entdeckt worden. Noch immer gab es kein Antidot? Das klang für den Arzt zu sehr nach Manipulation. Mittlerweile traute er Hyde alles Mögliche zu, nur dass ihm die Möglichkeit fehlte, ihm das auch mitzuteilen. Die einstmals direkte Verbindung zum Anführer DARKs war durch eine Vermittlungsstelle ersetzt worden. Ganz gleich, wie oft Whitting anrief, jedes Mal nahm eine Dame mit rauchiger Stimme ab und verlangte so monoton, dass er fast vermutete es mit einem computergenerierten *Bot* zu tun zu haben, sein Anliegen zu erörtern. Danach wurde abgewogen, ob man ihn zu Hyde durchstellte oder nicht. Bisher war er nicht erfolgreich gewesen. Anscheinend interessierten Hyde nur noch

Neuigkeiten im Zusammenhang mit seiner Tochter. Ihr regelmäßiges Erwachen und die damit verbundene Dezimierung des Laborpersonals war allerdings keine Neuigkeit mehr, mit der man ihn behelligen konnte.

Whitting hatte bereits spekuliert, ob er nicht absichtlich eine Falschmeldung durchgeben sollte, den Gedanken aber rasch wieder verworfen. Sobald ihn Hyde durchschaut hatte, hätte er sich damit selbst ans Messer geliefert. Wer wusste schon, ob Hyde ihn wirklich für so unersetzlich und wichtig bei dieser Sache hielt.

Der Arzt leerte ein Glas Wasser in einem Zug und goss sich aus einer Plastikflasche etwas nach. Seine Schicht war für heute beendet. Er hatte sich die Aufzeichnungen des Tages über seine beiden Patienten angeschaut und das übliche Tagesprotokoll geschrieben, um es per verschlüsselter E-Mail an Hyde weiterzuschicken. Die DNA-Probe van Hornes, die er an ein externes Labor schicken ließ, hatte nichts Neues eingebracht. Zumindest behauptete das die Analyse, die man ihm zurückschickte.

Whitting war erschöpft. All der Luxus im unterirdischen Labor, all die Möglichkeiten seine Freizeit zu gestalten, ersetzten nicht das reale Leben draußen an der Oberfläche. Er fühlte sich wie ein eingesperrtes Tier, und wenn er nicht bald hier heraus kam, ging er ein.

Die Nachrichten liefen im Hintergrund. Drohungen Israels, den Iran anzugreifen; Vergewaltigung einer deutschen Touristin in Indien; ein defekter Sauerstoffgenerator an Bord der internationalen Raumstation ISS; Lebenslänglich für einen Häftling aus Riga, der des dreizehnfachen Mordes angeklagt war. Doch seit Wochen war die Epidemie — mittlerweile wurde bereits von einer *Pandemie* gesprochen — das einzige Thema, das wirklich noch irgendjemanden interessierte.

Was tut man mit einem Mann, der Zigtausende ermordet hat?, fragte sich Whitting und dachte dabei an Hyde.

Die Meldungen wurden gar nicht mehr von einem Sprecher kommentiert, sondern zogen nur als Laufschrift am unteren

Fernsehrand vorbei. Moderatoren und Journalisten konzentrierten sich einzig und allein auf *Heinrichs Erbe.* Es gab Sondersendungen, Gesprächsrunden mit Ärzten, Erläuterung von Notfallplänen der Weltgesundheitsorganisation sowie ein Interview mit dem Sprecher der Globalen Seucheninitiative, die nun auch in den Nachrichten nur noch als *Die Fünf* bezeichnet wurde.

Als eine Karte mit den Seuchenherden eingeblendet wurde, griff Whitting nach der Fernbedienung und schaltete den Ton lauter.

»… haben *Die Fünf* die derzeitige Lage in der Welt in einer Grafik veranschaulichen lassen.« Das Gesicht der Sprecherin verschwand, dafür wurde die Weltkarte aus dem Hintergrund Bildschirm füllend dargestellt. »Die Seuchenherde in Europa breiten sich rapide aus, trotz der Maßnahmen, die von Militär und ausführenden Organen der jeweiligen Länder eingeleitet wurden. Betroffen ist das Gebiet von Norwegen nach Osten bis zum Ural. Nach Süden bis zum Mittelmeer. Die Inseln England, Irland und Island sind bisher von Ausbrüchen der tückischen Virusinfektion verschont geblieben.«

Die benannten Inseln wurden grün, das restliche Europa mit tiefroten Flecken dargestellt, überall dort, wo bereits die Seuche ausgebrochen war. Whitting rang nach Atem. Die letzte schematische Darstellung hatte er vor zwei Wochen gesehen, da hatte es deutlich weniger Rot gegeben. Die Sprecherin betonte, dass immer, wenn die Behörden und die WHO glaubten, eine Quarantänezone eingerichtet und unter Kontrolle gebracht zu haben, ihnen ein Träger des Virus' durch die Finger schlüpfte und den Erreger weiter ins Land hinaus trug. Aus Russland gab es erste Meldungen, dass das Trinkwasser mit *Heinrichs Erbe* kontaminiert sei.

Whitting schlug mit der Faust auf den Tisch. In seiner Wut hätte er fast den Tablet-PC vor sich zerschmettert. Nein, Hyde hatte gar nicht vor, es unter Kontrolle zu bringen, im Gegenteil, er sorgte dafür, dass es sich weiter ausbreitete. Das Trinkwasser! Whitting schüttelte den Kopf. Er hatte das

Gefühl sich übergeben zu müssen und spülte den Kloß im Hals mit einem Schluck Wasser runter. Mit zitternder Hand griff er nach dem Telefon auf dem Tisch. Statt eines Freizeichens, meldete sich eine Stimme.

»Vermittlung.«

Der Arzt runzelte die Stirn. *Vermittlung?* Bisher hatte er frei telefonieren können, indem er direkte Telefonnummern wählte. Hyde hatte ihm diese Freiheiten gelassen. Zumindest bis gestern noch.

»Ich brauche eine Verbindung in die Schweiz.«

»Ort und Teilnehmer?«

»Weltgesundheitsorganisation, Genf.«

»Bedaure, Doktor. Sie haben nicht die Berechtigung, diesen Teilnehmer anzuwählen.«

»Wie bitte? Sagt wer?«

»Anordnung von Mister Hyde.«

Whitting drückte die Belegt-Taste und schleuderte das Telefon zurück auf den Tisch. Das Mobilteil raste genau in das aufgeklappte Display des Tablet-PCs und hinterließ eine Delle in der Aktivmatrix. Das Bild wurde an dieser Stelle dunkel.

»In Asien sind die Staaten China, Indien, Pakistan und Thailand betroffen. Der Nahe Osten sowie Japan zeigen noch keine Fälle. Der Ausbruchsherd in Afrika hat sich vom Norden des Kontinents bis Mombasa ausgebreitet. Keine Anzeichen einer Infektion gibt es bisher aus Nord- und Südamerika.« Das Portrait der NBC-Nachrichtensprecherin wurde wieder eingeblendet. Im Hintergrund blieb die Weltkarte mit den Seuchenzonen. »Die offiziell von der WHO bekannt gegebene Zahl der Todesopfer beträgt inzwischen neun Millionen. Ein Impfstoff ist bisher nicht …«

Whittings Hand schlug auf die Fernbedienung und erwischte neben allen anderen Knöpfen auch den Ausschalter. Er schloss die Augen und lehnte sich zurück. Doch vor seinem inneren Auge wollte sich keine beruhigende Schwärze einstellen. Er sah Bilder von Sterbenden. Entvölkerte Dörfer und Städte. Irgendjemand musste dem Wahnsinn Einhalt gebieten.

Das Telefon klingelte. Er hatte offenbar nicht fest genug geworfen, um es zu zerstören. Zuerst wollte er nicht rangehen, doch dann siegte die Neugier und eventuell die Aussicht doch noch mit der WHO in Genf verbunden zu werden.

»Ja?«

»Robert, was machen Sie denn für Sachen?«

Es war Hyde. Whitting setzte sich sofort senkrecht auf. Er merkte, wie er nervös wurde. Hier und jetzt hatte der vielleicht die Gelegenheit, seinem Boss genau das an den Kopf zu werfen, was er sich in Gedanken für diesen Augenblick notiert hatte. Doch er bekam keine Silbe heraus.

»Ich sagte Ihnen doch bereits, dass Sie sich nicht weiter um das Virus kümmern sollen«, fuhr Hydes Stimme fort. »Ihre Priorität liegt in Ihren medizinischen Kenntnissen, meine Tochter wieder gesunden zu lassen.«

»Sie ist eine gottverdammte Bestie!«, wollte Whitting schreien. Er tat es nicht. Stattdessen saß er einfach da, hielt das Mobilteil an sein Ohr und hörte zu.

»Das Virus ist mein Problem. Haben Sie mich verstanden?«

»Aber …« Whittings Hals war trocken. Er schluckte und befeuchtete die Lippen mit der Zunge. »Es ist außer Kontrolle.«

»So? Nur weil Sie die Statistik in den Nachrichten gesehen haben, glauben Sie, dass wir es nicht im Griff hätten? Robert, wir tun dies alles nur aus einem einzigen Grund. Ich dachte, das wäre Ihnen klar.«

»Mir war nicht klar, dass Sie Millionen in den Tod schicken.«

»Um eine oder zwei Milliarden zu retten.« Hydes Stimme klang so, als würde er sich auf keine weitere Diskussion einlassen und gleich zu einem anderen Thema übergehen wollen.

Whitting musste es endlich loswerden. »Ich will hier raus!«

Für ein paar Augenblicke herrschte Stille. Der Arzt hörte nur das leise Brummen des Stromgenerators und einiger medizinischer Instrumente im Raum. Kein Atmen in der Leitung. Kein Rauschen, kein Knacken. Als Hyde sprach, holte er nicht einmal Luft.

»Unsere Vereinbarung gilt, bis die beiden Patienten genesen

oder an den Folgen ihrer Verletzungen gestorben sind. Bei van Horne bin ich mir nicht sicher, aber versuchen Sie nicht auf dumme Ideen zu kommen, um bei meiner Tochter nachzuhelfen. Sie ist über das Schlimmste hinweg und wird sich wieder erholen. Solange werden Sie dort unten bleiben. Haben wir uns verstanden?«

»Magnus, ich ...«

»Sie können froh sein, dass Sie dort von *Heinrichs Erbe* verschont bleiben.«

Whitting holte tief Luft. Er merkte, wie die Wut in ihm hoch kochte. Ja, Hyde hatte alles im Griff. Das Virus, den Orden, die Vampire. Und da draußen starben Menschen im Namen eines Präventivschlages vor einer Gefahr, die für niemanden überhaupt real zu sein schien. Whitting glaubte nicht an irgendwelche Prophezeiungen. Er war DARK beigetreten, um die letzten vampirischen Überreste zu tilgen, um Wesen wie Rebecca zur Strecke zu bringen und nicht, sie am Leben zu erhalten, nur weil sie die Tochter seines Chefs war.

»Sie haben das doch alles von Anfang an so geplant, nicht wahr?« Es war ein Schuss ins Blaue. Whitting war selbst überrascht, aber ehe er darüber nachdenken konnte, was er da in den Hörer brüllte, waren die Worte bereits heraus. Bisher hatte er angenommen, Hyde hätte die Kontrolle über seine eigene Waffe verloren, doch der Gedanke, dass dies alles willentlich geschah, war ihm in den Sinn gekommen. Er hielt ihn fest. Für den Augenblick.

»Das Gerede über drei Seuchenzentren, die Einrichtung von Quarantänezonen, das war doch alles nur leeres Geschwätz!« Whitting versuchte sich selbst zu bremsen, doch er schaffte es nicht. Zu seiner Verblüffung widersprach Hyde nicht — im Gegenteil.

»Sie haben Recht, Robert.«

Das brachte den Doktor aus dem Konzept. Er hielt inne und ließ die Schultern hängen. Seine Gedanken wirbelten. Er malte sich die Konsequenzen dessen aus, was er Hyde gerade vorgeworfen hatte.

»Ich … ich habe Recht?« Whitting fröstelte und bekam eine Gänsehaut. *Dieser Mann ist wahnsinnig.*

»Ehrlich gesagt wundert es mich, dass Sie nicht schon eher darauf gekommen sind, Robert. Ja, der Plan war von Anfang an, dass sich das Virus weltweit ausbreitet.«

Das konnte nicht sein. DARK sollte die Menschheit vor einer Gefahr der Vampire beschützen und nicht sie auslöschen. Und genau das war Hyde im Begriff zu tun. Aber wenn es keinen Impfstoff gab, riskierte er doch auch, sich selbst zu infizieren. Seinen Stab. Die anderen Ordensmitglieder.

Aber warum denn?

Es dauerte ein paar Sekunden, ehe Robert Whitting registrierte, dass er die Frage laut und förmlich herausgebrüllt hatte. Hyde schien von dem plötzlichen Gefühlsausbruch unbeeindruckt zu sein. Er fuhr mit ruhiger Stimme und in einem belehrenden Ton fort, wie ein erwachsener Bruder, der seinen jüngeren Geschwistern etwas erklären wollte, von dem er meinte, sie würden es noch nicht verstehen.

»Wie Sie sicherlich in den Nachrichten bemerkt haben, tötet *Heinrichs Erbe* nicht jeden. Es fordert Opfer, sicher, aber die halten sich in Grenzen.«

In Grenzen? Der Mann ist *wahnsinnig.*

Whitting merkte, wie sich seine Hand um das Telefon verkrampfte. Sein Blick war starr auf das beschädigte Display des Tablet-PCs gerichtet. Der schwarze Fleck hatte sich ungleichmäßig auf der Matrix verteilt und bildete eine Form, die den Arzt entfernt an einen Totenschädel erinnerte.

Nein, nein. Einbildung. Ich werde verrückt.

»Selbst wenn wir weltweit fünfzig oder sechzig Millionen Opfer hinnehmen müssten, weit mehr also als bei der Spanischen Grippe um 1920, bleibt der Rest der Menschheit verschont.« Hyde ließ ein Räuspern vernehmen. Ein leises Glucksen war zu hören. Offenbar trank er etwas. »Die Überlebenden tragen bereits Antikörper in ihrem Blut, die sie resistent gegen das Virus macht. Diese Mehrheit wird sich durchsetzen, sodass *Heinrichs Erbe* am Ende seiner Ausbreitung keinem Menschen mehr schaden kann. Nachkommen werden bereits das Anti-Gen in ihrer DNA haben.«

Whitting versuchte zu verstehen, was Hyde ihm erzählte. Doch seine Gedanken wurden von einer Zahl überschattet. Sechzig Millionen. Sein Verstand gaukelte ihm eine gewaltige Menschenmasse vor, namenlose, gequälte Gesichter, die von einem Augenblick auf den anderen ihr Leben verloren. Geopfert für einen höheren Zweck. Aber welchen, wenn die Menschheit überlebte und sich das Antigen bereits im Erbgut der nächsten Generation von Nachkommen befand?

»Aber wieso dann das Ganze?« Seine Kehle wirkte regelrecht ausgedörrt. Der Doktor klemmte sich das Telefon unters Kinn und goss den Rest der Plastikflasche in sein Glas. Das Wasser schmeckte schal.

Hyde lachte leise. »Die immunisierten Menschen stellen keine Nahrungsquelle für Vampire dar. Sehen Sie, wir züchteten *Heinrichs Erbe* nicht aus einem Ebola-Stamm, sondern manipulierten genetisches Material von opyrischem Zellgewebe.«

»Moment … Sie besitzen opyrische Zellen?«

»Einen kompletten DNA-Strang, Robert. Schon seit Jahrzehnten. *Heinrichs Erbe* wirkt in der menschlichen Blutbahn hochgradig toxisch auf Opyri und die von ihnen gezeugten Pseudovampire. Sollte es Alena gelingen, das Tor zur Dunkelsphäre zu öffnen, werden die Opyri hier keinen reich gedeckten Tisch vorfinden, sondern nur den Tod. Sobald sie Immunisierte beißen und deren Blut trinken, werden sie sich selbst infizieren und sterben. Aber nicht sofort. Vorher werden sie ihre Artgenossen anstecken. Die Seuche wird sich unter ihnen wie ein Lauffeuer ausbreiten, und mit ein wenig Glück sogar die Schwelle zur Dunkelsphäre überschreiten und das Virus dorthin tragen. Verstehen Sie, Robert? Wir sind im Begriff die Vampire ein für allemal zu vernichten. *Heinrichs Erbe* ist die ultimative Waffe DARKs im Kampf gegen die Blutsauger!«

Whitting war vom Stuhl gerutscht und suchte in einem Arzneischrank nach irgendeinem Mittel, um sich zu beruhigen.

Doch er fand nichts. Seine Stirn war schweißnass, der Hörer des Telefons klebte ihm förmlich am Ohr.

»Magnus ... das alles rechtfertigt nicht den Tod von so vielen Menschen. Überlegen Sie doch! Sie sprechen von sechzig Millionen!«

»Ein Schätzwert.«

»Kanonenfutter!«

Hyde seufzte am anderen Ende der Leitung. »Wenn Sie es so sehen wollen, bitte. Aber glauben Sie nicht, mir wäre diese Entscheidung leicht gefallen. Ich habe darum gebetet, dass es nicht so weit kommt. Ich habe gehofft, dass dieser Fall erst eintritt, wenn ich längst tot bin und einer meiner Nachfolger diese schwierige Entscheidung treffen muss. Doch meine Hoffnungen wurden zerstört als diese Vampirin plötzlich auftauchte. Irgendjemand musste etwas unternehmen, dazu wurde unser Orden gegründet. Die Opfer hinzunehmen ist hart genug, aber alles ist besser als ewige Knechtschaft durch die Vampire. Nichts anderes erwartet uns nämlich, sollte je das Tor zu dieser anderen Welt aufgestoßen werden.«

Whitting schüttelte den Kopf, merkte aber nicht, dass der andere die Geste gar nicht sehen konnte. Er war schockiert, so sehr ihn Hyde auch von der *guten Tat* überzeugen wollte, die er letztendlich für die Menschheit begangen hatte. Nein, das konnte niemals ein Ziel sein. Menschen auszulöschen. Unschuldige! Nur um andere zu retten. Menschenleben ließen sich nicht in Zahlen aufwiegen. Hier ging es nicht darum, die kleinere Anzahl zu töten, um das Gros zu retten. Das war absurd!

»Und Ihre Tochter?«, fragte Whitting nach einer Weile. »Sie wird auch kein Blut trinken können.«

»Nun, wir warten die weitere Entwicklung erst einmal ab. Bisher sind Amerika und Australien von einem Infekt verschont geblieben. Die britischen Inseln ebenso. Die Gefahr durch die Opyri geht vom europäischen Festland aus, denn dort befindet sich das Tor. Vielleicht wird es nicht notwendig sein, auch die anderen Kontinente zu infizieren. Oder England.«

Eine lange Pause entstand. Whitting hatte sich wieder gesetzt und fuhr sich mit der freien Hand über den Mund. Er wusste nichts zu erwidern. Alles woran er glaubte, wofür sein Berufsethos stand, hatte Hyde mit seinen Worten und Taten fortgewischt. Auch wenn Whitting nicht gutheißen konnte, was dort geschah, er machte sich mit deiner Ordenszugehörigkeit zu DARK nicht nur zum Mitwisser, sondern auch zum Mittäter.

Der Arzt saß lange Zeit einfach nur da, hielt den Hörer und zitterte innerlich. Irgendwann bemerkte er, dass ein Tuten aus dem Telefon klang und Hyde längst aufgelegt hatte.

Kapitel Vierzehn

Diesmal war es anders. Schon als Elmar und die vier Ex-Inquisitoren den Bereich des Klosters jenseits der Brücke verließen, spürte er, dass sich irgendetwas verändert hatte. Zuerst war es nur ein Gefühl, nichts Bestimmtes. Aber als er länger darüber nachdachte, fiel es ihm auf.

Diese Stille.

Bei seiner ersten Exkursion hatte es ständig irgendwelche Geräusche in den Höhlen gegeben. Nicht das Glucksen und Plätschern unterirdischer Bäche, sondern Laute, die mit der Präsenz des Militärs zusammenhingen. Ferne Schritte. Leise Stimmen. Eine Art Hintergrundbrummen und —rauschen, das womöglich von den Aktivitäten der Soldaten auf dem Hochlandgelände herrührte. Doch jetzt gab es nichts. Elmar hörte die eigenen Schritte auf dem Felsgrund, das Atmen seiner Begleiter. Aber von all dem anderen war nichts zu hören.

»Fällt euch das auch auf?«, flüsterte er und fing sich einen zornigen Blick von Oli ein. *Oliver Hintrop,* erinnerte sich Elmar an den vollen Namen des Ex-Inquisitors. Irgendwann, während des Bücherwälzens im großen Lesesaal des Klosters, hatten sich Wolters Mitstreiter vorgestellt. Wolfgang Kuhlmann und Simone Purkopp hießen die anderen, doch Elmar zog es vor, bei ihren Spitz- und Vornamen zu bleiben, so wie sie auch von Wolter angeredet wurden.

»Was denn?«, fragte Wolf und beschwichtigte Oli mit einer raschen Geste.

»Diese Ruhe. Alles klingt irgendwie leer und verlassen.«

Oli verdrehte die Augen. Die Frau unter ihnen schüttelte den Kopf.

Merkwürdig, sie sehen in ihrer Gothic-Tarnung bedrohlicher aus, als in Priestergewändern.

»Er hat Recht!«

Elmar runzelte überrascht die Stirn als Wolter sich so unvermittelt auf seine Seite stellte. Der Anführer deutete nach vorn in den Gang. Am fernen Ende konnte man bereits das Tageslicht sehen, doch von militärischen Aktivitäten war nicht das Geringste auszumachen.

Oli und Wolf hielten sich auf der linken Seite des Stollens. Wolter und Simone sicherten die andere. Sie bedeuteten Elmar, hinter ihnen zu bleiben. Langsam pirschten sie sich durch den Höhlengang nach vorn. Sie hätten längst die von den Soldaten aufgeschlagenen Zelte und die Fahrzeuge sehen müssen, doch das Feld vor ihnen war leer.

»Das glaub ich nicht!«

»Was denn?« Elmar musste sich an den anderen vorbeipirschen, um besser sehen zu können, was Oli nicht glauben konnte. Dabei versuchte Simone ihm den Weg zu versperren, und als er sie einfach beiseite drücken wollte, sah es für einen Moment so aus, als würde sie ihn umboxen. Vermutlich rettete ihn nur der schnelle, mahnende Blick Wolters davor, dass Simone Elmar zeigte, welche Ausbildung sie im Nahkampf genossen hatte. Allem Anschein nach schien Wolter der einzige der Truppe zu sein, der seine Inquisitionsvergangenheit tatsächlich ad acta gelegt hatte.

Elmar blickte über Olis Schulter. Um ein Haar wären ihm exakt die gleichen Worte entfahren. Der Anblick draußen jenseits der Höhlen konnte einen nicht kalt lassen — zumindest nicht, wenn man nur wenige Stunden zuvor den Aufmarsch auf dem Hochplateau miterlebt hatte.

Die Zelte standen noch. Ihre Bahnen flatterten im kühlen Wind. Im Boden festgefahrene Reifenspuren und Abdrücke von Kufen zeugten von den Fahrzeugen und Hubschraubern, die das norwegische Militär im Auftrag DARKs aufgebracht hatte, um Alena zu stellen. Jetzt war von den Geräten kaum mehr etwas zu sehen. Nur ein einzelner Jeep und ein Mannschaftswagen standen herrenlos zwischen zwei Zelten. Warum man sie zurückgelassen hatte war Elmar genauso schleierhaft wie die Frage, warum die Soldaten fort waren.

»Was zum Geier soll das?« Wolf trat aus der Höhle vor. Die anderen folgten ihm. Zuerst dachte Elmar an eine Falle, aber nachdem sie sich vorsichtig den Zelten genähert und sie inspiziert hatten, waren sie sicher, dass das Plateau am nordwestlichen Zipfel der Insel Kvaløy verlassen war.

Oli und Simone untersuchten die Fahrzeuge. Sie waren intakt und besaßen fast volle Tanks. In den Zelten fanden Elmar und Wolter nur noch eilig liegen gelassene Dinge, wie Klappstühle, Feldbetten, ein paar Feldrationen und Geschirr. Nirgends schien es auch nur Anzeichen zu geben, warum die Armee so überhastet aufgebrochen war.

Bis Wolf die Toten fand.

In dem kleinen Tal zwischen den Hügelketten bei den Klippen waren zehn Gräber ausgehoben. Schlichte Holzkreuze ohne Inschriften zierten die aufgeschütteten Lehmhügel.

»Was ist hier passiert?«, fragte Elmar.

Kai Wolter zuckte die Achseln. »Die haben wohl kaum wir auf dem Gewissen. Keine Ahnung. Ob das der überhastete Abreisegrund war, weiß ich auch nicht.«

»Und jetzt?« Elmar zog den Kragen seiner Jacke höher. Er fröstelte. Im Kloster war es wesentlich angenehmer gewesen. Er sah an den Gräbern vorbei in Richtung Meer. Die Wellen schlugen hoch gegen die Klippen. Irgendwas stimmte mit der Zeit nicht. So kalt war es doch nicht gewesen, als sie hergekommen waren.

»Du wolltest doch noch eine Theorie überprüfen«, sagte Wolter. »Wir nehmen den Jeep und fahren nach Hammerfest.«

»Ist das so klug?« Oli kratzte sich über die Bartstoppeln und nickte zu den Gräbern. »Was ist, wenn die Soldaten sich in die Stadt zurückgezogen haben und dort auf uns warten?«

»Berufsrisiko.« Wolter grinste. »Los, sehen wir zu.«

Ehe sie losfuhren, marschierten sie zu den Höhlen zurück und versuchten die anderen Goths, die von Nürnberg mit ihnen hergekommen waren, zu finden. Doch als selbst lautes Rufen keine Reaktion hervorrief, ging Wolter davon aus, dass die Soldaten sie letztendlich entdeckt und fortgeschleppt hatten. Eine Viertelstunde darauf kamen sie in dem Jeep die alte Kreisstraße herunter, die bis hoch zur nordöstlichen Küste zum winzigen Fischerdorf Forsøl führte. Vom höher gelegenen Fahrtweg ließ sich fast die gesamte Stadt überblicken. Elmar sah sowohl den Flughafen als auch den großen Seehafen. Soweit er wusste diente Hammerfest wegen seiner geografischen Lage als optimale Basis für Versorgungsschiffe und Helikopter, die Bohrinseln im arktischen Ozean anfuhren oder -flogen und sie mit Vorräten und Ausrüstungsgegenständen belieferten. Am Flughafen konnte Elmar keinerlei Aktivitäten feststellen. Einige kleinere Inlandsdüsenmaschinen parkten an den Rändern des Terminals. Dazwischen waren zwei Cessnas und drei oder vier Hubschrauber zu sehen. Seltsamerweise war der Drehscheinwerfer des Towers abgeschaltet. Elmar blickte zum Hafen hinunter. Ein Tanker lag in den Docks. Zwei Fährschiffe, einige Frachter. Dazwischen die überall in dieser Region präsenten Fischkutter. Der Hafen Hammerfests hatte jährlich um die viertausend registrierte Anleger und besaß eine Gesamtkailänge von über zweitausend Metern. An einem Tag wie diesem hätte er überlaufen sein sollen. Dockarbeiter sollten zwischen den Anlegestellen und den großen Lager- und Umschlagsschuppen hin und her wuseln. Die großen Kräne hätten die Frachter löschen und neu beladen sollen.

Nichts von alledem war zu sehen.

Hammerfest lag wie ausgestorben da.

Oli stoppte den Jeep, nahm den Gang heraus, ließ den Motor jedoch laufen. Er drehte sich nach rechts und blickte Wolter fragend an. Dieser öffnete die Tür und stieg halb aus. Er hob eines der Ferngläser, die sie unter der Ausrüstung des Jeeps gefunden hatten, an die Augen und sah hindurch.

Elmar schluckte während er die Szenerie vor ihnen betrachtete. Er versuchte irgendwo in den Straßen der Stadt Leben auszumachen. Doch es waren nicht nur See- und Flughafen die sämtliche Aktivität eingestellt hatten. Die gesamte Stadt schien entweder zu schlafen oder evakuiert worden zu sein. Beides war schier unmöglich.

»Und?«, fragte Simone von der Rückbank. Sie hatte sich

zwischen Wolf und Elmar gequetscht. Die Enge hinten im Wagen war Elmar unangenehm und er ertappte sich immer wieder dabei, wie er versuchte, noch weiter nach außen zu rutschen, wo das kühle Metall der Fahrzeugkarosse bereits schmerzhaft gegen seine Hüfte presste.

»Ich hab ein schlechtes Gefühl bei der Sache«, sagte Wolter und schwenkte das Fernglas.

»Besser, wir verschwinden von hier.« Oli machte Anstalten, den Gang einzulegen und wartete darauf, dass Wolter wieder einstieg, doch Wolf legte ihm von hinten eine Hand auf die Schulter.

»Warte. Wir sollten zumindest das erledigen, wozu wir hergekommen sind.«

»Das stinkt doch nach einer Falle«, sagte Oli. »Die Stadt evakuiert? Kann doch nur vom Militär veranlasst worden sein.«

Wolter beugte sich in den Wagen. »Warum sollten sie das tun? Sie hatten Zeltlager oben am Plateau errichtet und die Höhlen nach uns durchkämmt. Wenn sie wirklich darauf warten, dass wir freiwillig rauskommen, hätten sie das auch am Plateau machen können. Nein, hier ist was anderes im Gange und es will mir verdammt noch mal nicht gefallen.«

Er stieg ein und bedeutete Oli weiterzufahren. Der Wagen rollte fast im Schritttempo den Weg herunter. Als die erste große Straße rechts abzweigte und sie den Ortseingang passierte, trat Oli abrupt auf die Bremse und würgte den Motor ab. Mit der rechten Hand deutete er nach vorn, die linke kurbelte wie wild das Fenster hoch. Mit einem raschen Rundumblick vergewisserte er sich, dass auch die anderen Fenster des Wagens geschlossen waren.

»Was ist los?«, fragte Elmar. Dann sah er die Leichen. Eine Frau lag am Wegesrand, in ihren Armen hielt sie ein Baby. Ihre von getrocknetem Blut besudelten Kleider wehten wie eine Warnflagge im Wind. Als wollte sie im Augenblick ihres Todes noch sagen: Bis hierher und nicht weiter!

Zehn Schritte von der Toten entfernt lag ein älterer Mann auf dem Rücken. Sein Gesicht war eine einzige, dunkelrote

Kruste. Das Blut schien ihm literweise aus allen Gesichtsöffnungen gelaufen zu sein, ehe es gerann und der Alte an dem hohen Verlust starb. Als sie die Straße weiter hinunterblickten, entdeckten sie weitere Leichen. Einige lagen auf der Straße, andere in Hauseingängen. Fahrzeuge standen quer auf den Wegen. Ein Lastwagen war in einen Kiosk gefahren und hatte eine lange Bremsspur auf dem Asphalt hinter sich hergezogen. Weiter unten in der Stadt brannten einzelne Feuer. Von irgendwo drang das Dauerhupen eines Autos an ihre Ohren.

»Großer Gott, was ist hier geschehen?« Elmar merkte, wie ihm bei dem Anblick der toten Frau und dem Baby schlecht wurde. Hatte er nicht schon genug Leichen in diesem Leben gesehen?

»Sieht nach einer Seuche aus«, meinte Wolter. »Und da brauchen wir dann wohl nur eins und eins zusammenzuzählen, denke ich.«

»Du meinst …?« Oli blickte ihn fragend an, verstummte jedoch sofort, als Wolter nickte.

»Ich bin zwar nur ein kleiner Inquisitor gewesen und kenne nicht die Pläne unserer Ex-Bosse, aber dass dieses Scheißvirus wohl einem höheren Zweck DARKs dient, dürfte auf der Hand liegen.«

»Wie kommst du darauf?«, fragte Simone.

»Weil ich weiß, dass Doktor Stordahl auf der Lohnliste DARKs steht. Ich hatte mal die zweifelhafte Ehre, ihm als Personenschutz zugeteilt zu werden. Ist schon ein Weilchen her, aber solche Namen und Gesichter vergisst man sein Leben lang nicht. Der Kerl hat sich damit gebrüstet, dass er die tödlichsten Krankheitserreger, die die Natur je hervorgebracht hat, künstlich zur Mutation angeregt und ihre Wirkung auf den menschlichen Organismus damit potenziert hat. Wenn ihr mich fragt, hat er bei der Entwicklung von *Heinrichs Erbe* seine Wurstfinger mit drin gehabt.«

»Moment!« Elmar hob eine Hand und schüttelte dabei den Kopf. Simone drückte ihm den Ellbogen in die Seite, als er sich zu sehr bewegte und ihr damit auf den Leib rückte. »Hey, schon gut, Mieze, ja? Warte mal, Wolter, du meinst, diese Geschichte mit *Heinrichs Erbe* wäre von DARK absichtlich inszeniert worden?«

Wolter nickte. »Klar, meinst du, die lassen sich eine Virenprobe stehlen und weil sie ausgerechnet ein paar Tage vorher deine Identität ausgelöscht haben, setzen sie der hungrigen Pressemeute dein Konterfei als Sündenbock vor die Nase? Das mit dir passte wohl, aber damit haben sie sich selbst gedeckt. Dieses beschissene Virus«, er deutete nach draußen, »ist freigesetzt worden.«

Wolf Kuhlmann sog scharf die Luft ein. »Was? Und jetzt?«

Niemand antwortete ihm. Sie warteten eine Weile im Wagen und starrten schweigend in Richtung Innenstadt, bis Oli sichtlich die Geduld verlor und den Jeep wenden wollte. Wolter legte eine Hand auf das Lenkrad und schüttelte den Kopf.

»Was denn? Sollen wir uns anstecken?«

»Vermutlich haben wir das längst.«

»Das glaubst du doch wohl nicht im Ernst?«, fragte Simone.

Wolter zuckte die Achseln. »Was wissen wir über das Virus? So gut wie nichts. Und wenn Elmars Theorie stimmt, dass die Zeit in der Dunkelsphäre wesentlich langsamer abläuft als hier, dann kann in der Zwischenzeit eine Menge passiert sein. Wenn wir Alena helfen wollen, müssen wir Informationen sammeln. Wolf, schau mal hinten im Kofferraum nach, ob wir Schutzmasken haben.«

»Als ob uns das noch helfen könnte.« Der Angesprochene brummte noch etwas vor sich hin, dann brachte er das Kunststück fertig, sich auf engstem Raum umzudrehen, ohne dabei über Simone steigen zu müssen und begann damit, in den Utensilien im Kofferraum herumzuwühlen. Er fand drei ABC-Schutzmasken aus Armeebeständen und genügend Handschuhe für alle.

»Elmar, Oli und Simone ihr legt die Masken an.«

»Und du und Wolf?«, fragte Elmar, als der Inquisitor ihm die Gasmaske in die Hand drückte. Er betrachtete den Filtereinsatz und den Gummizug. Da er nie seinen Wehrdienst verrichtet hatte, wusste er nicht, mit dem Teil umzugehen. Simone half ihm, die Maske überzuziehen.

Wolter und Kuhlmann behalfen sich mit Dreieckstüchern, die sie sich vor das Gesicht banden und nur die Augen aussparten. Elmar war skeptisch, was diese Behelfsmaßnahme betraf, doch die beiden Ex-Inquisitoren ließen sich dadurch nicht beirren. Das Wohl Alenas und das Erreichen ihrer Ziele bedeutete ihnen mehr als eine mögliche Ansteckung mit dem offenbar tödlichen Virus.

Der Jeep fuhr weiter die Straße hinunter. Elmar begann bereits nach zwei Minuten unter der Maske zu schwitzen. Er bekam Atemnot und begann zu husten. Es war stickig und roch nach altem Gummi. Simone sagte ihm, er solle durchatmen, auch wenn es schwerer ging als ohne Maske. Irgendwann hatte er den Trick heraus und lief nicht mehr Gefahr zu hyperventilieren.

Die Stadt glich einem riesigen Leichenschauhaus. Überall auf der Straße entdeckten sie Leichen. Die Toten, die sich in Gebäuden befinden mussten, nicht einmal mitgerechnet. Je weiter sie in die Innenstadt vordrangen, desto mehr gewannen sie den Eindruck, dass die Seuche nicht, wie es erst schien, über Nacht zugeschlagen hatte. Sie fanden Spuren von Kämpfen. Eingeschlagene Fensterscheiben, aufgerissene, in den Angeln hängende Türen. Über Fußwege verstreute Lebensmittel und verunglückte Autos. Als Elmar am Straßenrand einen körperlosen Kopf entdeckte, drehte sich ihm der Magen um und er blickte schnell fort.

Sie hielten vor dem Krankenhaus. Auch hier war die Situation nicht anders: Ein Krankenwagen war über das Grün gerast und von dort in die Hauswand gekracht. Seine Front war platt gedrückt, Leichenteile ragten aus den Fenstern. Die Eingangstüren des Hospitals waren geborsten. Auf der Schwelle stand ein Rollstuhl in dem ein Mann zusammengesunken saß, die mit Blut verkrusteten Augen starr himmelwärts gerichtet. Wolter und Oli stiegen aus. Sie gingen die Treppe hinauf und begutachteten den Toten. Dann winkte Wolter den anderen zu.

»Hört genau zu! Wir wissen nichts über die Verbreitung des Virus'. Ihr nähert euch keiner Leiche, fast keinen Toten an, okay? Wir gehen rein, sammeln Unterlagen und verschwinden so schnell wie möglich wieder.«

»Was erhoffst du dir denn für Unterlagen zu finden?«, fragte Elmar. Seine Stimme klang gedämpft durch die Schutzmaske. Der Atem ging schwer und keuchend. Fast fühlte er sich darunter wie Darth Vader und wünschte sich in dem Augenblick auch die restlichen Attribute des dunklen Lords geerbt zu haben.

»Dies ist ein Krankenhaus, Fuchs. Wenn vorher schon die Gefahr einer Seuche durch die Medien ging, wird man sich auch hier vorbereitet haben. Es wird Aufzeichnungen über die Art und Wirkung der Infektion geben, irgendetwas damit wir wissen, womit wir es überhaupt zu tun haben.«

Wolter drehte sich um und ging durch die Tür. Die anderen folgten. Elmar ging als letzter. Als er an dem Toten im Rollstuhl vorbei kam, machte er einen weiten Bogen um ihn herum. Schweiß lief seine Stirn entlang, als er das Summen der Fliegen hörte, die um die Leiche herumschwirrten. Immer wieder flogen einige der kleinen Biester in den halb geöffneten Mund des Mannes, krabbelten dann wieder heraus.

Fliegen, dachte Elmar. *Sie verbreiten das Virus sicher auch.*

Glas kratzte und knirschte unter seinen Füßen als er durch die Tür des Hospitals schritt. Über den Tresen der Rezeption hing der Körper einer Krankenschwester. Sie trug einen ehemals blauen Kittel, der jetzt fast violett wirkte. Das getrocknete Blut schien jeder Leiche anzuhaften. Elmar erinnerte sich an einen oder zwei Filme, die er über Virenepidemien gesehen hatte. Doch sie hatten bei weitem nicht so viel Schrecken und Grauen in ihm auslösen können wie der Anblick dieser Toten.

Neben dem Tresen lag ein Uniformierter. Elmar konnte nicht sagen, ob es sich um einen Polizisten oder Sicherheitsmann des Krankenhauses handelte. Der Mann war anscheinend nicht an der Infektion gestorben. Obwohl sich um ihn herum eine Lache geronnenen Blutes befand, schien es eher von dem tiefen Schnitt in seiner Kehle herzurühren. Seine Augen waren klar, nicht so blutunterlaufen wie die der anderen. Elmar bemerkte, dass er in seiner Hand eine Pistole hielt. Keine fünf Schritt entfernt fand er einen weiteren Toten mit drei Löchern im Rücken. Elmar wollte gar nicht wissen, was hier wirklich geschehen war. Der Anblick der Leichen war so schon zu viel für ihn. Er beeilte sich an den Körpern vorbeizukommen und in irgendeine Richtung zu sehen, in der sich kein Toter befand, was sich jedoch als äußerst schwierig entpuppte, denn der Empfangsraum hinter dem Tresen war gesäumt mit leblosen Leibern.

»Wo steckst du?« Wolf trat aus einer Tür heraus und winkte Elmar zu. Als er näher kam merkte Elmar, dass der Ex-Inquisitor genauso schwitzte wie er selbst. Das Dreiecktuch, das er sich über den Mund gebunden hatte, blähte sich mit jedem Atemstoß auf. Elmar bezweifelte, dass ihre Sicherheitsmaßnahmen sie überhaupt schützten. Vermutlich hatten sie sich längst alle über die Luft infiziert.

Wir sind bald tot. So wie alle hier.

Elmar suchte sich einen Weg über die Leichen. Doch jedes Mal wenn er sich bemühte, einen großen Schritt über die Körper zu machen, stieß er mit dem Fuß gegen etwas Weiches. Elmars Atem beschleunigte sich. Die Plexiglasscheiben der Schutzmaske beschlugen. Er merkte wie heiße und kalte Schauer über seinen Rücken jagten und ihm der Schweiß in Bächen von der Stirn rann.

»Reiß dich zusammen!« Wolf blickte ihn mit zusammengekniffenen Augen an. Anscheinend war Elmar anzusehen, wie mies es ihm ging. Die restlichen Meter legte er stolpernd zurück, und erst als er fast in Wolfs Arme stürzte, konnte er aufatmen. Seine erste Reaktion war, sich die Schutzmaske vom Gesicht zu reißen, um frische Luft zu schnappen, doch Wolf bewahrte ihn vor diesem Leichtsinn und schnauzte ihn an, ob er den Verstand verloren habe. Er drückte Elmar mit dem Rücken gegen die Wand und ließ ihn langsam los, wie um sich zu vergewissern, dass er auf eigenen Beinen stehen konnte.

Elmar schaffte es, wenn auch nur mit Mühe.

»Geht es wieder?« Echte Sorge schwang in Wolfs Frage mit.

Elmar nickte obwohl er am liebsten den Kopf geschüttelt und sich übergeben hätte. Wolf gab ihm noch zwei Minuten, dann mahnte er ihn zur Eile. Sie folgten dem Korridor bis zum Aufzug. Der Ex-Inquisitor drückte eine Taste, woraufhin das Ruflämpchen aufleuchtete.

»Strom gibt es also noch.«

»Wie lange noch?«

Wolf hob die Schultern. »Bis erste Wartungsarbeiten fällig werden oder die Rohstoffe erschöpft sind.«

Ein leiser Glockenklang ertönte, als der Aufzug hielt und sich die Türen beiseite schoben. Der Mann sprang so schnell aus der Kabine, dass nicht einmal jemand mit den Fähigkeiten eines Inquisitors reagieren konnte. Elmar spürte einen Stoß und taumelte rückwärts. Aus den Augenwinkeln nahm er die Gestalt wahr, die sich Wolf entgegen warf. Metall schepperte als dieser seine Waffe fallen ließ, die über den Boden schlitterte und sich außerhalb seiner Reichweite befand. Für Elmar war sie zum Greifen nahe. Er starrte wie gebannt auf das Schnellfeuergewehr als wäre es das einzige Objekt im Universum auf das er sich konzentrieren konnte.

Während Wolf verzweifelt mit dem Angreifer rang, hörte Elmar den eigenen, gedämpften Atem der durch den Filter der ABC-Schutzmaske drang. Noch immer lief ihm der Schweiß über Stirn und Schläfen. Sein Herz hämmerte wie wild, während sich sein Blick an der Waffe förmlich festsaugte.

»Fuchs!«

Elmar überhörte den Ruf. *Nicht hinsehen. Nicht hinsehen.*

»Verd…« Die Stimme verstummte abrupt. Schläge waren zu hören. Ein dumpfer Aufprall. Dann ein klatschendes Geräusch, wie beim Stampfen in einer Wasserpfütze. Elmar klammerte alle Gedanken aus. Für ihn existierte nur diese Waffe. Er verdrängte, was um ihn herum geschah — zumindest so lange, bis der Schwall Blut in sein Gesicht spritzte und rotes Nass ihm die Sicht nahm. Er rieb mit dem Handrücken über die

Sichtscheibe der Maske, betrachtete die Flüssigkeit auf seiner Haut und erschrak. Plötzlich brach der Bann der Furcht. Elmar zuckte zusammen und ruckte hoch. Er wusste nicht, wie die Waffe in seine Hände gelangt war, wie er es schaffte, den Sicherungshebel umzulegen, durchzuladen und die Mündung in die richtige Richtung zu halten. Alles was er wahrnahm war der peitschende Knall und der heftige Rückstoß, der ihn mit der Kraft eines Pferdehufs unvorbereitet traf und gegen die Korridorwand schleuderte. Das Rattern des Gewehres hallte in seinen Ohren wider. Dass er getroffen hatte, verriet ihm erst die Stille, die auf die Salve folgte.

Von Panik angetrieben, er könne auch Wolf erschossen haben, stemmte er sich halb auf die Beine. Die zwei Kontrahenten lagen unweit seiner Position auf dem Boden. Keiner von beiden rührte sich.

Elmar atmete tief durch. Er wünschte sich jetzt wirklich, die Maske einfach herunterreißen zu können, denn er glaubte, darunter ersticken zu müssen. Schleier tanzten vor seinen Augen. Hin und wieder sah er einen Funken, und er wusste, dass das nicht normal sein konnte. Er war kurz davor in Ohnmacht zu fallen. Bei der nächsten Bewegung kreiste der ganze Gang um ihn. Bevor er jedoch zusammenklappen konnte, spürte er stützende Hände, die ihm hoch halfen und von den beiden reglosen Gestalten fortzogen. Wolter.

Aus den Augenwinkeln sah er Simone und Oli, die sich den auf dem Boden liegenden Körpern näherten.

»Scheiße!«, hörte Elmar Oli fluchen.

»Was ist mit ihnen?« Wolter lockerte seinen Griff um Elmar etwas.

»Ich glaub, das siehst du dir besser selbst an.« Oli bückte sich.

»Fass keinen von ihnen an!« Wolter ließ Elmar an der Wand gelehnt stehen und ging zu den anderen hinüber.

Scheiß was drauf! Elmar merkte, wie ihm wieder schwindelig wurde und seine Beine kurz davor waren, einfach nachzugeben. Mit einer schnellen Bewegung riss er sich die Gasmaske vom Kopf und sog die frische Luft gierig ein. Jähes Entsetzen lähmte die anderen als sie sahen was er tat.

»Bist du übergeschnappt?«, rief Oli.

»Setz sofort wieder die Maske auf!« Wolter ging auf ihn zu, doch Elmar hob abwehrend eine Hand. Mit der anderen umklammerte er den Griff des Gewehrs und zielte mit der Waffe auf die Inquisitoren.

»Bleibt zurück! Falls ich mich jetzt angesteckt habe, dann …«

»Warum hast du das getan?« Wolters Augen funkelten ihn zornig an.

»Ich … ich hab keine Luft mehr gekriegt«, sagte Elmar schwach. »Was ist … mit Wolf? Hab ich ihn …?«

Wolter schüttelte den Kopf. »Nein. Der Doc hat ihn erwischt und ihm die Kehle durchgebissen. Deine Schüsse haben einige Löcher in den Schädel des Docs gestanzt.«

Doc? Elmar senkte den Lauf der Waffe und blickte auf die beiden Toten. Wolfs Augen waren leer und starrten zur Decke hinauf. Der Mann, der ihn angegriffen hatte, trug tatsächlich einen Arztkittel, der jedoch von Blut so eingefärbt war, dass man seinen weißen Ursprung kaum noch erkennen konnte. Seine Hände waren zu Klauen verkrümmt, die Augen wässrig und so rot wie das Blut. Aus den Winkeln tropfte eine eitrige Flüssigkeit. Rote Rinnsale liefen aus Ohren und Nase.

»Was ist das für ein Zombie?«, fragte Oli.

Wolter hob die Schultern. »Wir haben im Büro des Chefarztes Aufzeichnungen gefunden. Die sollten wir uns ansehen. Ach, und Elmar … deine Theorie hat sich bestätigt. Die Zeit vergeht in der Dunkelsphäre tatsächlich langsamer als hier. Wir haben bereits Mitte Juni.«

»Juni? Dann sind wir schon über einen Monat hier?«

Wolter schüttelte den Kopf. »Juni 2005, Fuchs.«

Kapitel Fünfzehn

Belgien, 1725

Die Magd saß in der Küche mit dem Rücken an die Kaminwand gelehnt. Neben ihr hockte der Knecht vornüber gebeugt und starrte aus leeren Augen zu Boden. Am Esstisch saßen die Gutsherrin und ihre beiden Kinder an der Tafel als warteten sie auf das Mahl. Ein Stuhl war leer. Der Bauer befand sich noch in der Scheune und mistete den Stall aus, ehe er sich zu seiner Familie an den Abendtisch setzte.

Alena hielt das Bild für einen Augenblick fest. Dann fiel es in sich zusammen. Genau wie all die Leute im Wohnraum des Bauernhofes. Die Magd lag neben dem Kamin, den Hals seltsam verrenkt. Zwei Male in Höhe der Hauptschlagader zeugten von der Art ihres Todes. Ihre Haut wirkte seltsam bleich. Blutarm.

Der Knecht hatte sich gewehrt. Doch nur für einen Moment, denn der Kraft Dehollanders konnte er nichts entgegensetzen. Seine Arme waren gebrochen, das Gesicht ihm förmlich auf den Rücken gedreht worden. In seiner Kehle klaffte eine Wunde von der Größe einer Kinderhand.

Sowohl die Gutsherrin als auch ihre beiden Kinder hingen schlaff über den Stühlen. Sie atmeten nicht mehr. Und ihr Ehemann und Vater würde nicht durch die Tür zum Essen kommen, denn er lag bereits tot in der Scheune.

Alena atmete ruhig. Die Szene kam ihr wie ein langsam aus der Erinnerung verblassender Traum vor. Sie sah die Leichen nur noch als schwache Nebel, die nach und nach an Substanz verloren. Wahrscheinlich wäre sie eine Ewigkeit so stehen geblieben, gedankenleer, den Geschmack des Blutes auf ihren Lippen kostend, das Gefühl der Wärme genießend. Erst als Alena Dehollanders Hand auf ihrer Schulter spürte und sein warmer Atem ihre Wange streifte, klärte sich ihr Blick und sie nahm die Bauernfamilie wieder als das wahr, was sie darstellte: Tote Menschen. Ermordet. Ausgesaugt.

»Alles in Ordnung?«

Alena konnte den Blick nicht von ihren Opfern wenden. Alles, was sie in den letzten zweihundert Jahren im Kloster der Idun gelernt hatte, verinnerlicht haben sollte, war binnen weniger Sekunden zunichte gemacht worden. Sie blieb das, was sie war. Eine Bestie.

»Nichts ist in Ordnung«, sagte sie und drehte sich endlich zu dem Baron um. Dehollanders Mund war noch verschmiert vom Blut der Magd. Seine Zunge leckte immer wieder über die Lippen, um auch die restlichen Tropfen ja nicht zu verschwenden.

»Ich … verstehe nicht.«

Alena schob ihn beiseite und verließ die Küche. Sie trat ins Freie hinaus und schlang die Arme um ihre Schultern. Der Regen hatte aufgehört, jedoch eine merkliche Kühle hinterlassen. Mondlicht schimmerte durch die Baumwipfel in der Nähe des Feldes. Vereinzelte Wolkenfetzen trieben vor dem fahlen Glanz am Himmel entlang. Hinter Alena klangen Schritte auf. Dehollander.

»Hilf mir es zu verstehen.«

Alena biss die Zähne zusammen. Die weißen Reißdolche hatten sich längst zurückgebildet, ebenso die dornenartigen Auswüchse auf ihrem Handrücken und über den Fingerknöcheln. Aber das fremde Blut, das bereits begann durch ihre Adern zu strömen, versetzte sie in eine Art Rausch, den sie nur schwer unterdrücken konnte. Sie fühlte sich belebt und gestärkt. Und sie wusste, dass sie jederzeit wieder zur Bestie werden konnte, wenn es sie danach dürstete. Es war noch nicht vorbei.

Dehollander gab offenbar den Versuch nicht auf, von ihr eine Erklärung für ihr Verhalten einzufordern. »Alena, ich weiß, dass die Clans davon absehen Menschen zu töten. Aber das geschieht, um nicht entdeckt zu werden. Niemand von uns hat Skrupel, es nicht trotzdem …«

Sie ließ ihn nicht ausreden, fuhr herum und funkelte ihn an. »Du verstehst gar nichts! Wenn du mich vor tausend Jahren gekannt hättest, würdest du anders denken. Ich war dieses Ungeheuer, das Menschen nicht nur tötet, um zu überleben, sondern sie aus purer Lust gleich reihenweise abschlachtete.«

»Tausend Jahre?«

Alena ging nicht darauf ein. »Aber die Lehren der Idun haben mich geläutert. Es geht nicht darum, anderen den Tod zu bringen. Das ist falsch. Wir nehmen uns das, was wir brauchen, nicht mehr.«

Der Baron wollte etwas erwidern, aber Alena schnitt ihm mit einer Handbewegung das Wort ab. Sie wandte sich von ihm ab und ging in Richtung Scheune los. Sechzehn Jahre lang war sie von dem Kloster der Idun nun fort. Sechzehn Jahre in denen sie sich immer an das gehalten hatte, was die Schwestern in Island sie lehrten. Und nun, an einem einzigen Abend hatte sie alle Bedenken und Skrupel einfach über Bord geworfen und sich an den Bewohnern des Hofes vergangen. Die Gier nach menschlichem Blut lauerte noch immer in ihr. Sie war sich sicher, wenn es noch Überlebende auf dem Grundstück gäbe, würde sie erneut töten.

Vor der Scheune blieb sie stehen und versuchte zu ergründen, was sich in ihr verändert hatte. Seit sie wieder auf dem europäischen Festland weilte, beschaffte sie sich alle zwei Tage frische Nahrung, doch nie war es zu einem derartigen Massaker gekommen.

Van Horne. Die dachte an den Holländer, der ihnen am Rand der Straße von Antwerpen aufgelauert hatte.

»Ja, ich weiß«, sagte Dehollander hinter ihr. Sie war sich nicht einmal bewusst, dass sie den Namen laut ausgesprochen hatte.

Alena drehte sich zu ihm herum. »Sicher? Was wissen wir denn? Wir haben van Horne in Antwerpen kennen gelernt und waren zu sorglos.«

»Warum?« Dehollander runzelte die Stirn. »Er hat sich völlig normal benommen. Es gab keinerlei Anzeichen, dass er Mitglied der Inquisition ist.«

»Ist er auch nicht.« Alena griff unter ihre Bluse und zog das

Medaillon vor, das sie van Horne abgenommen hatte, während er bewusstlos vor ihr lag. Das Oval schimmerte blass im Mondlicht, sodass die Embleme darauf deutlich zu erkennen waren: Ein Hammer, der die Sonne zerschlug. Auch wenn sie nicht glaubte, dass van Horne ein Inquisitor war, so schien das Symbol zu jemandem zu gehören, der ähnliche Ziele verfolgte. Der Hammer rief in Alena sofort eine Assoziation zum Hexenhammer wach. Aber wie passte die Sonne dort hinein?

»Das trug er bei sich. Und da ist noch etwas. Ich hab es dir nie gesagt, aber ich hätte daran denken müssen, als wir van Horne in Antwerpen bei Kontich begegneten. Erinnerst du dich an London? Ein paar Wochen nach meiner Ankunft, wir waren auf Gifford Manor und wurden vom Pöbel überrascht und angegriffen.«

Dehollander nickte. »Wenn es nur der Pöbel gewesen wäre. Du meinst, van Horne gehört zu den Kerlen in Schwarz, die den Angriff auf Gifford Manor geleitet haben?«

»Ja.«

»Nur weil er gestern ähnlich gekleidet war?«

Alena schüttelte den Kopf. »Nein, schlimmer. Als wir aus dem *Royal Club House* Hals über Kopf verschwanden und ich mich an der Rezeption aus dem Gästebuch austrug, sah ich einen Namen. Ich dachte mir nichts dabei, ich stolperte nur darüber, weil er holländisch war.«

»Holländisch? Du meinst ...?«

»Ja, Ivo. Graaf Lu van Horne. Er war damals dort, als Gedeons Clan und seine Gäste abgeschlachtet wurden. Er muss sich unter den in Schwarz gekleideten Inquisitoren befunden haben.«

Dehollanders Gesichtszüge verzogen sich. Ein Ausdruck von Enttäuschung und Wut trat in seine Miene.

»Und da ist noch mehr«, sagte Alena und atmete dabei tief durch. »Du warst außer Gefecht und konntest es nicht sehen. Aber als ich ihn bekämpfte, war er mir ebenbürtig. Er hat mich nur unterschätzt und nicht gleich beim ersten Angriff getötet. Sonst wären wir nicht davongekommen. Er bewegte sich schneller als ich und seine Verletzungen schienen wieder zu heilen. Aber er ist kein Vampir.«

»Was dann?« Ivo Dehollander kratzte sich am Kinn.

»Weiß ich nicht. Zumindest ist van Horne auch kein Mensch.«

Ein Knacken ließ beide zusammenfahren. In jeder Lage konnten sie sich blind auf ihre Sinne verlassen und Gefahr schon im Ansatz spüren, lange bevor sie wirklich in Verzug war. Doch diesmal waren sie unvorbereitet — genau wie auf der Straße von Antwerpen.

Van Horne stand hinter ihnen, keine zehn Schritte entfernt. Er klatschte langsam in die Hände und lächelte dabei. »Bravo! Ich komme nicht umhin die bestechende Logik hinter Euren Ausführungen anzuerkennen, Lady Magdalena. Allerdings wird sie euch jetzt nicht mehr weiterhelfen.«

Dehollanders Blick streifte den Alenas. Auch ohne ein Wort zu verlieren wusste sie, was er vorhatte — van Horne aufhalten und ihr die Flucht ermöglichen. Alena schüttelte den Kopf. Ihre Lippen formten ein stummes Wort. *Nicht.*

Im nächsten Moment musste auch der Baron einsehen, das sein Plan zwecklos war. Van Horne stellte endlich den eintönigen Applaus ein. Aus den Schatten des Abends, traten hinter der Scheune einige Gestalten hervor, die in demselben Schwarz wie der Holländer gekleidet waren. Ihre Gesichter wirkten bleich im Schimmer des Mondscheins, doch in ihren Augen lag eine wilde Entschlossenheit, die Alena selten zuvor bei einem Menschen gesehen hatte. Diese Männer würden sie umbringen, sie warteten förmlich nur auf das Zeichen van Hornes, zuschlagen zu können.

»Ich habe es vorgezogen, Euch diesmal nicht ganz allein gegenüberzutreten.«

Alena biss auf ihre Unterlippe und blickte um sich. Sie waren umstellt. Ihre scharfen Augen sahen sechs mit Degen und Steinschlosspistolen bewaffnete Männer. Zwei an der Scheune, einer am Eingang, ein weiterer auf dem Schrägdach und zwei näherten sich vom Haupthaus her. Seltsam nur, dass die Vampirin ihre Anwesenheit nicht gespürt hatte — genauso wenig wie die van Hornes.

»Ich hätte Euch töten sollen«, sagte Alena.

Van Horne nickte. Um seine Mundwinkel zuckte es amüsiert und seine stechenden Augen musterten Alena auf eine durchdringende Art und Weise, die sie beunruhigte.

»Hättet Ihr das denn gekonnt, Marquesa?«

Was immer er damit sagen wollte, Alena tat ihm nicht den Gefallen, nachzuhaken. Sie warf Dehollander einen warnenden Blick zu, der van Horne und seinen Leuten keinesfalls entgehen konnte. Wie erwartet, spannten sich die Männer und waren bereit schnell zu handeln, wenn die Vampire jetzt einen Angriff wagten oder die Flucht vorzogen. Doch Alena hatte gar nicht vor, sich zu wehren. Noch nicht.

Statt van Horne zu antworten, hielt sie das Medaillon hoch, das sie ihm bei ihrer letzten Begegnung abgenommen hatte.

»Ah«, sein Grinsen wurde breiter, »ich sehe, Ihr habt es für mich aufbewahrt. Allerdings rettet Euch das nicht vor dem was Euch nun erwartet, Mylady.«

»Und was wäre das?«, fragte Dehollander. Alena wusste, dass die Frage des Barons nur darauf abzielte, Zeit zu gewinnen. Sie beide beobachteten während des Gesprächs aufmerksam die schwarzen Männer und suchten eine Schwachstelle in ihrem Verteidigungskreis, nach einer Möglichkeit, den Ring, der sich immer enger um die Vampire zog, zu durchbrechen.

»Kreaturen Eurer Art haben kein Leben in dieser Welt verdient!« Das war einer der Männer. Er spie vor ihnen aus und wischte sich den restlichen Speichel mit dem Handrücken von den Lippen.

Alena hielt das Amulett höher. »Und was ist das?«

Eine Braue van Hornes zuckte. In diesem Moment merkte sie, dass er nur mit ihr und Dehollander spielte. Er sah sehr wohl die Blicke der beiden, wusste, dass sie sich nicht ergeben würden. Alena beschlich das Gefühl, dass van Horne mit einem Fluchtversuch rechnete und noch ein Ass im Ärmel behielt.

Der Holländer trat einen Schritt vor. In seiner Rechten lag

ein ähnlicher Degen wie jener, den er im Kampf auf der Straße von Antwerpen getragen hatte. Alena und Dehollander hatten ihre Waffen in der Scheune bei den Pferden gelassen.

»Es ist ein Symbol, meine Liebe. Die Kirche mag die Inquisition abgesetzt haben, aber das ändert nichts an der Tatsache, dass die wahren Dämonen noch immer auf der Erde wandeln.«

»Dämonen wie Ihr?« Alena traf ins Schwarze. Sie sah deutlich wie sich van Hornes Augen für eine Sekunde verengten, doch er hatte sich gut in der Gewalt und von seinen Mitstreitern schien niemand etwas bemerkt zu haben. Oder sie waren eingeweiht.

»Ich bitte Euch, Mylady, werdet nicht sarkastisch. Das steht Euch nicht. Wir nennen uns *Os Darques* und unsere Mission ist es, die Vampire auf der Erde für immer zu beseitigen. Es liegt schon ein Hauch Ironie in der Tatsache, dass unser Orden ausgerechnet in Eurer Heimatstadt gegründet wurde und dort noch seinen Sitz hat.«

»Bitte?« Alena hatte nur mit halbem Ohr hingehört und suchte weiterhin nach einem Ausweg. Sie beschloss, dass der Scheuneneingang, der nur von einem Wächter besetzt war, die besten Chancen bot, zumindest zu ihren Waffen zu gelangen — mit ein wenig Glück auch zu den Pferden. Allerdings war van Horne zuzutrauen, dass in der Scheune weitere Inquisitoren auf sie warteten.

»Ihr stammt doch aus Viana do Castelo in Portugal, nicht wahr?«

Alenas Blick verharrte verdutzt auf van Horne. Im ersten Moment fragte sie sich, woher er so gut informiert war. Sein Wissen ließ ihn für sie für einen Augenblick in einem ganz anderen Licht erscheinen: Er war nicht irgendein Inquisitor, sondern viel gefährlicher als sie es von ihrer letzten Begegnung mit ihm in Erinnerung hatte.

Wer bist du, van Horne?

Ihr Zögern und der starre Blick schienen van Horne genau das zu vermitteln, was er beabsichtigt hatte. Er lächelte wieder.

Vermutlich glaubte er, in Alena ein Gefühl der Angst hervorgerufen zu haben.

Sie beruhigte sich wieder. Sie hatte seit ihrer Rückkehr aus Island vor sechzehn Jahren keinen Hehl aus ihrer eigentlichen Herkunft gemacht. Jeder Vampirclan, den sie in der Zeit begegnet war, wusste, dass sie aus Portugal stammte. Van Horne konnte es also von jedem erfahren haben.

»Und wenn schon?« So sehr sie geglaubt hatte, sich wieder in der Gewalt zu haben, kam sie nicht umhin, die Unsicherheit im Klang ihrer Stimme herauszuhören. Van Horne bemerkte es. In seinen Augen blitzte es verschwörerisch auf.

»Viana do Castelo. Ein netter Ort. Sehr schön. Ich war bereits zweimal dort.«

»Wie nett. Wollen wir jetzt über Reiseziele reden, oder bringen wir es hinter uns.« Dehollander trat einen Schritt vor, doch plötzlich reagierten die anderen Inquisitoren. Sie waren schnell. Nicht so schnell wie Alena und Dehollander, aber offensichtlich darauf trainiert gegen Vampire zu kämpfen. Ehe sich's der Baron versah, glänzten zwei Degenklingen über seiner Brust als die beiden Männer, die vom Haupthaus kamen, vorschnellten. Sie hätten sein Herz durchbohren können, doch sie hielten sich zurück.

Was hat van Horne vor? Alena war fest davon überzeugt, dass er sie und Dehollander töten wollte. Warum hielt er seine Leute dann noch zurück? Nur um die beiden auf die Folter zu spannen?

»Ganz besonders hat es mir ein altes römisches Dorf südlich der Limamündung angetan«, fuhr der Graaf fort. »Ich nehme an, Ihr wisst, welches Dorf ich meine, Lady Magdalena?«

Alenas Augen verengten sich. Sie dachte an das Medaillon, dann an den Namen *Os Darques.*

Darque. Sie kannte das Dorf in der Provinz Juntas de Freguesia.

»Euer Orden hat seinen Hauptsitz also in Darque.«

Van Horne zog lächelnd eine Braue hoch. »Ich sehe, Ihr wisst, wovon ich spreche.« Der Graaf machte ein, zwei Schritte vorwärts. Alena hörte, wie die umstehenden Inquisitoren die Luft einsogen und dann den Atem anhielten. Van Horne stand so dicht vor Alena, dass sie nur den Arm auszustrecken brauchte, um ihn zu berühren. Er beugte sich mit dem Oberkörper noch etwas vor. Alena war versucht, ihm mit einer blitzschnellen Bewegung das Genick zu brechen, doch als sich van Hornes Lippen teilten, hielt sie inne.

»Es ist wichtig, dass Ihr das behaltet, Mylady.«

Ehe Alena begriff, was er überhaupt meinte, kehrte der Graaf ihr den Rücken zu und ging.

»Tötet sie!«, sagte er wie beiläufig, ohne sich noch einmal umzudrehen.

Die Degen spießten Dehollander auf. Er fauchte und schaffte es im Bruchteil einer Sekunde, sich seitwärts zu drehen, sodass die Klingen nicht sein Herz durchbohrten.

Alena überwand ihre Überraschung, vergrub van Hornes Worte tief in sich und ließ sich fallen. Sie entging nur knapp dem Degenhieb, der von hinten geführt wurde. Deutlich spürte sie den Luftzug der Klinge über ihrem Kopf und das schneidende Geräusch mit dem eine Locke dem blanken Stahl zum Opfer fiel. Sie bäumte sich auf, stieß einen Fuß vor und rammte ihm den hinter ihr stehenden Mann tief in die Magengrube. Während er über ihr zusammenbrach, schlug sie ihm gegen die Handwurzel. Der Griff um den Degen lockerte sich. Alena fing die Waffe auf, rollte zur Seite weg und sprang auf die Beine. Sie trat dem neben ihr zu Boden gehenden Mann ins Gesicht und wirbelte herum.

Die beiden Inquisitoren vom Scheunenrand rannten auf sie zu. Aus den Augenwinkeln sah sie, wie Dehollander versuchte, die Attacken seiner beiden Angreifer abzuwehren.

»Lauf, Alena!«

Sie presste die Zähne aufeinander. Warum mussten Männer immer die Helden spielen? Was er für sie tun würde, das tat sie auch für ihn, wenn es darauf ankam. Wenn er glaubte, sie ließe ihn einfach zurück, hatte er sich in ihr getäuscht.

Die beiden Männer vor ihr, waren auf Degenreichweite

heran. Sie dachte an den Kerl auf dem Dach, als bereits ein Schuss peitschte. Offenbar hielt er sie nicht für eine unmittelbare Gefahr, denn er hatte auf Dehollander gezielt. Hinter ihr erklang der Aufschrei des Barons.

Mist!

Alena hob den Degen und parierte den Angriff des linken Inquisitors. Sie wirbelte herum und trat dem zweiten in den Unterleib. Während er sich vor Schmerz krümmte, wollte sie den ersten mit einem schnellen Stich ausschalten, doch er befand sich schon nicht mehr dort, wo er gerade noch gestanden hatte.

Sie sind schnell.

Die Klinge stach durch den Stoff ihrer Bluse und riss einen Fetzen aus dem Ärmel. Alena hetzte vorwärts, genau auf das Scheunentor zu. Sie musste zu den Pferden gelangen, auch wenn es eine Falle war und sich im Stall noch mehr Inquisitoren befanden.

Alena hatte Glück. Es war keine Falle.

Sie stieß das Scheunentor auf und rannte ins Innere. Der namenlose Bauer lag noch immer an derselben Stelle, an der Alena und Dehollander ihn ausgesaugt hatten. Unweit von ihm standen die Pferde, noch immer gesattelt. An den Holzlatten lehnten ihre Degen, Pistolen und Zündkrautbehälter. Alena nahm eine der Handfeuerwaffen, füllte etwas von dem Schießpulver in den Lauf, eine Bleikugel dazu und begann zu stopfen. Sie spannte den Schnapphahn bis er einrastete, drehte sich um und brachte das Stilett, das in der Satteltasche steckte an sich. Einer der Inquisitoren rannte durch das Scheunentor. Die Steinschlosspistole knallte als der Hammer auf das Zündplättchen der Pulverpfanne traf. Zwischen den Brauen des Mannes entstand ein auggroßes Loch aus dem Blut spritzte. Von der Wucht des Einschlags wurde sein Kopf nach hinten gerissen. Sein Körper folgte ihm einen Lidschlag darauf.

Die anderen beiden Häscher wankten durchs Tor. Einer von ihnen hielt sich die Hand vor den Unterleib und Speichel troff von seinen Lippen. Der andere hatte die Tritte in den

Magen und ins Gesicht überwunden. In seinen Augen stand nackte Wut. Als sie über die Leiche ihres Kameraden stolperten, stutzten sie kurz. Das gab Alena die Zeit, die sie brauchte. Sie ließ die Pistole fallen und sprang auf ihr Pferd.

In der gleichen Bewegung, mit der sie die Zügel an sich riss und die Fersen in die Flanken des Tieres trieb, griff sie nach den Zügeln von Dehollanders Rappen. Das Pferd stellte sich wiehernd auf die Hinterläufe. Alena trieb ihre Stute an, und mit einem Satz sprang sie aus dem Verschlag. Dehollanders Pferd folgte ihr. Ein Schuss peitschte. Die Kugel verfehlte Alena und schlug hinter ihr in einem Holzpfosten ein.

»Heya!« Bevor die Pferde lospreschen konnten, fiel ein Schatten von oben auf sie herab. Alena spürte den harten Anprall und wurde aus dem Sattel gerissen. Sie fiel zusammen mit dem Inquisitor, der auf dem Dach gewartet hatte, ins Stroh. Im Fallen zog sie das Stilett, und als der Mann über ihr war, rammte sie ihm die Klinge in die Brust. Seine Augen starrten sie überrascht an. Er zuckte zweimal, und ein Blutstropfen rann ihm aus der Nase. Alena stieß ihn von sich, kam auf die Beine und stellte sich den beiden anderen Gegnern.

Ein weiterer Schuss jagte haarscharf an ihr vorbei. Sie spürte den Luftzug der Kugel, die an ihrem Ohr entlang fegte und einen brennenden Stich hinterließ. Die zwei Inquisitoren rückten mit blank gezogenen Degen an. In ihren Gesichtern lag noch immer die eiskalte Entschlossenheit, sie zu töten, aber Alena erkannte in ihren Augen auch etwas anderes: Furcht. Sie hatten zwei Kameraden sterben sehen und waren vorsichtiger geworden.

Die Pferde tummelten sich hinter den beiden Männern und tänzelten unruhig umher. Das Scheunentor stand nur einen Spaltbreit offen, zu wenig für ihre massigen Leiber. Alena umfasste den Griff des erbeuteten Degens fester. Sie suchte nach dem Stilett, doch das steckte in der Brust des toten Inquisitors. Die beiden Männer näherten sich auf fünf, sechs Schritte und gingen dann auseinander, um weniger Angriffsfläche zu bieten.

Alena brachte sich mit einem Satz zur Seite zu den Waffen neben der Leiche des Bauern. Mit einer raschen Bewegung nahm sie ihr Glockenrapier an sich und stieß einen schrillen Pfiff aus, auf den die Pferde reagierten. Das metallische Scheppern sich kreuzender Klingen überlagerte das Wiehern der Tiere, doch als donnerndes Hufgetrappel den Scheunengrund erbeben ließ, setzten die Inquisitoren wieder zurück und sahen sich um. Alena nutzte die Chance. Während die Pferde direkt auf sie zupreschten, sprang sie vor und attackierte den Mann zu ihrer Linken. Er sah den Stoß noch rechtzeitig, um zu parieren, doch er blieb in der Defensive, als Alena mit der zweiten Waffe nachsetzte und ihn bedrängte. Der Mann taumelte rückwärts, stieß gegen einen der Pfosten und versuchte, seinen sicheren Stand zurück zu gewinnen. Alena machte einen Ausfall zur Seite, die Pferde donnerten an ihr vorbei und versperrten dem zweiten Inquisitor damit den Weg. Sie ließ von ihrem Gegner ab, nicht ohne ihm jedoch noch einen Tritt zu versetzen. Er stöhnte und ruderte mit den Armen. Seine Degenspitze streifte die Aufhängung einer Öllampe, zerschnitt diese und ließ das Gefäß zu Boden fallen.

Alena packte den Sattelknauf, erwischte einen Steigbügel und schwang sich in den Sitz, ohne dass die Pferde in ihrem Tempo nachgaben. Als sie saß, drängte sie ihren Körper dicht an den Pferderücken und trieb dem Tier mehrmals die Fersen in die Flanken. Hinter ihr ging Glas zu Bruch. Dann ertönte ein Fauchen und Knistern. Ohne sich dafür umdrehen zu müssen, wusste Alena, dass das Stroh Feuer gefangen hatte.

Die Rückseite der Scheune besaß keinen Ausgang. Kurz vor der Holzwand zog Alena an den Zügeln und zwang ihr Pferd, stehen zu bleiben. Unter protestvollem Schnauben wendete die Stute. Dehollanders Rappe folgte und presste seine Flanken eng gegen Alenas Pferd.

Das Bild, das sich der Vampirin vom anderen Ende der Scheune bot, verhieß nichts Gutes. Die Flammen griffen rasch um sich, fraßen sich durch trockenes Stroh und Heu und entfachten es wie Zunder. Der Inquisitor, der mit der Öllampe zusammengestoßen war, brannte lichterloh. Er lief schreiend und wie kopflos umher, versuchte nach draußen zu rennen, doch er fand sich in der Sackgasse eines Verschlages wieder. Seine Bewegungen erstarben, die Schreie erstickten.

Alena spornte die Pferde an. Sie spürte den Widerwillen der Tiere und die Scheu vor den Flammen. Doch dort lag der einzige Weg nach draußen. Vorn breitete sich bereits beißender Qualm aus, nichts was ihr selbst gefährlich werden könnte, wohl aber den Reittieren.

Ihr Pferd trabte vorwärts, blieb dann wieder stehen und tänzelte auf der Stelle. Das Wiehern klang schrill und panisch. Alena verzog die Mundwinkel. Sie beugte sich zum Hals des Tieres hinab, spürte wie die Augzähne anwuchsen und grub sie durch das dünne Fell in das Pferdefleisch. Tierblut war ihr zuwider. Sie trank nicht, spie es wieder aus. Aber der kurze Kontakt zwischen ihr und der Stute reichte aus, in sie zu dringen.

»Los jetzt!«

Dehollanders Rappen blieb nichts anderes übrig, als an ihrer Seite zu bleiben. Die Pferde preschten durch die Scheune, genau auf die Flammenwand vor ihnen zu. Aus dem lodernden Schein gefräßiger Feuerzungen trat eine Gestalt. Die schwarze Kleidung schwelte, die Haare kräuselten sich in der Hitze und sein Gesicht war mit Brandblasen übersät. Doch der Inquisitor war fest entschlossen, seine Mission zu Ende zu führen. In seiner Rechten hielt er den Degen. In der anderen Hand eine Steinschlosspistole, die er offenbar nachgeladen hatte. Er hob die Handfeuerwaffe und zielte sorgfältig. Zehn Meter trennten ihn von Alena und den Pferden.

Die Vampirin warf den erbeuteten Degen hoch und fing ihn so auf, dass er wie ein Speer in ihrer Hand lag. Noch in derselben Bewegung schleuderte sie ihn dem Mann entgegen. Alena sah das Aufblitzen der Mündung, doch der Schuss jagte zur Decke hinauf, als der Degen den Hals des Inquisitors durchbohrte. Sie nahm keine Rücksicht auf den Mann. Was die Fechtwaffe nicht schaffte, erledigten die Pferdehufe und schließlich der Brand.

Das Tor war noch immer nicht weit genug geöffnet, doch diesmal wurden die Pferde zu einer Entscheidung gezwungen. Kurz vor dem Ausgang, riss Alena an den Zügeln. Die Pferde stellten sich auf die Hinterläufe und traten mehrmals nach vorne aus. Beim dritten Ansatz war das Tor soweit aufgeschwungen, dass sie mühelos passieren konnten. Sie rannten hinaus.

Alena sah sich um, vielleicht kam sie nicht zu spät und Dehollander beschäftigte die beiden Inquisitoren noch. Vielleicht aber ...

Die Männer des Ordens *Os Darques* waren tot. Sie lagen keine zehn Schritte von der Scheune entfernt im Gras, die Hälse seltsam verrenkt, die Augen starr himmelwärts gerichtet, und in ihren Brüsten klafften faustgroße Löcher genau über der Stelle, an der sich vormals ihre Herzen befunden hatten. Von Dehollander gab es keine Spur.

Alena sah zurück. Die Scheune stand nun komplett in Flammen. Sie rief zweimal nach dem Baron und überlegte, ob sie im Haupthaus des Hofes nach ihm suchen sollte. Doch dann sah sie in der Ferne die Lichter. Van Horne war nicht fort, er holte offenbar nur Verstärkung. Alena schätzte, dass sie bei dem Tempo mit dem sie sich ihr näherten in weniger als ein paar Minuten das Landgut erreichten.

»Ivo?«, rief sie noch einmal. Dann sah sie ein, dass es keinen Zweck hatte. Sie beugte sich über den Sattel Dehollanders, zupfte das zusammengeschnürte Kleidungsbündel herunter und legte es vor sich hin. Dann gab sie dem Rappen einen Klaps und ließ ihn davonjagen. Sie wendete mit dem eigenen Pferd und ritt in die entgegengesetzte Richtung los. Sie sollte Baron Dehollander nie wieder sehen.

Kapitel Sechzehn

10 Stunden bis zur Stunde Null

Der unbändige Durst war fort. Sie schlug die Augen auf und sah die weiße Decke über sich, die von einem indirekten, milchigen Licht angestrahlt wurde. Feines Summen und Piepsen drang an ihre Ohren.

Mit einem Seufzer sog sie tief die Luft ein. Sie schmeckte schal. Steril. Vielleicht merkte man es nicht, wenn man sich ihr längere Zeit aussetzte, aber für jemanden der gewohnt war sich draußen zu bewegen, fiel der Unterschied sofort auf.

Sie schloss die Augen und versuchte sich daran zu erinnern, was geschehen war. Bilderfetzen stoben über ihre Netzhäute. Ein einziges Chaos. Sie versuchte, sie festzuhalten, zu ordnen, doch sie konnte sie nicht greifen. Alles, was übrig blieb, war das Gesicht eines älteren Mannes: Attraktiv, sympathische Augen, ein interessantes Lächeln. Ein weißer Vollbart rahmte seine Wangen und den Mund ein.

Dad.

Rebecca Hyde richtete sich auf und blinzelte. Das Bild ihres Vaters vor ihrem geistigen Auge zerstob in tausend Splitter aus denen sich andere Bilder manifestierten. Noch immer bruchstückhaft und mit Lücken, aber diesmal konnte sie einige davon greifen, einen Blick darauf werfen und sie zuordnen. Sie begann, sich zu erinnern. Langsam zwar, aber stetig.

Soldaten. Höhlen. Sie sah Norwegen. Und Alena. Das letzte woran sie sich erinnerte, war der Kampf gegen das Militär. Sie hatten sie erwischt.

Unsicher betastete Rebecca die Stelle an ihrer Brust, in der sich das Messer eines Inquisitors gebohrt hatte. Der Schmerz schien noch gegenwärtig zu sein, doch die Wunde war verheilt. Sie blickte durch den Ausschnitt des Nachthemds, das sie trug. Nicht einmal eine Narbe war zurückgeblieben. Rebecca ahnte, dass sie nur knapp mit dem Leben davongekommen war. Sie schaute sich um. Der Raum hatte alle Ähnlichkeiten mit einem privaten Krankenzimmer.

Rebecca stieg von dem Bett und musterte die Messgeräte. Sie waren an mehreren Stellen mit ihrem Körper durch Sensoren verbunden. Mit schmatzenden Geräuschen lösten sich die gummierten Saugnäpfe. Rebecca ließ die Apparate laufen, ging zu dem einzigen Wandschrank in dem Zimmer und zog die Türen auf. Dahinter fand sie frische Kleidung. Jeans. T-Shirt. Halbstiefel und eine Lederjacke. Alles in schwarz. Jemand kannte offensichtlich ihren Stil. Die Sachen passten ihr wie angegossen, was sie mehr und mehr zu der Vermutung brachte, sich in einem Krankenhaus zu befinden, das von DARK kontrolliert wurde.

Natürlich. Was auch sonst? Bin wohl noch nicht richtig wach.

In jedem herkömmlichen Hospital hätten die Ärzte erkannt, dass sie kein Mensch mehr war. Allerdings wusste auch niemand bei DARK um ihre wahre Natur. Niemand außer ihrem Vater.

Rebecca spürte plötzlich die Anwesenheit von jemand anderem. Sie zog den Reißverschluss der Stiefel hoch und schlug den Jeansstoff darüber. Dann richtete sie sich langsam auf und drehte sich zur Tür um. Neben dem Ausgang sah sie das Beobachtungsfenster. Fast wie auf einer Entbindungsstation. Bei dem Vergleich hätte sie beinahe aufgelacht, denn sie fühlte sich wirklich wie neugeboren.

Hinter der Scheibe sah sie die Leute. Zwei Ärzte. Ein Pfleger. Eine Krankenschwester. Sie alle starrten sie mit einem Ausdruck an, der Rebecca sehr wohl bekannt war: Furcht.

Sie wissen also wer und vor allen Dingen was *ich bin.*

Als sich die Leute auch nach einigen Momenten nicht rührten, machte Rebecca eine einladende Geste. Niemand reagierte. Erst als sie sich in Bewegung zur Tür setzte und Anstalten machte, sie zu öffnen, lief das Personal mit einem Mal wie von der Tarantel gestochen los. Rebecca drehte den Knauf und zog die Tür auf. Die Luft in dem angrenzenden Korridor roch und schmeckte genauso wie in ihrem Zimmer: Neu und unverbraucht, aber eben nicht so frisch wie draußen.

Anscheinend war sie das Erzeugnis einer Aufbereitungs- und Filteranlage. Ein autarkes System. Erst jetzt fiel Rebecca auf, dass ihr Zimmer kein Fenster besaß. Auch die Räume, in die sie vom Gang aus sehen konnte, waren fensterlos.

Wir befinden uns unter der Erde.

Rebecca orientierte sich nach links. Der Raum direkt neben ihrem erregte ihre Aufmerksamkeit. Er war ebenfalls mit einem Beobachtungsfenster ausgestattet, und als sie hindurch sah, wusste sie, warum sie sich dafür interessierte.

Er lag auf einem ähnlichen Bett wie sie selbst gelegen hatte. Auch er trug ein Nachtgewand, wie es in Krankenhäusern üblich war, wenn die Patienten nicht für eigene Kleidung sorgen konnten. Sein Körper war ebenso verkabelt und an Messinstrumente angeschlossen, wie ihrer zuvor. Es gab nur einen Unterschied: Rebecca war wach und Professor van Horne befand sich noch im Koma.

Rebecca legte eine Hand auf die Klinke.

»Warten Sie!«

Sie hielt inne und wandte den Kopf. Der Mann im Arztkittel kam ihr bekannt vor. Nicht von vor wenigen Augenblicken hinter der Fensterscheibe. Da war noch irgendetwas anderes. Eine ferne Erinnerung. Bilderfetzen huschten durch die Nebel in ihrem Gedächtnis. Sie sah Leute vor der Glaswand. Entrückte Blicke. Der Geschmack von Blut auf ihren Lippen. Das warme Lebenselixier, das wohltuend ihre Kehle hinunter rann.

Rebecca wurde das Gefühl nicht los, das während ihres Schlafes einiges geschehen war. Etwas, das mit diesem Mann zu tun hatte.

Der Arzt blieb etwa drei Schritte von ihr entfernt stehen. In seinen Augen spiegelte sich die Angst, die er anscheinend bei ihrem Anblick empfand. Er war groß. Und schlaksig. Die schwarze Hornbrille auf seiner Nase verlieh ihm einen Blick wie der einer Eule. Rebecca entzifferte seinen Namen auf der ID-Card, die er in transparentes Plastik eingeschweißt an seiner Kittelbrusttasche trug.

»Doktor Whitting.«

Der Mann nickte und schluckte. »Hören Sie, Miss Hyde. Es wäre nicht klug, dort hinein zu gehen.«

»Warum nicht?«

Offenbar wusste er selbst keine Antwort darauf und überlegte seine Strategie neu. »Ihr Vater muss erfahren, dass Sie endlich aufgewacht sind.«

»Dann sagen Sie es ihm«, sagte Rebecca und drehte den Knauf. Ehe es Whitting verhindern konnte, war sie durch die Tür geschlüpft und stand an van Hornes Bett. Der Arzt folgte ihr nicht, sondern beobachtete sie nur durch die Scheibe.

Van Horne lag ruhig da. Die Lider waren geschlossen. Dennoch hatte Rebecca das unbestimmbare Gefühl, er würde sie anstarren. Sie erinnerte sich an seine Blicke in Norwegen. Klar. Anziehend. Selbst jetzt im Koma sah er noch gut aus. Die hohe Stirn und die wenigen Falten um seinen Mund und die Augen minderten seine Attraktivität um keinen Deut. Im Gegenteil, sie förderten sie noch. Er schien ein Mann im besten Alter zu sein. Kein Wunder, dass sich Jannica zu ihm hingezogen fühlte — zumindest glaubte Rebecca das in ihren Augen gesehen zu haben, als sie die Ordensschwester und van Horne zusammen mit Alena und Elmar in Norwegen getroffen hatte.

»Bitte, Miss Hyde!« Die Stimme Whittings dröhnte aus einem zugeschalteten Lautsprecher. »Ihr Vater hat sicher nicht vorgesehen, dass Sie sich dort aufhalten.«

»Ach ... hat er nicht?« Rebeccas Blick blieb unverwandt auf van Horne gerichtet. Mehr als einmal spielte sie mit dem Gedanken, ihm das Genick mit einer so schnellen Bewegung, dass nicht einmal Whitting ihr würde folgen können, zu brechen, oder ihm den Kehlkopf aus dem Hals zu reißen und ihn verbluten zu lassen. Bei dem Gedanken an Blut regte sich in ihr eine unterschwellige Lust. Sie hielt sich jedoch zurück und konnte sich beherrschen. Der Durst war nicht stark genug. Augenscheinlich hatte man sie während ihres Schlafs ernährt.

»Wie lange habe ich geschlafen?«

Sie hörte das Schlucken Whittings über die Sprechanlage. »Miss Hyde, wir sollten vielleicht in aller Ruhe darüber reden. Sie haben eine Menge durchgemacht, und die letzten Monate waren ...« Der Arzt brach ab und hustete. Vermutlich biss er sich gerade auf die Zunge und verfluchte sich selbst, doch Rebecca wusste nun Bescheid.

Monate. Was war in der Zwischenzeit geschehen? Und van Horne lag auch schon so lange im Koma? Warum er? Was war mit ihm in Norwegen geschehen?

»Wie lange, Doktor?« Sie drehte sich von van Horne fort und sah den Arzt an. »Sagen Sie es mir freiwillig oder muss ich es aus Ihnen heraussaugen?« *Prügeln* hatte sie sagen wollen und wusste selbst nicht, warum sie das andere Wort wählte. Es schien zumindest nicht seine Wirkung zu verfehlen. Whittings Gesichtsfarbe wechselte von einem Moment auf den anderen von einer fahlen Bleiche in einen Ton, der so weiß wie Kalk war. Gleichzeitig trat er einen Schritt von der Scheibe zurück.

»Ein ... eineinhalb Jahre.«

Rebecca presste die Zähne aufeinander. Sie ließ den komatösen van Horne zurück und verließ das Zimmer. An Whitting schritt sie vorbei als wäre er nicht da. Sie hörte seine Schritte hinter sich, als er versuchte, sie einzuholen.

»Warten Sie, Miss Hyde, bitte warten Sie. Wo wollen Sie denn hin?«

Rebecca antwortete nicht. Sie kam am Schwesternzimmer vorbei. Der Pfleger schaute sie ängstlich an und geriet ins Zittern als sie mit dem Finger auf ihn zeigte. »Du! Zeig mir den Weg hinaus.«

Der Mann kratzte sich am Hals und brach in Schweiß aus, aber er nickte, zwängte sich an ihr vorbei aus dem Raum und ging voran. Whitting hatte aufgeholt.

»Sie machen einen Fehler. Sie kommen hier nicht so ohne weiteres raus. Niemand kann das. Ich muss erst Ihren Vater verständigen.«

»Das wollten Sie doch vor zehn Minuten schon tun.« Rebecca ließ sich nicht beirren und ging weiter. Whitting redete auf sie ein. Einmal streckte er die Hand nach ihr aus, zog sie jedoch sofort hastig wieder zurück, als hätte er sich verbrannt, obwohl er Rebecca nicht einmal berührte.

Schließlich standen sie vor einer Tür an der es nicht weiter ging.

»Aufmachen!«

Der Pfleger hob die Schultern. »Tut mir Leid. Niemand kann diese Tür öffnen, mit Ausnahme Ihres Vaters.«

»Das versuche ich Ihnen doch schon die ganze Zeit begreiflich zu machen. Wir sind hier eingesperrt. Wir alle!«

Rebecca verschränkte die Arme vor der Brust und seufzte. »Sie haben meinen Vater ja noch immer nicht angerufen. Wird's bald?«

Whittings Gesichtszüge entgleisten. Er stammelte etwas, entschuldigte sich und lief fort.

»Was befindet sich dahinter?« Rebecca nickte mit dem Kinn in Richtung Tür.

»Nur Little John, Ma'am.«

»Sehe ich aus wie eine Ma'am?« Die Vampirin zog die Brauen hoch. Ehe sich der Pfleger entschuldigen konnte, beschwichtigte sie ihn mit einer raschen Geste.

Little John, also. Sie erinnerte sich an das Projekt ihres Vaters. Dann wusste sie auch, wo sie war. London. Sie befand sich einige Stockwerke unter dem Hauptquartier DARKs in der Nähe des Landsitzes ihres Vaters. Möglicherweise wäre sie an Little John vorbeigekommen, wenn sie im Vollbesitz ihrer Kräfte war. Aber die Tür selbst stellte eine ganz andere Art von Hindernis dar. Zentimeter dicker Stahl, der nur von außen mit entsprechender Berechtigung geöffnet werden konnte. Sie musste also tatsächlich auf ihren Vater warten. Eine Weile starrte sie die Tür einfach an, dann drehte sie sich um und suchte Whitting. Sie fand ihn in seinem Büro. Er telefonierte tatsächlich, allerdings wirkte es nicht so, als sei er erleichtert, dass das Tor endlich geöffnet und seine Patientin entlassen wurde. Etwas stimmte nicht.

»Was soll das heißen, er ist nicht erreichbar?« Whitting warf

Rebecca einen nervösen Blick zu. Dann sah er verdutzt den Hörer an. »Aufgelegt. Sie hat einfach aufgelegt.«

»Wer war dran? Die Zeitansage?« Rebecca nahm ihm das Handset aus der Hand und wählte mit dem Daumen eine Mobilfunknummer, die nur ihr bekannt war. Sie würde ihren Vater schon an die Strippe kriegen.

»Nur seine Sekretärin«, sagte Whitting und fuhr sich mit der Hand über den Mund. Er lehnte sich in seinem Stuhl zurück. »Sie sagte, er wäre unabkömmlich.«

Ein Freizeichen. Rebecca drehte sich von Whitting fort und lauschte. Nach einem Klacken kam die Verbindung zustande. Am anderen Ende der Leitung erklang ein leises Schnaufen. Dann die unsichere Frage: »Becky?«

»Ich bin es, Dad.«

Ein erleichterter Seufzer. »Gott sei Dank. Wie geht es dir, Schatz?«

»Ich bin okay«, sagte Rebecca. »Denke ich. Was ist geschehen?«

»Eine lange Geschichte. Whitting soll dir das Wichtigste erzählen und dann kommst du am besten zu mir. Ich brauche dich.«

»Wo steckst du denn?« Rebecca sah zu Whitting. Der Arzt schaute schnell zu Boden, als sich ihre Blicke begegneten.

»Portugal.«

Rebecca konnte ihre Überraschung nicht verbergen. Offenbar merkte Whitting dies, denn er sah wieder neugierig auf. Diesmal senkte er nicht den Blick.

Darque, dachte Rebecca. *Der Ort an dem alles begann.*

»Becky? Ist alles in Ordnung?«, fragte Hyde als sie nicht antwortete.

»Ja … ja sicher. Es ist nur … du hast mir versprochen, dass ich nie mehr dorthin zurückmüsste.«

»Ich weiß.« Hydes Stimme klang gepresst. »Aber es sind Umstände eingetreten, die es erforderlich machen. Ich bin froh, dass du wieder wach bist. Gerade jetzt. Ich deute es als gutes Zeichen.«

»Als gutes Zeichen? Was meinst du mit *gerade jetzt?*«

»Lass dir von Whitting alles erklären und dann komm so schnell du kannst. Ich fühle, dass die Zeit nah ist.«

Ihr Vater sprach in Rätseln. Aber was konnte sie schon wissen, immerhin hatte sie eineinhalb Jahre ihres Lebens verschlafen. In dieser Zeit konnte viel geschehen sein. Dass ihr Vater sich in Portugal aufhielt konnte nur bedeuten, dass Alena entweder kurz davor stand, das Portal zur Dunkelsphäre zu öffnen oder es bereits getan hatte. So lange hatte sie gebraucht? War der Rätselvers nicht viel eher zu knacken gewesen?

Rebecca ließ den Hörer sinken. Sie erinnerte sich wieder an das Gespräch mit Alena im Hochland Norwegens. Zum Schluss hatte es so ausgesehen als stünden sie auf derselben Seite. Alena hatte nicht vor, das Tor zu öffnen, sondern es zu versiegeln. Aber wenn dem so war, was wollte ihr Vater dann in Portugal und wofür brauchte er ihre Hilfe? Sie hob den Hörer wieder ans Ohr.

»Da gibt es ein kleines Problem. Der Doc sagt, wir kommen hier nicht raus.«

»Oh ja … hör zu. Ich habe natürlich daran gedacht, dass ich nicht immer da sein kann. Es gibt eine Möglichkeit, aus dem Labor zu gelangen. Log dich über einen der Computer in unsere Datenbank ein und gib als Freigabepasswort *Os Darques* ein. Daraufhin aktiviert sich ein Sicherheitsmechanismus im Bereich des Ausgangs. Du musst einen Retinascan über dich ergehen lassen und eine Stimmprobe abgeben, daraufhin wird sich die Tür öffnen. Aber sei vorsichtig. Whitting und sein Personal dürfen das Labor nicht verlassen. Solange van Horne noch im Koma ist, will ich ihn im Auge behalten. Little John wird dich durchlassen. Er ist darauf konditioniert worden.«

»Was hast du mit van Horne vor?«

»Ich weiß es nicht«, sagte Magnus Hyde am anderen Ende der Leitung. »Irgendwas stimmt mit dem Burschen nicht. Whitting hat eine Reihe von Aufzeichnungen über ihn. Normalerweise müsste er tot sein. Sein Körper besitzt eine

Regenerationsfähigkeit, die deiner gleichkommt. Aber er ist kein Vampir. Becky, wir können alles bereden, sobald du hier bist. Beeil dich bitte!«

»Tu ich, Dad.«

Sie beendete das Gespräch und legte das Mobilteil auf Whittings Schreibtisch.

»Mein Dad sagte, Sie hätten Neuigkeiten für mich.«

Der Arzt plusterte seine Wangen auf und stieß danach hörbar die Luft aus. »Ich denke, Sie bevorzugen die Kurzform. Fangen wir bei *Heinrichs Erbe* an. Das wird Ihnen nicht gefallen.«

Sie war fort. Whitting hatte ihr alles erzählt, was er über das Virus, seine Ausbreitung, die Opfer und vor allen Dingen Hydes Pläne wusste. Alles. Und er behielt Recht. Rebecca war nicht im Mindesten davon begeistert, was ihr Vater angestellt hatte. Anscheinend war der Plan über die Infektion gänzlich auf seinem Mist gewachsen, vermutlich sogar ohne die Zustimmung der anderen DARK-Vertreter, die sich zum eingeweihten Kreis zählten. Nach seinem Bericht war Rebecca gegangen. John hatte sie nicht aufgehalten, sondern einfach hinter ihr das Tor wieder verschlossen, sodass Whitting, Braspenninckx und die beiden Pfleger wieder im Labor eingeschlossen waren.

Whitting hatte es bereits vor Wochen aufgegeben, die Nachrichten zu sehen. Die Meldungen über die Ausbreitung *Heinrichs' Erbe* hatten inzwischen eine gewisse Routine angenommen. Dennoch war jede Nachricht schrecklicher als die vorherige. Nach dem letzten Stand der Dinge hatte sich die Krankheit über ganz Europa verteilt. Die Zahl der Todesopfer bezifferte sich allein in Europa bereits auf sechzig Millionen — eine schockierende Summe, die das Ausmaß der Todesfälle der Spanischen Grippe zu Beginn des 20. Jahrhunderts um ein Vielfaches übertraf. Hyde war zu weit gegangen. Sollte er Whitting jemals noch einmal unter die Augen treten, würde er diese Begegnung nicht überleben. Oder Whitting.

»Zum Teufel mit Magnus Hyde!« Whitting vergrub die Hände tief in die Taschen seines Kittels und warf einen Blick auf die Beobachtungsmonitore. Nur noch die Messinstrumente, die mit van Horne verbunden waren, lieferten Werte. Ziemlich merkwürdige Werte, seit Rebecca aufgewacht war.

Whitting beugte sich interessiert vor. Die Vitalzeichen waren stabil, allerdings maßen die Instrumente erhöhte Aktivität. Der Doktor drückte eine Taste der Wechselsprechanlage auf seinem Schreibtisch und rief das Pflegezimmer. Wie bei den Leuten zuvor, die Rebecca alle auf dem Gewissen hatte, hatte er sich den Namen der Schwester und des Pflegers nicht gemerkt. Vielleicht sollte er das jetzt tun, da die Vampirin fort war.

»Die Werte van Hornes sind angestiegen. Zeigen sich optische Veränderungen bei ihm?«

»Ich habe vor drei Minuten nachgeschaut, Doktor. Es war alles beim Alten.«

»Das mag sein, aber vor drei Minuten war auch noch kein Anstieg bei den Werten zu verzeichnen. Sehen Sie besser noch mal nach.«

»Aber ...«

»Tun Sie's einfach.«

Whitting ließ die Sprechtaste los und lehnte sich zurück. Das hatte er davon, dass er nicht einmal die Namen seiner Untergebenen kannte. Er konnte sie nicht einmal richtig zusammenstauchen, wenn sie ihm quer kamen. Whitting seufzte. Nicht zum ersten Mal dachte er daran, van Horne irgendwie künstlich aus dem Koma zu holen, auch wenn Hyde solche Versuche verboten hatte.

Oder ihm einfach die Luft abzudrehen. Der Arzt, der geschworen hatte, Leben um jeden Preis zu schützen und Hydes Verbrechen an der Menschheit durch *Heinrichs Erbe* aufs Schärfste kritisierte, erschrak bei dem Gedanken. Soweit, dass seine Emotionen in ihm aufkochten und ihn zu etwas zwangen, das er nicht wollte, durfte es nicht kommen.

Whittings Blick streifte das Pflanzenbouquet auf seinem Schreibtisch, eine jener luxuriösen Aufmerksamkeiten, um das

Leben im Labor so angenehm und natürlich wie möglich zu machen. Die Arrangements wurden wöchentlich ausgetauscht, länger hielten sie sich nicht in der sterilen, künstlich aufbereiteten Luft. Und die Beleuchtung, die Sonnenlicht simulieren sollte, tat eben nur dieses: Das Licht der Sonne simulieren. Nichts, was den Blumen und Pflanzen wirklich half, ihre Photosynthese auszuüben.

Whitting runzelte die Stirn. Vor einer Sekunde noch hatte er ein ganz anderes Bild von dem Bouquet auf seinem Tisch gehabt. Die Blätter waren grün, die Farben der Blüten kräftig. Jetzt wirkten sie welk. Ein Blatt fiel auf den Tisch. Ein zweites. Dann starb ein ganzer Zweig ab. Im nächsten Augenblick verwelkte das gesamte Arrangement wie in Zeitraffer. Es dauerte nur wenige Sekunden, da befanden sich nur noch blattlose Zweige in dem Gefäß. Der Rest lag verdorrt und vertrocknet auf Whittings Schreibtisch.

Fasziniert und erschrocken zugleich betrachtete der Arzt die abgestorbene Pflanze.

»Doktor Whitting!«

Der Ruf kam nicht über die Sprechanlage, sondern drang vom Flur her. Whitting fuhr zusammen. Er wartete darauf, dass Braspenninckx durch die Tür stürmte, doch der Belgier kam nicht, sondern rief erneut. Alarmiert sprang Whitting auf und stieß mit dem Stuhl gegen die Wand hinter ihm. Er rannte auf den Gang hinaus. Ein hysterischer Schrei hallte durch das Labor. Die Schwester.

»Braspenninckx?«

»Kommen Sie!«

Whitting hetzte an der Pflegerstation vorbei, nahm die dahinter liegende Biegung mit und blieb unvermittelt stehen, als er Braspenninckx und die Schwester am Ende des Ganges vor dem Sichtfenster zu van Hornes Zimmer sah. Die Art und Weise, wie sie vor der Scheibe standen, erinnerte ihn an all die unzähligen Wachphasen Rebeccas. Sie schienen wie hypnotisiert, von etwas jenseits des Fensters in seinen Bann gezogen, aus dem sie sich nur schwer lösen konnten. Erstaunlich, dass

Braspenninckx überhaupt fähig gewesen war, ihn zu rufen. Whitting ging weiter. Mit jedem Schritt fühlte er die Gefahr, die von van Hornes Zimmer ausging. Sein Herzschlag beschleunigte sich. Er ignorierte den stummen Ruf seines Verstandes, der ihm riet, sofort umzukehren und das Weite zu suchen. Aber wohin sollte er gehen? Der Ausgang war wieder versiegelt. Er konnte nirgends hin.

Endlich erreichte er das Beobachtungsfenster. Statt vor Neugier sofort hindurch zu sehen, starrte er unverwandt seinen Assistenzarzt und die Krankenschwester an. Sie schienen ihn nicht zu bemerken.

Whitting fühlte ein Kribbeln auf seiner Haut. Irgendetwas geschah, und er wusste, wenn er sich umdrehte und durch das Fenster blickte, würde es auch von ihm Besitz ergreifen, was immer es war. Bildete er es sich nur ein oder war das Gesicht der Schwester tatsächlich um einiges faltiger geworden als er in Erinnerung hatte. Braspenninckx Koteletten waren ergraut, das Haar viel dünner als vorher. Whitting bemerkte das Zittern in den Leibern seiner Kollegen. Kein Angstzittern. Eine Alterserscheinung!

Er dachte an die Pflanze auf seinem Schreibtisch.

Braspenninckx Wangen fielen ein.

Die Schwester atmete schwer.

Runzeln überzogen ihre Arme, ihr Körper sackte in sich ein, und sie musste sich an der Scheibe festhalten, um Halt zu finden. Das Zittern war stärker geworden, wirkte tatterig. Ihre Haare fielen büschelweise aus, landeten als graue Strähnenknäuel auf dem Boden.

Nicht hinsehen!, dachte Whitting. *Um Gottes Willen nicht hinsehen!*

Die Schwester klappte zusammen. Sie röchelte, streckte schwach eine Hand vor und deutete auf die Scheibe. Dann war sie tot.

Braspenninckx hielt sich nur unwesentlich länger. Er wandte den Kopf in Whittings Richtung.

»Grundgütiger!«

Das Gesicht des Belgiers glich einer Kraterlandschaft. Seine Augen lagen tief in den Höhlen und waren so trüb wie die eines Blinden. Seine Lippen waren rissig. Eiter lief ihm aus der Nase. Braspenninckx wirkte wie ein Greis.

Er ist einer!

Whitting machte einen Schritt vor, streckte die Hände aus, um seinen Kollegen zu stützen, aber es war längst zu spät. Braspennickx riss die Augen auf. Seine Lippen teilten sich und gleichzeitig griff er sich an die Brust. Kein Schrei verließ seine Lippen. Kein letzter Atemzug war zu hören. Er fiel einfach um wie ein gefällter Baum.

Tot … sie sind tot. Whitting zwang sich den Blick von den Leichen zu nehmen. Er drehte den Kopf zum Fenster und merkte, wie schwer ihm die Bewegung fiel. Auf einmal fühlte er sich unendlich alt. Seine Hände begannen zu zittern, Knochen knirschten und knackten. Als er durch das Beobachtungsfenster blickte, glaubte er seinen Augen nicht zu trauen. Der Anblick war absurd. Was dort drin geschah, durfte nicht sein. Niemals.

Das Zimmer war komplett mit einer Eisschicht bedeckt. Der Boden, die Wände, Schränke und Messgeräte. In den Wänden und dem Boden bildeten sich vor Kälte Risse. Eiszapfen hingen von der Decke und dem Bettrand herunter. Direkt neben dem Schlaflager stand der Pfleger, der van Hornes Zustand kontrollieren sollte. Er war genauso tot wie Braspenninckx und die Schwester. Sein Körper stand aufrecht, halb über das Bett gebeugt und sah aus wie aus einem Eisblock gemeißelt. Er war erfroren, zu Eis erstarrt, wie der Rest des Raumes.

Fast der Rest. Denn das Unglaubliche thronte direkt auf dem Bett in Form einer schwelenden Gestalt, die einmal Whittings Patient gewesen sein mochte. Jetzt war der Körper van Hornes nur noch eine rußgeschwärzte Hülle mit versengtem Haar und den Resten eines verbrannten Nachthemds, am Leib. Seine Haut dampfte. Die Augen funkelten wie zwei glühende Kohlenstücke. Brandblasen überzogen sein Gesicht, blähten sich auf und platzten, worauf ein eitriges Sekret aus ihnen heraus rann, ihm übers Kinn lief und auf das Bett tropfte.

Whitting glaubte nicht, was er sah. Die Hitze um van Horne musste immens sein, doch es schien keine Feuerquelle zu geben. Doch der Rest des Zimmers verhöhnte die Verbrennungen des Patienten — Eiseskälte und Gluthitze, so dicht beieinander, dass es einfach unmöglich war. Packeis auf der Sonnenoberfläche. Schneefall in der Hölle. Das konnte einfach nicht sein!

Der Arzt wusste nicht, wie lange er da stand und einfach den schwelenden van Horne anstarrte. Er schien noch zu leben, hockte sitzend in den Laken, die seltsamerweise weder vom Eis noch von der Hitze berührt wurden. Sie waren so weiß und rein als wäre das Bett frisch bezogen worden.

Im Gegensatz zu seinen Kollegen schaffte es Whitting den Blick von dem unglaublichen Szenario zu lösen. Er sah an sich herab, betrachtete seine Hände. Sie zitterten noch immer, doch die Alterserscheinungen hatte er sich offensichtlich nur eingebildet. Seine Haut wies kein Fältchen mehr auf als vorher. Die Bewegung kostete ihn keine enorme Kraft, sie tat nicht weh. Auch das Knirschen von alten, müden Knochen war wie weggeblasen. Whitting atmete tief durch. Ob die Sekretärin ihn jetzt zu Hyde durchstellte?

Ihm kam eine Idee! Rebecca hatte ihren Vater vom Telefon in seinem Büro aus angerufen. Mit der Wahlwiederholung würde er Hyde an die Strippe bekommen und dann *musste* dieser ihm einfach zuhören. Ehe er jedoch seinen Plan umsetzen konnte, registrierte er aus den Augenwinkeln eine Bewegung. Van Horne stieg aus dem Bett. Als er an dem erstarrten Pfleger vorbei ging, zersprang dessen Gestalt in Millionen feiner Eiskristalle, die sich wie feiner Pulverschnee auf dem Boden verteilten.

Whitting spürte wie sein Blut in den Adern gefror. Mit einer Mischung aus Faszination und Entsetzen, wie unter einem fremden Einfluss stehend, starrte er van Horne, oder das, was aus ihm geworden war, an.

Niemand konnte das überleben. Zumindest kein Mensch!

Die Tür öffnete sich. Begleitet von einem Schwall Hitze schritt der Holländer über die Schwelle auf den Gang hinaus. Whitting drehte den Kopf. Er war wie gefesselt von der Gestalt und ihrem albtraumhaften Anblick. Unter der geschwärzten Haut schimmerte rohes Fleisch durch, teilweise die Knochen. Van Horne brannte noch immer in einem Feuer, das ihn offenbar von innen aufzehrte. Er blieb dicht vor Whitting stehen und musterte ihn.

Die Luft selbst schien in Flammen zu stehen. In ihr lag ein feines Knistern, und sie umhüllte Whitting wie einen unsichtbaren Glutmantel. Jeder Atemzug wurde ihm zur Qual, brannte in seinen Lungen. Er atmete das Feuer und glaubte, jeden Moment unter der Last zusammenzubrechen.

»Was … wollen … Sie …?«

Van Horne reagierte nicht auf die Frage. Eine Zeitlang stand er nur da und sah den Arzt an. Dann ging er an ihm vorbei. Whitting machte sich auf das Äußerste gefasst. Würde er in Flammen aufgehen oder wie geschlagenes Eis zerspringen?

Nichts geschah. Der Moment ging vorüber. Van Horne schritt den Korridor entlang bis zur Abzweigung, die zu Whittings Büro und weiter geradeaus zum Ausgang führte. Bevor er um die Ecke bog, leckten plötzlich grelle Stichflammen aus seinem Körper, und für einen Moment sah es so aus, als schreite er durch ein Flammenmeer. Nur mit dem Unterschied, dass er selbst dieses Meer war. Einer menschlichen Fackel gleich schritt van Horne weiter und verschwand um die Biegung. Noch immer im Bann des unglaublichen Anblicks rannte Whitting hinter ihm her und bekam gerade noch mit, wie eine Flammenexplosion den gesamten Körper van Hornes einhüllte.

Verzehrte.

Ausbrannte.

Robert Whitting schloss geblendet die Augen und hob zum Schutz eine Hand vor das Gesicht. Die Hitzewelle fraß sich durch die Luft und an Wänden, Decke und Boden entlang.

Ein heißer Sturm zerrte an seinem Kittel und die Hosenbeine, kräuselte seine Haare und prickelte unangenehm auf seinen Wangen. Als er wieder klar sehen konnte, war alles vorbei. Das Feuer war verschwunden. Die Hitze erloschen. Nur die rußgeschwärzten Wände zeugten von den Flammen, die noch vor wenigen Augenblicken durch den Gang getobt waren — ein Beweis dafür, dass sich Whitting nicht nur alles eingebildet hatte.

Keine zehn Schritte von ihm entfernt stand Professor van Horne. Er war nackt und hatte ihm den Rücken zugewandt. Sein muskulöser Körper glänzte vor Schweiß, wirkte wie frisch mit Öl eingerieben. Kaum eine Stelle seiner makellosen Haut schien davon unberührt zu sein.

Whittings Gedanken rotierten. Bei allem, was er gerade an schieren Unmöglichkeiten erlebt hatte, drängte sich eine Frage in den Vordergrund: *Warum lebe ich noch?*

Während der Arzt mit seinen Überlegungen und völlig am Ende seiner geistigen Kräfte im Gang stehen blieb, betrat van Horne eines der vom Gang abzweigenden Zimmer. Whitting vermochte nicht zu sagen, wie viel Zeit verging, dazu war er viel zu sehr mit sich selbst beschäftigt. Als van Horne zurückkehrte, trug er eine Hose, die ihm etwas zu klein war und in der er Hochwasser hatte. Zumindest die Schuhe und der Rolli schienen ihm zu passen. Er warf Whitting einen kurzen Blick zu und marschierte zum Ausgang.

Voller Neugier folgte ihm der Arzt. Spätestens jetzt musste van Horne erkennen, dass er ein Gefangener war, doch zu Whittings Überraschung öffnete sich das streng gesicherte Tor. In der Öffnung erschien Little John, der in seiner tumben Art den Holländer angrinste und dabei in die Hände klatschte wie ein kleines Kind, das sich über etwas freute.

»Das gibt es doch nicht!« Whitting taumelte einen Schritt vor, blieb dann stehen. Fassungslos sah er mit an, wie van Horne an Little John vorbei schritt, eine Bewegung, die laut Hyde unmöglich sein musste. Der Holländer hielt noch mehr Überraschungen bereit. Er streckte die Hand aus, und der schwachsinnige Riese legte seine Pranke in die des Professors. Gemeinsam schritten sie durch den Raum zur zweiten Tür, die sich geräuschlos, ohne Eingabe irgendwelcher Codes oder ID-Cards vor ihnen öffnete.

Verwirrt blickte Robert Whitting ihnen hinterher, sogar noch lange Zeit nachdem die beiden längst aus seinem Blickfeld verschwunden waren und von oben aus den Korridoren der unterirdischen Anlage die schrecklichen Schreie der sterbenden Inquisitoren hallten.

Kapitel Siebzehn

Alena betrat den Büchersaal und musste einmal mehr feststellen, wie sehr die anderen sie förmlich anbeteten und in ihr ein Wesen sahen, das sie gar nicht sein wollte. Noch ehe sie ganz durch die Tür geschritten war, hielten alle Anwesenden in ihren Tätigkeiten inne und starrten sie an. Rafaela. Zuber. Die drei Goth-Kids, deren Namen sie sich noch immer nicht gemerkt hatte. Elmar war noch mit den anderen Inquisitoren draußen. Wo Jannica steckte, wusste sie nicht.

»Es tut mir Leid, Alena, wir haben noch immer nichts gefunden, das wie das gesamte Gedicht aussehen könnte«, sagte Rafaela und seufzte dabei so tief, dass Alena ihr das Bedauern in der Stimme unbesehen abnahm.

»Das wird nicht weiter notwendig sein.« Die anderen sahen sie überrascht an. Vermutlich war es gleichgültig, was sie ihnen jetzt sagte, sie glaubten ihr ohnehin jedes Wort. Alena hatte jedoch nicht den geringsten Zweifel, dass der Schlüssel zu dem Vers in ihren letzten Erinnerungen aus dem Jahre 1725 enthalten war. Nur die Art und Weise, wie sie dahinter gekommen war, war ihr schleierhaft. Sie sah deutlich Lu van Hornes Bild vor sich, als er ihr riet, den Ort der Gründung von *Os Darques,* dem heutigen Orden DARK, zu behalten.

Es ist wichtig, dass Ihr das behaltet, Mylady.

Van Horne wurde für sie immer rätselhafter. Der Grabstein, den sie in Island mit seinem Namen gesehen hatte, war schon mysteriös genug, aber die Tatsache, dass sie ihm bereits mehrmals in der Vergangenheit begegnet war, schien schier ungeheuerlich. Wer war er? Vor allen Dingen *was* war er? Ein Vampir zumindest nicht, das hätten sie oder Dehollander damals erkannt.

Wehmütig dachte Alena an den Baron. Sie hatte ihn nie wieder gesehen, genauso wenig wie den Earl of Gifford. Die Erinnerungen waren jetzt so frisch in ihr, als wäre alles erst vor kurzer Zeit geschehen und nicht bereits seit Jahrhunderten

Geschichte. Der Schmerz und die Sehnsucht waren daher umso stärker. Aber sie musste die Gefühle in ihr ausklammern, durfte nicht an die Vergangenheit denken.

»Wie meinst du das?«, fragte Zuber vorsichtig. »Hast du eine bessere Idee?«

Alena nickte. »Es ist tatsächlich ein Ort. Wie Elmar schon sagte, trifft die Beschreibung so ziemlich auf alles zu oder lässt sich zu jedem Dorf, jeder Stadt interpretieren. Aber wenn man weiß, wo man suchen muss, dann passt es genau. Ich bin sicher, dass die Idee mit dem Fragment eines Poems nicht verkehrt war, aber in meinen Erinnerungen tauchte der Name des Dorfes, das wir suchen wieder auf. Darque.«

Die anderen runzelten die Stirn. »DARK? Der Orden?«

»Nein.« Alena schüttelte den Kopf. »Ein Dorf in Portugal. Dort wurde DARK damals gegründet als die Kirche die Hexenverbrennungen aussetzte und die Inquisition offiziell für beendet erklärte. *Im Osten das Feuer des Tages brennt* — aus der Richtung kamen die römischen Armeen in ihren glänzenden Rüstungen, die blendeten wie heller Sonnenschein. *Winde des Nordens stürmen* — die Heere zogen weiter nach Norden, wurden jedoch bei Viana do Castelo mit der Wucht eines Sturms zurückgeschlagen. *Das Wasser des Westens rinnt.* Das ist ein Verweis auf den Fluss Lima, der bei Viana do Castelo und damit auch Darque in den Atlantik mündet. Der Rest ist schnell erklärt. Die Berge im Süden, die Schönheit der Landschaft, die die Römer angeblich daran hinderte, den Lima zu überqueren — und der römische Feldherr Arquius, der unter seinen Truppen den Spitznamen *d'Arque* trug, woraus später der portugiesische Name des Dorfes Darque wurde.«

Rafaela trat vor. »*Dunkle Herzen Eiseskälte spüren.* Das dunkel bezieht sich auf das spätere englische Wort *dark*? Und wer sind diese dunklen Herzen?«

»Geknechtete Seelen!« Die Stimme drang von der Tür her. Alena musste sie nicht umdrehen, um zu wissen, dass sie Jannica gehörte.

»Wo hast du gesteckt?« Alena sah das blonde Mädchen an,

doch es wich ihrem Blick aus und machte eine unbestimmbare Handbewegung, ehe es antwortete.

»Draußen … und am Altar. Die anderen sind zurück. Es ist besser, wenn du mit raus kommst.«

»Warum, was ist passiert? Wieso kommen sie nicht …?« Alena hielt inne und erkannte in Jannicas gesenktem Blick, dass etwas nicht stimmte. Sie wandte sich zur Tür und ging. Rafaela und Jannica folgten ihr.

»Was meintest du mit *geknechtete Seelen?*«, fragte Alena während sie die Empfangshalle des Klosters passierten und sich dem Ausgang zuwandten. Das Tor stand offen. Alena fühlte Elmars Anwesenheit in der Nähe.

»Jannica?« Sie sah die junge Frau an, die bedrückt zu Boden blickte. »Da ist noch mehr, oder?«

»Ich … ich bin wieder der Göttin begegnet.«

»*Was?*« Alena blieb abrupt stehen. Rafaela prallte gegen sie, murmelte eine Entschuldigung und zog sich dann eilig zwei Schritte zurück, als hätte sie ein Sakrileg begangen.

»Du hattest eine Vision?«

Jannica atmete tief durch und verschränkte die Arme vor der Brust. Ihr Blick verriet ein wenig von dem Trotz junger Teenager, die bei etwas ertappt wurden und meinten, sich rechtfertigen zu müssen. Dann schaute sie auf und Alena direkt in die Augen. »Nein … ich denke nicht. Idun war wirklich da. Von ihr hab ich die Sache, dass sich die vier Säulen an einem einzigen Ort befinden müssen. Und da ist noch mehr … aber wir sollten erst nach Elmar und den anderen sehen.«

Draußen vor den Toren des Klosters warteten Elmar und die Inquisitoren am fernen Ende der Brücke. Alena warf Jannica einen fragenden Blick zu und wollte einen Fuß auf den Holzgrund der Brücke setzen, als sie die Hand der anderen Frau auf ihrem Unterarm spürte.

»Warte.«

Zwischen Alenas Brauen entstand eine Falte. Sie sah zu Elmar und den anderen und bemerkte, dass Wolfgang Kuhlmann fehlte. Die Gasmasken und Dreieckstücher vor den

Gesichtern der anderen sprachen Bände und sagten Alena, dass draußen etwas Furchtbares geschehen sein musste.

»Ich halte es für keine gute Idee, wenn du rüber kommst!«, rief Wolter vom anderen Ende. Seine Stimme klang unter dem Tuch gedämpft. »Wir haben hier ein kleines Problem. Elmar ist vermutlich infiziert, und wir wissen nicht, ob unsere Schutzmaßnahmen ausreichend waren.«

»Infiziert?«

»Heinrichs Erbe.« Elmar trug als einziger keinen Mundschutz. Er deutete auf die Papiere, die Oli und Simone in den Händen hielten. »Wir haben Unterlagen über das Virus, aber es sieht draußen ziemlich übel aus. Hammerfest ist tot. Und wenn wir den Nachrichten, die wir aufgeschnappt haben, Glauben schenken, sieht es im restlichen Europa nicht besser aus.«

Alena verstand. Eine Seuche. Und wie sie von Wolter erfuhr, steckte DARK dahinter. Aber was beabsichtigte Hyde damit? Wollte er alle Menschen töten, damit die Opyri keine Nahrungsgrundlage besaßen, falls sie hier einfielen? Oder infizierte das Virus Vampire ebenso wie Menschen? Das bezweifelte sie. Die Opyri und ihre Pseudovampire waren vollkommen immun gegen sämtliche Krankheitserreger.

Alena wies Rafaela an, den anderen im Kloster Bescheid zu sagen und eine der oberen Etagen des Hauptgebäudes für Elmar, Wolter und die beiden Inquisitoren herzurichten.

»Die Inkubationszeit beträgt drei Tage«, sagte Wolter und wies auf die Unterlagen. »Wenn wir das überstehen, dürften wir das verfluchte Virus nicht in uns tragen und niemanden anstecken können.«

»In Ordnung. Ihr bleibt im Schloss solange unter Quarantäne. Rafaela wird euch Nahrung und Wasser bereitstellen.«

»Danke.«

»Da ist noch was«, sagte Elmar. »Diese seltsame Zeitverschiebung. Da draußen rennt die Zeit viel schneller. Seit wir hier sind, sind in der Realität bereits eineinhalb Jahre vergangen.«

Wolter nickte. »Und es scheint keine Gesetzmäßigkeit zu geben, an der wir die Geschwindigkeit messen können. Halten wir uns hier drin eine Minute auf, kann draußen ein Tag vergangen sein. Aber genauso gut ein Monat. Die nächste Minute kann schon wieder ganz anders verlaufen.«

»Woher weißt du das?«, fragte Alena.

»Von mir.« Elmar machte nicht gerade einen frischen Eindruck. Seine Augen schimmerten feucht. Das Gesicht war blass und sein Körper zitterte. Alena hoffte inständig, dass er sich nicht infiziert hatte. Vielleicht waren die Anstrengungen, die er draußen auf sich nehmen musste, nur zu groß gewesen.

»Wir waren seit Tagen hier, als ich das erste Mal meinen Erkundungsgang machte und auf Wolter stieß. Die Zeit, die hier drin verging, schien langsamer abzulaufen als jetzt. Wie lange waren wir fort?«

»Eine Stunde vielleicht.«

»Für uns sind sieben oder acht Stunden vergangen«, sagte Elmar. »Vorher war ich vielleicht drei Stunden bei Wolter, aber du sagtest, ich wäre viel länger fort gewesen. Die Zeit … wie heißt das?«

»Zeitdilatation«, half Oli aus.

»… ja, genau so. Sie scheint sich willkürlich auszudehnen, mal langsamer, mal schneller. Während wir hier reden, wissen wir nicht, wie viel Zeit draußen wirklich vergeht.«

Alena stieß hörbar den Atem aus. »Dann ist es umso wichtiger, dass wir so schnell wie möglich handeln. Schade, dass ich euch nicht mitnehmen kann, aber ihr bleibt hier, bis sicher ist, dass ihr nicht infiziert seid.«

Die anderen nickten einhellig, nur Elmar verzog das Gesicht. »Was hast du vor?«

»Ich werde es allein zu Ende bringen.« Sie umriss kurz, was sie aus ihren Erinnerungen erfahren hatte und brachte Elmar auf den neuesten Stand. »Ich werde nach Portugal gehen.«

Wolter schüttelte den Kopf. »Das würdest du nie schaffen. Wenn das restliche Europa so aussieht, wie Hammerfest, dann gibt's kaum eine Möglichkeit, sicher dorthin zu gelangen. Soweit wir gesehen haben, ist sämtlicher Flugverkehr eingestellt worden. Wie lange willst du unterwegs sein? Von hier bis Darque dürften es schlappe fünftausend Kilometer sein. Was wir aus den Nachrichten erfahren haben, sieht äußerst übel aus.«

»Kein Flugverkehr, die Straßen werden von Militär überwacht, kein Durchkommen in den Quarantänezonen«, pflichtete Oli bei. »Da draußen ist scheinbar die Hölle los — und nachdem, was wir in Hammerfest erlebt haben, ist das auch kein Wunder.«

Worte alleine hätten Alena vielleicht nicht überzeugt, doch in den Gesichtern der anderen stand der Schrecken förmlich geschrieben. Wenn Land- und Luftweg ausschieden, blieb vielleicht noch eine Schiffsverbindung.

»Im Hafen von Hammerfest liegen einige Boote«, sagte Elmar. »Aber die Strecke ist wesentlich länger als über Land. Für einen Öltanker hast du nicht die Mannschaft, eine Yacht besitzt nicht genug Treibstoff. Das wird so nichts, Alena.«

Für einen Augenblick fragte sie sich, ob sie in Gestalt des schwarzen Schattens die lange Strecke bis nach Viana do Castelo in der Luft zurücklegen konnte. Sie hatte noch nicht versucht, über einen längeren Zeitraum, diese Form aufrechtzuerhalten.

»Es gibt einen anderen Weg.«

Alle sahen plötzlich Jannica an. Sie wirkte bedrückt, hatte sich abseits von Alena nahe der Brüstung aufgestellt und blickte in den dichten, violetten Nebel, der sowohl die Überführung als auch das Kloster permanent einhüllte. Jener Nebel durch den Elmar bisher als einziger von ihnen gewatet war.

»Was weißt du?«, fragte Wolter, doch Alena hob eine Hand und hielt ihn zurück. Sie wandte sich Jannica zu, fuhr ihr mit den Fingern durch das schulterlange, blonde Haar und ließ ihre Hand dann auf Jannicas Schulter liegen.

»Was hat dir Idun noch gesagt?«

Jannica nickte in Richtung Nebel. »Die Antwort liegt dort drin. Es gibt eine Möglichkeit von einem Punkt in der Dunkelsphäre zum nächsten zu gelangen.«

»Wie denn?«, rief Elmar vom anderen Ende der Brücke. »So was wie beamen?«

»Ich weiß nicht, wie es funktioniert. Idun sagte, man muss sich nur auf den Ort konzentrieren, an den man gelangen will.«

Alena dachte an die Grabkammer in Rumänien in den Katakomben der Burg Sliminc. Sollte es so einfach gewesen sein? Das Grab des Letzten Hüters Siebenbürgens befand sich ebenso wie dieses Kloster in einer Blase der Dunkelsphäre. Wenn sie von diesem Ort hier gewusst hätte, wäre das bloße Wunschdenken ausreichend gewesen, sich hierher zu transportieren? Alena spürte Wut in sich aufkeimen. *Verdammter Erik Hansen!* Er hatte es gewusst. Norwegen. Portugal. Und er ließ sie durch die Weltgeschichte rennen und Rätsel lösen, während draußen die Erde vor die Hunde ging. Alena wurde das ungute Gefühl nicht los, die ganze Zeit nur eine Figur in einem Spiel darzustellen. Hin und her geschoben auf einem gewaltigen Spielbrett, je nachdem, welcher Spieler gerade am Zug war.

»Aber wie soll uns das weiterhelfen? Darque liegt nicht in der Dunkelsphäre.«

Jannica löste ihren Blick vom Nebel und sah Alena in die Augen. »Geknechtete Seelen. Du erinnerst dich? Du wirst es verstehen, wenn du dort bist.«

Eine Weile starrten sich die beiden Frauen nur an. Alena war sich nicht sicher, ob sie Jannicas Vision trauen konnte, oder ob sie tatsächlich der Göttin begegnet war. Da Elmar im Nebel nichts geschehen war und er nur auf der anderen Seite der Brücke herausgekommen war, als er ihn durchschritt, entschied Alena sich dafür, zumindest den Versuch zu wagen. Sie nickte Jannica zu.

»Geh zurück ins Kloster und warte auf mich. Wolter, du bringst deine Leute und Elmar in die Zimmer, die Rafaela euch zuweist. Ich weiß nicht, wie lange ich fort sein werde …« Sie verschluckte den Nachsatz *oder ob ich überhaupt wiederkomme.* »… vor Ablauf der drei Tage verlasst ihr nicht die obere Etage.«

»In Ordnung«, sagte Wolter.

Alena schwang sich ansatzlos über das Brückengeländer und tauchte in die dichten Schwaden ein. Sie hatte das Gefühl zig Meter in die Tiefe zu fallen, war jedoch durch Elmars Schilderung vorbereitet und wartete in Ruhe ab, bis sie festen Boden unter den Füßen spürte.

»Also schön. Viana do Castelo …« Sie schloss die Augen und konzentrierte sich auf den Ort ihrer Vergangenheit. Jahrhunderte alte Bilder tauchten vor ihrem inneren Auge auf, und sie fragte sich, wie sie dort ein Schlupfloch in der Dunkelsphäre finden sollte. Dann dachte sie an die *Vier Säulen der Macht*. Als sie einen Schritt vorwärts trat, lichtete sich der Nebel und sie fand sich an einem gänzlich anderen Ort wieder.

Alena bekam nicht mehr mit, wie Jannica trotz des Protestes ebenfalls über die Brücke sprang und ihr folgte.

Kapitel Achtzehn

Stunde Null

Brad ging voran, um durch seine bloße Anwesenheit seinen Boss anzukündigen, doch seine massige Gestalt, die jeden *normalen* Menschen eingeschüchtert hätte, verfehlte bei den Männern und Frauen vor dem Grotteneingang jegliche Wirkung. Magnus Hyde lächelte bei Brads zerknirschtem Gesichtsausdruck. Sein Leibwächter war es gewohnt, dass sich in seiner Gegenwart jeder unwohl fühlte und klein vorkam.

»Lassen Sie's gut sein, Brad.« Hyde zog eine Hand aus den Tiefen seiner Trenchcoattasche und legte sie dem Hünen auf die Schulter. Sein Blick schweifte an ihm vorbei zu den vier Inquisitoren vor dem Eingang. Sie sahen unscheinbar aus. Die Männer trugen zu ihren schwarzen Stoffhosen und Hemden einen weißen Priesterkragen, der sie in eine Aura der Harmlosigkeit hüllte. Ihre weiblichen Kollegen waren mit dunklen Rollkragenpullovern bekleidet, darüber kurze Lederjacken. Um ihren Hals hing ein Christuskreuz neben dem Medaillon DARKs — dem Symbol eines Hammers, der die Sonne zerschlug.

Hyde kannte die Wächter nicht persönlich. Er nickte ihnen zu und passierte mit Brad den Eingang. In den Höhlenstollen war es merklich kühler als draußen, doch dafür sparten die Felsen den schneidenden Wind aus, der vom Atlantik zur Küste herüber pfiff. Das Wetter war passend für Dezember in Nordportugal. Hyde dachte an die verheerenden Brände, die das Land vor vier Monaten heimgesucht hatten. Das Feuer hatte viele Menschen das Leben gekostet und es hatte verhindert, dass sich *Heinrichs Erbe* in diesem Teil Europas ausbreiten konnte. Portugal galt genauso wie England als sichere Zone, dafür wurden die Grenzen umso schärfer bewacht. Man kam nur mit Sondergenehmigungen ins Land — für Hyde und seine Mitstreiter DARKs kein Problem, denn der Orden hatte über die UNO im Laufe der letzten Monate die volle Kontrolle über die Weltpolitik erlangt. Solange *Heinrichs Erbe* grassierte würde das auch so bleiben, und Hyde hatte nicht so bald vor, ein Antigen gegen das Virus auf den Markt zu bringen. Zuerst musste gewährleistet sein, dass der Erreger flächendeckend wirkte und damit den Vampiren jeglichen Nährboden entzog.

Er wünschte sich seine Tochter Rebecca an seine Seite. Sicher war sie längst in einem Privatjet DARKs, den einzigen Flugzeugen, die Erlaubnis hatten, den europäischen Luftraum zu durchqueren, unterwegs nach Porto, wo sie von zwei Inquisitoren abgeholt werden sollte. Hyde hoffte zumindest, dass Rebecca diesmal seiner Bitte entsprach. Beim letzten Mal, war sie nicht, wie er gewünscht hatte, nach London zurückgekehrt, sondern hatte sich auf eigene Faust nach Hammerfest aufgemacht, um Magdalena Labastida zu suchen.

Die Höhle schlängelte sich in die Tiefe. Immer wieder gab es Abzweigungen, Nebenarme, Tunnels, die in Sackgassen oder in der Nähe des Meeres wieder zurück ans Tageslicht führten. Doch der Stollen, den Hyde und Brad wählten, fiel stetig bergab, überbrückte fünf Höhenmeter auf einer Strecke von fünfzig Schritten. An den Wänden hingen elektrische Grubenlampen in antiquierten Halterungen. Früher hatte es hier nur Fackeln gegeben. Erst mit Hydes Amtsübernahme im Vorsitz DARKs hatte er elektrische Leitungen aus der Ortschaft Darque in die nahe Grotte am südlichen Lima-Ufer verlegen lassen, um für eine ständige Beleuchtung zu sorgen. Die Höhle wurde regulär von einem Dutzend Inquisitoren bewacht. Heute jedoch hatte Magnus Hyde alle Streitkräfte über die der Orden in Europa verfügte an diesem Ort versammelt. Zweihundertundfünfzig Männer und Frauen. Superkrieger, darauf trainiert und konditioniert gegen den mächtigsten Feind, den die Welt kannte, zu bestehen: Vampire.

Es wird nicht reichen. Wenn Alena es tatsächlich schaffte, die Tore zur Dunkelsphäre zu öffnen, waren die zweihundertfünfzig Inquisitoren eine lächerliche Truppe gegen die Übermacht, die durch die Dimensionsöffnung branden würde. Seine Berater hatten ihm geraten, auch die Inquisitoren von den anderen Kontinenten abzuziehen und nach Portugal zu beordern, doch sein Instinkt sagte ihm, dass sie auch dann nicht besser dastünden als mit den Leuten, die er bereits aufgewendet hatte. Zweihundert oder zweitausend. Was immer von der Dunkelsphäre zur Erde herüberkam würde wie eine Flutwelle über sie hinwegschwemmen. Die einzig echte Chance in diesem Kampf war das Virus. Nur langfristig konnten die Opyri besiegt werden.

»Wie tief geht es noch runter?« Anspannung schwang in Brads Stimme mit. Der Hüne, den so leicht nichts ängstigen konnte, schien eine Aversion gegen enge Höhlentunnels zu haben.

»Wir sind gleich da«, versicherte Hyde.

Je tiefer sie der Tunnel hinab führte, desto mehr Inquisitoren begegneten sie. Viele waren dabei schweres Gerät über lorenartige Wagen nach unten zu befördern. In den meisten Fällen handelte es sich dabei um Waffen oder Ausrüstungsgegenstände: Maschinengewehre, Panzerfäuste, Granaten, Smart Bombs, Mörser, Zwillingssockellafetten und allerlei mehr Dinge, mit dem man einen Kleinstaat einnehmen konnte. Sollte nur ein Bruchteil der Munition, die hier angeschleppt wurde, tatsächlich in den Höhlen zum Einsatz kommen, würde das gesamte System unweigerlich einstürzen und Darque, vermutlich sogar Viana do Castelo im Atlantik versinken.

Endlich ging das Gefälle in die Waagerechte über und der Schacht mündete in eine Höhle so gewaltigen Ausmaßes, das selbst die Amsterdam-Arena viermal darin Platz gefunden hätte. Unzählige Inquisitoren huschten zwischen den mitgebrachten Gerätschaften hin und her, installierten Waffensysteme und Schutzwälle für eine optimale Verteidigungsposition und richteten die Geschützmündungen auf einen einzigen Punkt am fernen Ende der Halle aus. Hyde ließ seinen Blick über die geschäftigen Krieger schweifen und nickte zufrieden. Der Orden DARKs hatte die besten Leute für den Kampf gegen die Vampire ausgebildet, seit Jahrhunderten schon, doch zu Superkriegern waren sie erst unter seiner Führung geworden. Die heutigen Inquisitoren hatten nichts mehr mit den ersten aus der Gründungszeit DARKs gemein.

Hyde sah zu dem Punkt hinüber auf den die Waffen zielten. Am Ende der Höhe befand sich der Durchgang zu einer Grotte aus der ein leicht violetter Schein glomm.

Unser Segen und Fluch zugleich, dachte Hyde.

Ein Mann kam auf ihn und Brad zu und verneigte sich kurz zur Begrüßung. Er war etwas kleiner als Hydes Leibwächter, wirkte nicht ganz so muskulös, dafür aber drahtiger. Hyde erkannte ihn wieder. Vater Michael. Jener Inquisitor, der beim Angriff auf Elmar Fuchs' Haus in Münster überlebte. Inzwischen war er vollauf genesen und seit einem halben Jahr wieder im Dienst des Ordens.

»Wie sieht es aus, Vater?«

Der Inquisitor deutete in die Höhle hinein. »Wir haben unsere Hauptfeuerkraft auf den Durchgang zur Grotte gerichtet. Eine Reserve ist über die Stollen, die hierher führen verteilt. Und diese Leute«, er zeigte auf eine Gruppe von zwanzig Inquisitoren, die sich in der Nähe des ersten Durchgangs postiert hatten, »werden den Eingang schützen, wenn die Vampirin hier aufläuft.«

Hyde musterte die Truppe. Zwanzig gegen Magdalena Labastida. Im Normalfall wäre der Vergleich, mit Kanonen auf Spatzen zu schießen angebracht gewesen, doch Alena hatte sich bisher als äußerst zäh erwiesen und bereits ein Dutzend Inquisitoren auf dem Gewissen. Allerdings waren die nicht alle gleichzeitig gegen sie angetreten. Bei zwanzig Superkriegern würde auch sie klein beigeben müssen, dessen war sich Magnus Hyde sicher.

»Gut, soweit.« Er nickte mit dem Kinn in Richtung Durchgang. »Was machen unsere *Gäste*?«

»Wohlauf. Sie werden hier ja auch fürstlich bewirtet.« Vater Michael grinste schief. »Wollen Sie zu ihnen?«

»Selbstverständlich. Wenn ich schon mal hier bin, kann ich auch gleich hallo sagen.«

Der Inquisitor machte eine einladende Geste in Richtung Höhlenende und ging dann mit Hyde und Brad los.

Zuerst dachte sie, sie träumte. Ihre Umgebung schimmerte in einem sanften Violett, ähnlich wie in der Dunkelsphäre und den Erinnerungen aus früheren Zeiten, die sie bruchstückhaft erreichten. Violett. Die vorherrschende Farbe jener Dimension, aus der die Vampire stammten. Zumindest war es das, was man ihr bisher erzählt hatte. An einen Aufenthalt in der Dunkelsphäre, bevor sie irgendwann vor Jahrhunderten, oder gar einem Jahrtausend, wie sie Dehollander gesagt hatte, zur Erde kam, konnte sie sich beim besten Willen nicht erinnern. Da ihr Gedächtnis in der Trance viel schneller zurückkehrte, wollte sie mit ihren Meditationsübungen fortfahren, sobald sie wieder zurück im Kloster war.

Alena blieb stehen und strich mit den Fingern über eine Felswand. Der Stein fühlte sich kühl an. Aber er kribbelte auch unter ihrer Haut.

Zurückkehren. Nichts wollte sie lieber als das. Zurück zu Elmar und den anderen und versuchen alles ruhiger anzugehen. Freunde in Elmar und Jannica zu sehen und zu finden. Bisher waren sie von einer Gefahr in die nächste geraten und hatten sehr wenig Zeit zum Durchatmen und für sich selbst gefunden. Alena wollte das ändern. Sie fühlte, dass sie mehr für Elmar empfand als nur Freundschaft und das Mitleid wegen dem, was sie seiner Verlobten angetan hatte. Das hatte auch nichts mit der Nacht zu tun, die sie gemeinsam verbracht hatten, Elmar war bisher durch dick und dünn mit ihr gegangen, und sie fühlte, dass er sich um sie sorgte, sie nicht im Stich lassen würde. Ein wenig erinnerte er sie an Ivo Dehollander. Sie lächelte als das Gesicht des Barons vor ihrem inneren Auge erschien.

O Ivo … warum bist du nicht bei der Scheune geblieben?

Alena gab sich einen Ruck und setzte ihren Weg fort. Ihre Umgebung besaß entfernt Ähnlichkeit mit dem Höhlensystem in Nordhammerfest. Doch etwas war anders. Die Stollen in Norwegen waren dunkel, hier jedoch glommen neben dem überall vorherrschenden Violett vereinzelt Lichter an den Wänden. Alena blieb vor einem der hellen Flecken stehen und sah genauer hin. Ein verwaschenes, diffuses Leuchten, wie das Licht der Sonne, die von einer Wolkendecke verdeckt wurde und deren Glutball nur leicht durchschimmerte. Alena streckte eine Hand aus. Der helle Fleck vor dem Fels war warm, aber sie konnte ihn mühelos durchdringen.

Aus den Augenwinkeln nahm Alena plötzlich eine Bewegung wahr. Sie wirbelte herum. Nichts. Stirn runzelnd suchte sie den Gang vor sich ab, doch außer den hellen Flecken an den Wänden, die in regelmäßigen Abständen zu beiden Seiten erschienen, war sie allein.

Alena ging weiter. Mit jedem Schritt führte der Stollen weiter in die Tiefe. Sie nahm einige Biegungen mit und hielt an Abzweigungen nur kurz inne. Jedes Mal, wenn sie nicht weiter wusste, lauschte sie in sich hinein und glaubte ein fernes Rufen zu hören, das ihr den richtigen Weg wies. Wie eine sanft flüsternde Stimme, die ihre Gedanken umschmeichelte und sie auf magische Weise anzog. Alena folgte der Stimme und schien ihrem Ursprung mit jedem Schritt näher zu kommen. Der Tunnel fiel weiter ab. Wesentlich steiler als das Höhlensystem in Norwegen. Alena fragte sich, wo sie überhaupt war. Stellte diese Höhle das Äquivalent zum Zugang der Dunkelsphäre bei Hammerfest dar?

Wieder eine Bewegung! Diesmal so deutlich, dass sie sie sich nicht eingebildet haben konnte. Alena blieb stehen. Ein Schatten huschte an ihr vorbei. Ihr Blick folgte ihm, doch sie konnte ihn nicht richtig erfassen. Alenas Augen verengten sich, aber dann war die Bewegung fort. Nur einen Lidschlag darauf erschien ein zweiter Schatten. Diesmal sah Alena ihn ganz deutlich und revidierte ihre erste Beobachtung. Es handelte sich nicht um einen Schatten, sondern vielmehr um eine Art *Störung* mitten in der Luft. Alena musterte das schemenhafte Etwas, das im Schritttempo an ihr vorbeizog.

Ein leichtes Flimmern, ähnlich einer Fata Morgana, als würde komprimierte, in vage menschliche Form gepresste Luft durch den Stollen huschen. Ein Hauch streifte sie. Das Flimmern entfernte sich zwei, drei Schritte, dann hielt es unvermittelt inne. Alena wartete ab und rührte sich nicht vom Fleck, auch dann nicht, als die wabernde Luft vor ihr, wieder in ihre Richtung kam und unmittelbar vor ihr stehen blieb. Nur mit Mühe und Not erkannte Alena die menschliche Gestalt innerhalb der schemenartigen Verdichtung. Was war das für ein Wesen? Existierte es in der Dunkelsphäre?

Die Erscheinung legte den Kopf schief und bildete etwas aus, das Alena erst beim zweiten Blick als Arm erkannte. Ein weiterer Luftzug streifte die Vampirin und glitt durch sie hindurch. Alena fühlte einen eisigen Schauer in ihrem Herzen. Ihre Seele schien für einen Moment in Aufruhr zu geraten. Sie strauchelte, machte zwei schnelle Schritte zurück und fühlte die felsige Wand in ihrem Rücken. Das Luftflimmern blieb noch eine Weile stehen, zuckte neugierig vor und zurück, schien Alena jedoch nicht mehr sehen zu können. Schließlich wandte es sich ab und verschwand im Gang.

Magnus Tobias Hyde grub die Hände noch tiefer in die Taschen seines Mantels und war für einen Moment versucht, den Kragen hochzustellen und den obersten Knopf zu schließen. Diesmal rührte die Kälte nicht von den Temperaturen in der Höhle her, sondern das Frösteln war eine direkte Ursache *ihrer* Nähe. Für ihn schien es eine halbe Ewigkeit her zu sein, dass er *sie* gesehen hatte, dabei waren es erst ein paar Jahre gewesen. Seit der Sache mit Becky …

Nur ungern erinnerte sich Hyde an den unglückseligen Vorfall, der aus seiner Tochter eine Kreatur der Dunkelheit gemacht hatte. Es hätte nicht soweit kommen dürfen. In jener Nacht glaubte er sie genauso verloren zu haben, wie seine Frau Victoria. Rebecca starb in seinen Armen, nur um Stunden später neu zu erwachen, als ein Ding, das weder Mensch noch wirklich Vampir war: Eine Pseudovampirin.

Aber Rebecca war nicht fort. Sie existierte weiter in ihrem Körper, mit all ihren Erinnerungen, ihrem Verstand und ihrer Einstellung. Sie war *ganz die Alte*, bis auf den Umstand, dass ihre Ernährungsmethode nun eine andere war. Hyde tötete sie nicht. Die Inquisitoren, die Zeuge ihrer Verwandlung geworden waren, lebten nicht mehr. Die wahre Natur Rebeccas verschwieg er vor DARK. Selbst wenn er ihnen erklärt hätte, dass seine Tochter nicht der Feind war, sondern auf ihrer Seite stand, sie hätten es nicht verstanden. Oder nicht verstehen wollen.

Hyde zögerte am Durchgang. Er presste die Lippen aufeinander und merkte, wie sich ein dicker Kloß in seinem Hals einnisten wollte. Er durfte nicht zulassen, dass ihn seine Ängste überwältigten. Das, was mit Rebecca geschehen war, konnte sich nicht wiederholen. Dafür hatte DARK gesorgt. Trotzdem plagten ihn die Erinnerungen.

Er sah Rebecca in der Reihe von einem Dutzend neuer Inquisitoren stehen. Hier in der Grotte tief unter dem Lima bei Viana do Castelo. Ein Dutzend Männer und Frauen, die zwei Jahre lang in den europäischen Inquisitionsforts ausgebildet worden waren. Sie alle waren körperlich fit und so gesund, wie es ein Mensch nur sein konnte. Jeder einzelne von ihnen verstand sich auf den Umgang mit jeder erdenklichen, von Menschen ersonnenen Waffe. Sie beherrschten die wichtigsten Kampfkünste, die sie zu Meistern im Nahkampf machten. Kein anderer Mensch, kein fernöstlicher Kampfkünstler, kein noch so gut geschulter Soldat oder Agent, würde es mit einem von ihnen aufnehmen können. Doch die Gegner, die sie bekämpfen sollten, waren keine Menschen, sondern Vampire. Der immensen Körperkraft und der hohen Beweglichkeit jener Kreaturen hatte ein Mensch nichts entgegenzusetzen. Seit der Gründung DARKs fehlte es den Inquisitoren stets an jenem Faktor, der aus ihnen Superkrieger machte.

Hyde lächelte. Sein Vorgänger im Vorsitz des Geheimbundes hatte den richtigen Ansatz geliefert und er, Hyde, war in der Lage gewesen, ihn umzusetzen. Die Dutzend Inquisitoren standen genau hier am Durchgang. Damals, vor drei Jahren. Einer nach dem anderen schritten sie in die Grotte und empfingen jene letzte *geheime Zutat.*

»Sir?« Die Stimme Michaels riss ihn aus den Gedanken. Er nickte dem Inquisitor zu, der vorausging. Hyde wies Brad an, hier zu bleiben. Er selbst folgte Michael durch den Stollen, der in die eigentliche Grotte führte. Mit jedem Schritt zögerte er von neuem. Die Erinnerungen kehrten zurück. Rebecca war an der Reihe. Hyde sah sie deutlich vor sich. Gekleidet in enge, schwarze Hosen und Rollkragenpullover, das flammend rote Haar offen über ihren Schultern hängend. Ihre Augen leuchteten. Sie sah hinreißend aus. Hyde hielt ihren Blick fest, während sie langsam nach vorn schritt. Ein Gebet. Kurzer Schmerz. Das alles war es, was die Weihe zum Inquisitor vollendete — doch ausgerechnet bei Rebecca sollte es zu dem Unfall kommen.

Unfall, pah! Hyde schüttelte sich innerlich, während er aus dem Durchgang in die Grotte hinaustrat. *Es war kein Unfall, sondern pure Absicht. Sie wussten, dass Becky meine Tochter ist. Nur deswegen haben sie es getan. Sie wollten es mir heimzahlen, mir wehtun, für das, was wir ihnen angetan haben.*

Vor seinem geistigen Auge trat Rebecca an eine der vier Gestalten heran und sprach ihr Gebet. Sie senkte sich vor den Vieren auf die Knie, bot ihnen demütig ihren Hals da. Hyde widerte es an, seine Tochter so zu sehen. Unterwürfig. Doch das Ritual verlangte es so. Ein einziges Mal in ihrem Leben sollte sie vor ihnen knien, um dann als ihr ärgster Feind, der niemals vor irgendwem niederknien würde, aufzustehen.

Hyde verdrängte die Bilder aus seinem Bewusstsein. Doch eines von ihnen blieb als er jetzt selbst einen Blick auf die vier Gestalten am Ende der Grotte warf. Jenes Bild, als sich die dornenscharfen Zähne im Hals Rebeccas verfingen und saugten. Nicht der kurze Biss, der vorgesehen war. Die Bestie saugte immer weiter, und als Hyde endlich begriff, was dort geschah, lebte Rebecca schon nicht mehr. Die Inquisitoren eilten herbei, um ihren Peiniger zu töten, doch Hyde gebot ihnen damals Einhalt. Die einzige Chance, seine Tochter noch zu retten, war die Verwandlung. Er schrie den Opyri an, verfluchte ihn und drohte ihm Folter und den Tod seiner drei Gefährten an, wenn er sie nicht wieder ins Leben zurückholte.

Rebeccas Mörder gab ihr von seinem Blut.

Sie erwachte vor drei Jahren als das, was sie heute war. Eine Pseudovampirin.

Hyde schluckte. Der Kloß war fort. Sein Blick suchte die Vier, die seit der letzten Nesträucherung 1920 hier eingekerkert waren. Vier Opyri. Die vier Unterhändler. Nur die Inquisitoren wussten von ihnen und schworen bei ihrem Leben, das Geheimnis für sich zu behalten.

Vier leben noch, dachte Hyde, während er jeden einzelnen von ihnen scharf musterte. *Plus Alena.*

Ihre Körper waren ausgemergelt. Sie hingen dürr und knochig in den metallenen Fesseln, wie Gefangene in den Kerkern des Mittelalters. An den schmutzigen Leibern trugen sie nichts weiter als zerschlissene Hosen oder deren Überreste, die gerade einmal ihre Scham bedeckten. Wären sie Menschen gewesen, hätten sie vermutlich meterlange Bärte und ebenso langes Haar getragen. Doch ihre Gesichter waren wie glatt rasiert. Ihre Blicke wirkten abgestumpft und leer. Die Augäpfel lagen so tief in den Höhlen, dass sie erst bei genauerem Hinsehen sichtbar waren.

Drei von ihnen sahen zu Boden und schienen vor sich hinzudösen. Sie hingen in den Fesseln, die Handgelenke waren wund gescheuert, doch wie es in der Natur der Opyri lag, heilten sie immer wieder von selbst, bis das schartige Metall sie erneut aufschabte. Der Vierte blickte erschöpft auf. Blut verkrustete um seine Lippen, ein Zeichen dafür, dass man ihn vor kurzem erst gefüttert hatte. In einer Nebenhöhle wurden Schweine gehalten, um die Versorgung der Opyri zu gewährleisten. Denn das Letzte, was Hyde von ihnen wollte, war, dass sie starben.

Das darf auf keinen Fall geschehen.

Hyde blieb in der Mitte der Grotte stehen. Der Vampir starrte ihn an. Erkennen spiegelte sich in seinen Augen wider.

Je tiefer Alena in das Höhlensystem vorstieß, umso mehr dieser rätselhaften Lufterscheinungen begegnete sie. Einige hielten an und beobachteten ihre Umgebung. Offensichtlich nahmen sie Alena wahr und interessierten sich für sie. Andere wiederum gingen einfach an ihr vorbei. Zweimal streifte sie eine der befremdlichen Gestalten, und wie schon zuvor fühlte sie sich dabei wie aus dem Körper gerissen und in eine andere Existenz versetzt. Die Schemen berührten ihre Seele und schienen ein Stück davon aus ihr herauszuzerren. Alena konzentrierte sich darauf, die Erscheinungen komprimierter Luft rechzeitig zu entdecken und ihnen auszuweichen. Doch bald wurden es so viele, dass es ihr selbst nicht mehr half, stehen zu bleiben und sich an eine Wand zu drücken. Früher oder später musste sie sie wieder berühren.

In dem Stollen herrschte ein emsiges Treiben. Schemen huschten vorbei, alle in dieselbe Richtung, in der auch Alenas Ziel lag. Wobei sie selbst noch nicht einmal dieses Ziel für sich definiert hatte. Die *Vier Säulen der Macht* — aber wo waren sie? Was stellten sie dar?

Wieder berührte eine der Erscheinungen Alenas Körper. Diesmal war es schlimmer. Die geisterhafte Gestalt schritt scheinbar sorglos durch sie hindurch. Komplett. Alena fühlte sich wie aus der Bahn geworfen. Für einen Augenblick schien es, als zöge eine unsichtbare Kraft an ihrem Geist, an ihrer Seele. Die Sicht vor ihren Augen flimmerte. Den Bruchteil einer Sekunde lang verschwand das vorherrschende Violett. Die normalen Farben kehrten zurück. Alena blinzelte und erkannte die hellen Flecken an den Wänden als das, was sie in Wahrheit waren: Öllampen, die ein gelbes Licht verströmten.

Und sie sah auch, was es mit den Erscheinungen auf sich hatte.

»Großer Gott! Sie ist hier!«

Der Tunnel war erschreckend überfüllt mit Männern und Frauen in der Kleidung der Inquisitoren. Die Leute drehten sich um, folgten dem ausgestreckten Arm des Mannes, der sie entdeckt hatte. Entsetzen zeigte sich in ihren Gesichtern. Entsetzen, das jäh in Wut und Entschlossenheit umschlug.

Der Moment verging.

Alena befand sich wieder in dem violetten Gang. Sie stürzte und blieb nahe der Höhlenwand in gekrümmter Haltung liegen. Ihr Körper zitterte, während ihr Verstand versuchte zu begreifen, was gerade geschehen war. Aus den Augenwinkeln nahm sie wieder die Erscheinungen wahr. Sie schienen wie erstarrt zu sein, als wären alle auf der Stelle stehen geblieben und hielten nach etwas Ausschau. Alena konnte sich denken, nach wem. Sie richtete sich halb auf und spähte in den Gang hinein. Plötzlich gerieten die Schemen in Bewegung. Ein schnelles Huschen, verwischende Schatten. Mehrmals blieb eine der Erscheinungen in ihrer unmittelbaren Nähe stehen.

Sie suchen mich, dachte Alena.

Die Vampirin blieb in der Hocke und beobachtete den Stollen. Neben ihr stand ein Schemen. Seine menschliche Form war nur erahnbar. Sie wusste nicht, in welche Richtung er blickte, ob er sie sah und erkannte. Erst als er weiter huschte und sich den anderen anschloss, war sie sicher, dass er sie nicht gesehen hatte.

Was ist da eben geschehen? Sie sah noch einmal das Bild der erschrockenen Inquisitoren vor sich. Die veränderten Lichtverhältnisse. Die Lampen an den Wänden. Dann endlich begriff sie, wo sie sich befand. Die Dunkelsphäre und die reale Welt mussten sich an diesem Ort auf irgendeine Art und Weise überlappen. Alena und die Inquisitoren befanden sich in derselben Höhle, nur auf verschiedenen Wahrnehmungsebenen. All die hellen Flecken an den Wänden waren in Wahrheit

Lampen. Und die Fata Morganen stellten nichts anderes als Inquisitoren dar!

Alenas Gedanken überschlugen sich. *Wenn DARK hier so viele Inquisitoren sammelt, dann wissen sie, dass ich komme.* Sie ging vorsichtig am Rand der Höhlenwand entlang, versuchte den Schemen auszuweichen und hielt sich geduckt, in der Hoffnung, dass es den anderen so viel schwerer fiel, sie wahrzunehmen. *Und es heißt, dass ich hier richtig bin.*

Einen Augenblick später sah sie, dass sie an diesem Ort vollkommen richtig war. Der Tunnel mündete in eine gewaltige Höhle. Mehr helle Flecken denn je säumten die Wände und in der Mitte waren die hin- und herhuschenden Bewegungen um ein Vielfaches dichter als eben im Gang. Alena versuchte gar nicht, die Luftspiegelungen zu zählen. Sie waren so zahlreich, dass sie sich nicht an ihnen vorbei schleichen konnte ohne selbst entdeckt zu werden. Aber sie musste notgedrungen durch den Pulk durch. Die ferne Stimme war jetzt deutlich zu hören. Sie kam ihr seltsam vertraut vor und doch hörte sie sich an, wie das ferne Echo aus tiefster Vergangenheit. Alena blieb am Rand des Höhlendurchgangs stehen und blickte an den schemenhaften Wesen vorbei zur anderen Seite. Ein schmaler Durchlass. Tiefstes Violett. Dunkler und intensiver als in den Stollen. Dort lag ihr Ziel. Sie wusste es.

»Du bist also zurückgekehrt, alter Mann.« Die Stimme des Vampirs war schwach. Kaum mehr ein Wispern. Und dennoch drang sie deutlich in Hydes Ohren, klammerte sich um sein Herz. Die Kälte packte ihn härter als vorher. Fast hatte er das Gefühl, auf der Stelle festzufrieren. Hyde betrachtete den armseligen Gefangenen mit einer Mischung aus Abscheu und Furcht. Er wagte kaum, es sich selbst einzugestehen, aber er hatte Angst vor diesem Wesen. Nicht davor, was es war. Nicht vor der Bestie, die in ihm schlummerte. Seine Angst saß viel tiefer.

Angst vor sich selbst. Vor dem, zu was er fähig war. Zu dem

Monstrum, das tief in ihm steckte. Jenem Ungeheuer, das nicht nur diese vier Opyri geknechtet hatte und seit Jahrzehnten verkommen ließ, sondern auch die Freisetzung des tödlichsten Virus, das existierte, befohlen hatte.

Magnus Hyde sog tief die kühle Luft ein und sah zu dem Gefangenen. Was würde dieser Mann tun, wenn er frei kam? Wie würde er sich an Hyde rächen?

»Wie du siehst.«

»Schon eine Weile her, als du das letzte Mal hier warst«, sagte der Mann in Ketten und hustete. Seine Lippe bekam beim Sprechen Risse. Feines Knistern war zu hören als er sich Hyde zudrehte und dabei die ledrige, ausgedörrte Haut wie trockenes Pergament vom Körper abblätterte.

»Drei Jahre.«

Der Gefangene nickte schwach. »Komisch. Ich dachte, es wären viel mehr gewesen.«

Hyde wandte sich ab und wollte zurück zu Brad gehen, doch die raue Stimme des anderen hielt ihn zurück.

»Wohin denn so schnell?«

»Ich bin nicht deinetwegen hier«, sagte Hyde und nickte in Richtung der drei anderen Vampire, die noch zu schlafen schienen. »Und auch nicht ihretwegen.«

Der Mann an den Ketten richtete sich auf. Ein Ächzen war zu hören. Seine Glieder zitterten und Knochen knirschten, als er sich halbwegs auf die Beine zog.

»Du brauchst mir deinen Stolz nicht zu zeigen.« Hyde fuhr sich mit der Zunge über die Lippen. »Bleib ruhig liegen.«

»Den Gefallen tue ich dir nicht, alter Mann. Weißt du, es gab eine Zeit, da habe ich euch verflucht. Deinen Vorgänger. Dich.«

»Nachvollziehbar.«

Der Gefangene versuchte ein ironisches Lächeln, bei dem die Lippen aufrissen. Er zeigte dabei keine Regung. Mit letzter Kraft hielt er sich an den Ketten und verlagerte ständig sein Gewicht, um nicht zu fallen.

»Er hat uns verraten. Wir waren bereit für den Handel und hatten die besten Absichten für beide Welten.«

Nun lachte Hyde. »Die besten Absichten. Lächerlich. Mein Vorgänger tat gut daran, euch nicht zu trauen. Ein Abkommen hätte bedeutet, uns euch hilflos auszuliefern. Was wir taten, war das einzig Richtige zum Schutz unserer Welt und der Menschen, die in ihr leben.«

»Wir haben euch getraut«, sagte der Vampir und mit einem Bedauern in den Worten, das Hyde für einen Moment ziemlich echt vorkam. Vielleicht war es das sogar. Jetzt, nach Jahrzehnten der Gefangenschaft und des Siechtums. Aber niemand der vier Opyri würde ihn davon überzeugen können, dass sie vor fünfundachtzig Jahren ebensolche rechtschaffenen Gedanken hegten.

Hyde schüttelte den Kopf und zog eine Hand aus der Tasche mit der er anklagend auf den Vampir deutete. »Getraut. Aus deinem Mund klingt es wie bloßer Spott. Ihr habt seit Tausenden von Jahren auf der Erde gehaust und habt euch reichlich an den Menschen bedient. Und als endlich *Os Darques* ins Leben gerufen wurde und euch das Fürchten lehrte, habt ihr klein beigegeben. Euer Rückzug fand doch erst statt, als einer der letzten Mächtigen, Vlad Dracul, von uns eingeäschert wurde.«

Der Gefangene nickte leicht. »Du hast Recht, alter Mann. Natürlich haben wir gesehen, welche Verluste wir hingenommen haben. Aber du hast nicht wirklich verstanden, warum wir überhaupt hier sind, oder?«

»O Gott, verschone mich mit dieser Leier.«

»Warum hörst du nicht einfach zu?«

Hyde machte zwei Schritte vor. »Weil ich mit Kreaturen wie dir nicht diskutiere. Schon gar nicht über eure Politik. Ihr wart hier, habt die Hosen gestrichen voll gehabt, als in Rumänien die letzte Festung dem Erdboden gleichgemacht wurde und dann den Waffenstillstand vorgeschlagen. Wage es jetzt ja nicht, mir zu widersprechen, sonst …«

»Sonst was?« Weitere Risse gesellten sich zu den anderen in den Lippen des Geknechteten. »Wirst du mir einen Pflock ins Herz rammen? Mir das Genick brechen? Oder mich auf dem

Scheiterhaufen verbrennen? Nur zu, alter Mann, tu es einfach. Du ahnst nicht, welchen Gefallen du mir damit tun würdest.«

Hyde trat zurück und ballte die Rechte vor Wut zur Faust. Langsam steckte er sie zurück in die Manteltasche. Er hatte sich gehen lassen. Das durfte vor den Vampiren nicht noch einmal vorkommen. Sie kannten seine Schwächen, wussten, wie sie ihn zur Weißglut treiben konnten. Hyde atmete tief durch. Sein Puls beruhigte sich.

»Dir einen Gefallen tun?«, fragte er. »Wenn ich dich töte, ist das Tor in Gefahr. Das ist es doch, was du willst, oder? Rache, damit ihr endlich wieder in unser Zuhause einfallen könnt. Nein, mein Bester, so lange ihr hier hängt und am Leben seid, kann ich ruhig schlafen. Denn ich weiß, dass dieses Tor zu eurer Welt verschlossen bleibt.«

Ein ermattetes Seufzen entrang sich der Kehle des Vampirs. »Ja … ich verstehe deine Sichtweise. Aber das ist es nicht, was ich meinte. Du würdest mich erlösen, wenn du mich tötest. Ich habe nicht mehr die Kraft, mich noch länger zu halten. Mein Leben ist längst verwirkt. Mir ist egal, was du von uns hältst oder wie es weitergeht. Mit dir. Deiner Welt. Oder den unseren. Ich bin einfach nur müde. Ist das so schwer zu verstehen?«

Natürlich verstehe ich, dachte Hyde, hütete sich aber davor, es auch laut auszusprechen. Er wollte dem anderen unter keinen Umständen eine weitere Blöße geben. Der Wutausbruch gerade war schon zu viel gewesen. Hyde trat von den vier Gefangenen zurück. Er dachte darüber nach, was der Vampir ihm gesagt hatte. Damals, nach der Vernichtung der letzten Vampirbastion in Rumänien, hatten die Opyri ein Friedensangebot gemacht. Sie wollten den Zugang zur Dunkelsphäre versiegeln, damit niemand mehr von ihnen zur Erde gelangte. Das zumindest hatten sie Hydes Vorgänger Glauben machen wollen. Doch er hatte ihnen nicht geglaubt, genauso wenig, wie Hyde ihnen jetzt glaubte oder traute. Die Opyri waren verschlagene, hinterhältige Wesen. DARK drehte damals den

Spieß um. Als die Opyri das Tor erschufen, knechteten sie die letzten vier durch einen mächtigen, uralten Zigeunerbann an den Durchgang. Bisher war es niemandem gelungen, das Tor von der anderen Seite wieder zu öffnen. Nicht so lange einer der Gefangenen noch lebte.

»Alter Mann!« Die Stimme des Vampirs wurde schwächer, als Hyde ging. Doch bevor er den Ausgang der Grotte erreichte, kam ihm Brad entgegen gerannt. Gleichzeitig brandete hinter ihm Lärm in der Haupthöhle auf. Schüsse fielen. Dann war das Krachen von schwerem Geschütz zu hören. Ein Zittern erfüllte das Gewölbe, und kleine Steine fielen von der Decke und landeten vor Hydes Füßen auf dem Boden.

»Sir!« Panik schwang in der Stimme Brads mit. »Sie ist hier. Alena ist hier!«

Hinter ihm ertönte das Rasseln der Ketten und Scheppern der metallischen Verschlüsse um Armgelenke, Füße und Hals der Vampire. Hyde brauchte sich nicht umzudrehen, um zu wissen, dass auch die anderen drei erwacht waren. Als hätte allein der Klang von Alenas Namen dazu ausgereicht.

»Ah, ich verstehe, alter Mann«, höhnte der Gefangene, mit dem er die ganze Zeit gesprochen hatte. »Ihr seid wegen der alten Prophezeiung hier. Eine Opyri wird kommen. Schön wie eine Göttin. Dunkel wie die Nacht. Mit Blut so hell wie Milch.«

Hyde fuhr herum. »Schwachsinn!« Die anderen waren tatsächlich wach. In ihren Augen schimmerte etwas, von dem Hyde nicht geglaubt hatte, dass er es je wieder bei den Gefangenen sähe: Hoffnung!

Die ersten zehn Schritte war sie mit heiler Haut davongekommen, doch dann verließ sie das Glück. Die Erscheinungen wandten sich ihr zu, streckten ihr die Arme entgegen. Ihre Bewegungen wurden hektischer. Hier und da stoben sie auseinander, doch dann bildeten sie eine Mauer und versperrten ihr den Weg. Irgendetwas sauste an ihr vorbei. Dann noch etwas. Alena sah feine Bahnen in der Luft, als würde etwas ziemlich Kleines, ungeheuer Schnelles sie teilen.

Kugeln!

Alena duckte sich. Zwei, drei Windzüge streiften sie, ein vierter ging mitten durch ihren Körper hindurch. Genau wie bei den Bewegungen der Inquisitoren spürte sie auch jetzt, wie etwas ihren Leib durchdrang, ihre Seele berührte und einen Teil von ihr für den Bruchteil einer Sekunde aus dem Körper zu reißen schien. Der Augenblick verging. Alena hechtete über den Boden, genau zwischen zwei der Schemen hindurch. Sie griffen nach ihr, waren jedoch zu langsam. Ein feines Zischen erfüllte die Luft. Dann wurde eine Höhlenwand förmlich auseinander gesprengt. Gesteinsbrocken sirrten durch die Luft, prasselten sowohl auf Alena als auch die Erscheinungen nieder. Die Vampirin warf sich in Deckung, rollte über den Boden und kam wieder auf die Beine. Seltsamerweise hatte sie keinen donnernden Laut gehört. Der Felsen war einfach so zersprungen.

Noch ein Zischen. Diesmal näher. Alena wurde von einer Bö gepackt und angehoben. Sie flog einige Meter über den Boden hinweg und prallte gegen die Felswand. Ihr Rücken schmerzte als sie daran herunter rutschte und auf den Knien am Boden hockte.

Sie setzen Granatwerfer ein! Alena sah die verdichtete Luft vor sich. Irgendetwas Unsichtbares schnellte mit hoher Geschwindigkeit direkt auf sie zu. Sie federte vom Boden ab und sprang über einen Felsen hinweg. Hinter ihr barst völlig lautlos die Wand. Selbst als die Brocken aufschlugen und sich auf dem Höhlenboden verteilten, war nichts zu hören. Alena kam hoch. Der gespenstische Kampf ging weiter. Sie sah ihren Feind nur schemenhaft. Die Tatsache, dass die Inquisitoren sie sehr wahrscheinlich ebenfalls nur als durch die Luft wischendes Etwas wahrnahmen, tröstete sie keineswegs. Zudem waren die Gegner mindestens zweihundert zu eins in der Überzahl.

Alena orientierte sich neu. Sie war an den Rand der gewaltigen Höhle gedrängt worden und ihrem eigentlichen

Ziel keinem Stück näher gekommen. Jetzt näherten sich die Schemen von allen Seiten. Sie hatten sie eingekreist. Es war Zeit, auszuteilen.

Hyde stieß Brad beiseite und stürmte durch den Verbindungstunnel in die große Höhle. Was er dort sah, überstieg fast sein Vorstellungsvermögen. Die Inquisitoren hatten Kampfpositionen eingenommen und feuerten mit automatischen Waffen kreuz und quer durch das Gewölbe. Salve um Salve ratterte aus den Maschinenpistolen, schlug in Decke und Wände ein, ohne ein Ziel zu treffen. Befehle wurden gerufen. Stellungen gewechselt. Ein Teil der Gruppe zog sich feuernd zurück. Andere Inquisitoren eilten herbei und brachten Mörser in Stellung. Zwei der Krieger warfen Granaten.

Eine Detonation riss mannsgroße Gesteinsbrocken aus der Felswand. Das Gewölbe wurde erschüttert. Als die Granatwerfer ihre todbringenden Geschosse schleuderten, vibrierte der Boden so stark, dass Hyde rückwärts stolperte und gegen Brad prallte, der hinter ihm aufgetaucht war. Der Leibwächter fing ihn auf und zog ihn zur Wand herüber. In seiner Rechten hielt er eine Pistole und zielte auf etwas, das offensichtlich gar nicht da war.

»Was, zum Teufel, ist hier los?« Hyde löste sich aus Brads Griff und machte wieder einen Schritt in die Höhle hinein. Die Mörsereinheiten hörten auf zu feuern als sie endlich erkannten, dass sie mit ihren Aktionen nur das gesamte Gewölbe zum Einsturz bringen würden. Einige Inquisitoren bildeten einen Kreis um etwas, das Hyde nicht erkennen konnte. Er kniff die Augen halb zusammen. War da etwas? Ein Schatten? Hyde nahm eine flinke Bewegung wahr. Ehe er sie erfassen konnte, war sie schon wieder verschwunden. Wie ein Insekt, dass ganz kurz von der Seite ins Gesichtsfeld schwirrte und bereits wieder fort war, wenn man hinsah.

»Was war das?« Brad hatte es auch gesehen.

Hinter ihnen erschien Vater Michael und hielt in seinen

Händen eine Armbrust, auf deren Sehne ein Magnesiumbolzen lag. Hyde sah ihn kurz an, blickte dann wieder in die Höhle. Der Schemen tanzte innerhalb des Kreises, doch dann geschah etwas, womit keiner der Inquisitoren gerechnet hatte. Ein Schrei übertönte die gebrüllten Befehle und die einzelnen Schüsse, die immer noch abgegeben wurden. Dann ein weiterer. Zwei Inquisitoren prallten zurück, schlugen auf dem Boden auf. Gleich ein halbes Dutzend anderer stürzten zu der Stelle, um den Kreis wieder zu schließen, doch es war bereits zu spät. Eine flirrende Erscheinung, nur vage auszumachen, wenn man ganz genau hinsah, brach durch die menschliche Absperrung.

»Vater!«, rief Hyde. »Bringen Sie Ihre Leute zurück!«

Michael stand wie angewurzelt da und beobachtete das Spektakel in der großen Höhle. Ein weiterer Inquisitor ließ sein Leben. Er fiel ohne sichtbaren Grund um, überschlug sich einmal und blieb dann mit erstarrtem Blick reglos liegen.

»Da vorn!« Brad deutete in das Gewölbe. Sein Finger zog den Abzug durch. Zwei Schüsse verließen den Lauf, schlugen irgendwo drüben bei den Felsen ein.

»Lassen Sie den Unsinn!«

»Dort!« Er schoss erneut. Dreimal, viermal. Hyde schlug ihm auf die Hand. Der fünfte Schuss jagte vor ihren Füßen in den Boden.

»Sir, was …?«

»Ich sagte, lassen Sie es! Sehen Sie denn nicht, dass es keinen Zweck hat?« Hyde wandte sich an Michael. »Los, rufen Sie alle verfügbaren Leute hierher zum Eingang zurück. Das ist unsere einzige Chance!«

Michael hob eine Hand ans Ohr und aktivierte ein in seiner Kleidung verborgenes Mikrofon. »Sammelpunkt Grotteneingang! Beeilung!«

Die Inquisitoren lösten sich aus ihrer Formation. Einige rannten direkt auf sie zu, sich immer wieder umdrehend und in alle Richtungen schießend, als könnten sie den Gegner durch einen Zufallstreffer erledigen.

»Sie sollen mit der Schießerei aufhören!«

Das Krachen der Waffen verstummte nur zögerlich. Immer wieder wurde ein weiterer Schuss abgegeben.

»Da ist er!« Ein Inquisitor deutete auf die andere Seite der Höhle. Wo auch immer er etwas zu sehen geglaubt hatte, fanden sie nichts.

»Hier!« Ein anderer zeigte nach rechts vom Durchgang, doch auch dort war nichts zu sehen.

»Einbildung«, sagte Hyde. »Das muss schneller gehen.«

Vier Inquisitoren hatten sich vor dem Eingang versammelt. Die anderen rückten nach. Wenn sie ihn erst einmal mit ihrer bloßen Körpermasse versperrten, gab es für Alena keine Möglichkeit mehr, durchzukommen.

Falls es überhaupt Alena ist, dachte Hyde. *Dass sie sich als Phantom tarnen kann, ist was ganz Neues.*

Ein eisiger Luftzug streifte ihn. Er zuckte zusammen, spürte eine Gänsehaut und hatte für einen Moment das Gefühl, eine unsichtbare Hand dringe in ihn ein und durchstoße sein Herz.

Kalt. In ihm war es entsetzlich kalt.

Der Moment ging vorüber. Hektisch blickte er sich um.

Kann es sein ...?

In diesem Moment spürte er einen weiteren Luftzug. Nicht so nah wie der erste. Etwas berührte seine Haut. Die Barthaare stellten sich auf. Ein Schauer rann ihm den Rücken hinauf bis in den Nacken und kräuselte seinen Haaransatz.

»Alles in Ordnung, Sir?«, fragte Brad.

Hyde blickte hinter sich, zurück in die Grotte hinein, aus der der violette Schimmer drang. Doch so sehr er sich anstrengte, er konnte nichts erkennen. Inzwischen hatten sich gut ein Dutzend Inquisitoren vor dem Eingang postiert. Alena konnte unmöglich durchgeschlüpft sein.

»Da vorne!«, schrie jemand. Eine Salve fauchte. Hyde fluchte, fühlte sich jedoch in seiner Annahme bestätigt, dass die Vampirin noch immer in der Höhle war.

Sie war es nicht.

Alena vermied es auf den letzten Metern zum Durchgang jemanden zu berühren. Sie war durch einige der Erscheinungen marschiert und hatte sich in ihnen mit aller Macht darauf konzentriert, ihre Herzen zum Stillstand zu bringen. Bei einigen musste es funktioniert haben. Das Flimmern fiel in sich zusammen, sackte zu Boden und blieb dort. Während die Gegner immer wieder durch die Höhle schossen, tastete sich Alena am Rand entlang. Einmal hätte der Leibwächter Hydes sie fast erwischt — oder vielmehr, er *hatte* es, doch seine Kugel war einfach durch sie hindurch gerauscht, als wäre sie nicht existent.

Als sie erkannte, was Hyde vorhatte, beeilte sie sich und spurtete los. Alena streifte einen Schemen, rannte durch einen anderen einfach hindurch und schlüpfte durch die Lücke vor dem Eingang, ehe die Inquisitoren sie schließen konnten. Nicht, dass sie das hätte aufhalten können, aber der Gegner hatte schon einmal bewiesen, dass er sie sehen und mit den richtigen Waffen auch aufhalten konnte.

Alena schlüpfte durch Hyde hindurch. Für einen Moment war sie versucht, ihn ebenfalls auf dieselbe Weise auszuschalten, wie einige der Inquisitoren. Sie streckte ihre Fühler nach seinem Herzen aus, berührte es und … zog sich wieder zurück.

Nicht aufhalten lassen.

Der Tunnel wand sich nach links. Immer heller glomm das violette Leuchten, das sie zu ihrem Ziel führte. Alena blieb kurz stehen und sah zurück. Die Erscheinungen waren verschwunden. Auch die gelben Flecken an den Wänden, die die Laternen markierten. Offensichtlich überlappten sich Dunkelsphäre und die irdische Welt in der Nähe des Zieles nicht so stark. Alena drehte sich um und ging weiter. Wäre sie nur eine Sekunde länger stehen geblieben, hätte sie eine Gestalt bemerkt, die in diesem Augenblick an Hyde vorbei huschte.

Hinter der nächsten Biegung gab es einen Felsvorsprung. Alena nutzte ihn als Deckung und drückte sich mit dem

Rücken dagegen. Sie tastete sich mit den Händen vorwärts und lugte um die Ecke. Fast hätte sie erschrocken aufgeschrien, als sie den Ursprung des violetten Leuchtens erkannte. Sie zog den Kopf zurück, presste sich fester gegen den Felsen. Langsam kam sie hinter dem Vorsprung hervor und hielt diesmal dem Anblick stand.

Sie hatte ihr Ziel erreicht.

Die *Vier Säulen der Macht* türmten sich direkt vor ihr in der Grotte auf. Ganz anders als sie es sich je hätte erträumen lassen.

Am gegenüberliegenden Ende der Grotte schossen vier grellviolette Röhren aus einer gleichfarbigen Brühe im Boden in die Höhe bis hinauf zur Felsendecke. Vier Röhren aus gleißendem Licht. Vier Lichtsäulen. Doch das allein war nicht das Groteske, sondern vielmehr das, was Alena innerhalb der Röhren erkannte.

Gesichter. Und Hände.

Sie sah vier Gestalten. Vier Köpfe, die sich in den Säulen befanden.

Macht!, dachte Alena. *Jetzt ergibt alles einen Sinn.*

Sie trat aus der Deckung hervor und ging in die Grotte hinein. Die Köpfe gerieten in Bewegung. Sie drehten sich, richteten ihre Augen direkt auf sie. Alena musste sie nicht lange ansehen, um zu erkennen, wer sie waren.

»Opyri.«

Sie musterte die Köpfe der Reihe nach. In dem hellen Licht waren ihre Gesichtszüge kaum zu erkennen, sondern wirkten fast so schemenhaft wie die Erscheinungen der Inquisitoren.

»Du bist endlich gekommen.«

Die Stimme! Das war die Stimme, die sie hierher gelotst hatte. Nun wusste Alena, warum sie ihr so seltsam vertraut vorgekommen war. Sie kannte sie. Und ihren Besitzer. Zögerlich einen Fuß vor den anderen setzend, näherte sie sich den Säulen. Sie blickte den Kopf an, zu dem die Stimme gehörte, sah ihm direkt in die leuchtenden Augen und versuchte Wesenszüge wieder zu erkennen. Die Nase. Seine Lippen.

Trotz des hellen Violetts, das seine Miene umspielte und ihn förmlich strahlen ließ, wusste sie, dass er es war.

»Ivo!« Ein Frösteln jagte über ihren Körper, als sie den Namen aussprach.

»Meine Marquesa ... ich hätte wissen müssen, dass du es bist, von der die Prophezeiung spricht.«

Sie trat noch näher heran. »Aber wie ist das möglich?«

»Eine lange Geschichte. Ich fürchte, die Zeit haben wir nicht.«

Fasziniert betrachtete Alena die Säule, in der sich aus irgendeinem unerfindlichen Grund der Körper oder vielleicht nur die Seele Ivo Dehollanders befand.

»Für die Kurzform muss es reichen«, sagte der Mund aus der Säule neben Dehollander.

Alena runzelte die Stirn. Auch seine Stimme kam ihr sonderbar vertraut vor und weckte tiefe Erinnerungen. Sie legte den Kopf schief. »Lord Gedeon?«

Ein leises Lachen erklang. »Ich wünschte, ich könnte sagen *leibhaftig*, aber mir sind momentan die Hände gebunden. Und lass den *Lord* weg, die Zeiten der Adeligen sind definitiv vorbei.«

Alena verschränkte die Arme vor der Brust. »Ich verstehe nicht. Was tut ihr beiden hier und wer sind die anderen zwei?«

»Lange ...«

»Wir sollten es ihr erklären«, würgte der Kopf links außen Dehollanders Einwand ab. »Zumindest die kurze Fassung, wie Gedeon schon bemerkte.«

Ivo seufzte. »Na schön. Als wir uns das letzte Mal sahen, wurde es ziemlich heikel. Die Scheune stand in Flammen. Ich dachte du wärst längst fort und sah, wie van Horne mit seinen Leuten zurückkehrte. Mir blieb nichts anderes übrig, als mich abzusetzen und allein durchzuschlagen. Ich hoffe, du nimmst mir das nicht übel.«

Alena biss sich auf die Unterlippe. »Übel nehmen? Du kannst froh sein, dass du in dem Ding da steckst, sonst würde ich dich auseinander nehmen. Weiter!«

»Ich überspring mal zweihundert Jahre. Zu der Zeit da

DARK die letzten Vampire auslöschte, beschlossen die Opyri ein Abkommen auszuhandeln. Wir wollten das Tor zur Dunkelsphäre versiegeln.«

»Wie nobel«, kommentierte Alena. »Ihr wolltet euch eurer eigenen Jagdgründe berauben?«

Ein Raunen ging durch die vier Köpfe.

»Stimmt etwas nicht?«

»Stimmt etwas mit *dir* nicht?«, fragte Dehollander zurück. »Du solltest doch wissen, dass wir nicht freiwillig hier sind, oder?«

Alena blickte zurück in den Korridor. Von den Leuten DARKs war nichts zu sehen. Vielleicht blieb ihr ja doch genügend Zeit, alles zu klären. Die Inquisitoren konnten sie hier in der Grotte nicht sehen, ebenso wenig, wie Alena sie wahrnehmen konnte.

Sie wandte sich wieder den Säulen zu. »Da gibt es ein kleines, wenn nicht ganz unbedeutendes Problem. Ich leide unter Amnesie und erinnere mich nur nach und nach an mein früheres Leben.«

Das Raunen wurde lauter. Gedeon Gifford räusperte sich. »Das ist schlecht. Und wir haben nun wirklich nicht mehr viel Zeit. Nur so viel: Die Kaiserin hat uns vier rehabilitiert, wir wurden freigesprochen. Aber sie schickte uns zurück, um den Handel mit DARK zu besiegeln und das Tor zur Erde ein für allemal zu schließen.«

»Moment, Moment«, Alena hob eine Hand. »Welche Kaiserin? Wieso freigesprochen, ich …«

Gedeon ließ sich nicht ablenken und ignorierte sie. Er sprach einfach weiter. Anscheinend drängte die Zeit tatsächlich. »Als wir das Tor schließen wollten, stellte uns DARK eine Falle. Sie wendeten irgendeine alte Magie an, um uns an das Tor zu binden. Hier, in der Blase der Dunkelsphäre siehst du uns als leuchtende Säulen, nebenan auf der Erde liegen wir ausgemergelt in Ketten, über achtzig Jahre schon.«

Alena atmete durch. Sie verstand nur die Hälfte von dem, was ihr die vier Gefangenen klar machen wollten. Wie kam der

Vers ins Spiel? War er geschrieben worden, nachdem Dehollander und die anderen drei hier festgehalten wurden? Alena erinnerte sich an den Gedanken, in sich nur eine Spielfigur zu sehen. Wenn das Ganze nur eine Farce gewesen war, die Irrfahrt nach Island, das leere Kloster in Norwegen, das Rätselraten um den Vers, dann hatte sie einen vagen Verdacht, wer hinter alledem stecken mochte.

Gnade dir Idun, dass das alles einen tieferen Sinn hat und nicht nur deinem Zeitvertreib diente.

Was sie am allerwenigsten verstand, war die Sache mit der Prophezeiung. Wenn es ihr bestimmt war, die Tore zur Dunkelsphäre zu öffnen, warum hatten die Opyri sie überhaupt erst schließen wollen?

»Bist du bereit?«, fragte Dehollander und unterbrach ihre Gedanken.

Alena horchte auf. *Anscheinend kommt jetzt der spannende Teil.* »Bereit, wofür?«

»Das zu tun, was dir bestimmt ist«, sagte Gedeon.

Alena lachte leise und schüttelte dabei den Kopf. »Ich sehe nicht, was ich tun könnte, euch da herauszuholen. Wenn es mir gelingt, in der realen Welt diese Grotte zu erreichen, kann ich euch von euren Fesseln befreien, aber …«

Die Köpfe sahen sich an und tuschelten. Dann blickten sie wieder nach vorn. Dehollander ergriff das Wort. »Du hast wirklich alles vergessen, nicht wahr? Ja, du wirst uns befreien und dadurch die Tore der Dunkelsphäre öffnen. Aber Befreiung ist für uns Erlösung von den Qualen, die wir die letzten fünfundachtzig Jahre erlitten haben. Jetzt erfülle dein Schicksal und töte uns!«

»Was?«

»Du hast ihn verstanden«, sagte Gedeon. »Du musst uns töten. Nur dadurch öffnen sich die Tore zur Dunkelsphäre.«

Alena machte einige Schritte zurück, bis der Felsvorsprung, sie stoppte. Sie war hierher gekommen, um die Dunkelsphäre zu versiegeln. Aber alles, was sie vorgefunden hatte, war ein bereits verschlossenes Tor. Nichts und niemand würde von der anderen Seite auf die Erde gelangen, solange diese vier Opyri lebten. Und anscheinend sorgte DARK in der realen Welt für ihr Überleben.

Ich bin umsonst hergekommen, dachte sie. DARK hatte bereits alles zum Wohl der Menschheit getan. Sie hielten die Vampire fest und das Tor verschlossen. Plötzlich fühlte Alena sich schuldig. Wenn alles so einfach war, dann hätte sie sich nur DARK zu stellen brauchen, eine Einigung finden müssen. Sie standen auf derselben Seite.

Bei der Idun! Wenn DARK nicht die ganze Zeit über den Verdacht gehabt hätte, ich würde das Tor öffnen, dann hätten sie sich niemals dermaßen auf die Rückkehr der Vampire vorbereitet. Es ist meine Schuld, dass sie das Virus freisetzten!

Übelkeit keimte in Alena hoch. Sie hielt sich den Magen und krümmte sich. Nur mühselig unterdrückte sie das Gefühl und drängte das flaue Gefühl dorthin zurück, wo es herkam. Sie merkte, wie ihre Augen feucht wurden.

»Alena, du musst das tun!«, mahnte Dehollander. »Es ist deine Bestimmung. Jetzt erfülle dein Schicksal!«

Alena richtete sich auf und reckte trotzig das Kinn vor. »Nein! Was immer ihr in mir seht, ich bin es nicht. Das Tor zur Dunkelsphäre muss für immer verschlossen bleiben.«

Sie drehte sich von den Säulen weg und machte einen Schritt um den Felsvorsprung.

»Warte, Alena! Du verstehst es nicht.«

»O doch, ich denke schon.«

Sie ignorierte die Proteste der Köpfe und wandte sich zum Gehen. Vielleicht fand sie später eine Möglichkeit, die vier zu befreien, ohne dabei das Tor zu öffnen. Wenn sie bereits fünfundachtzig Jahre ausgeharrt hatten, dann kam es auf ein paar Monate oder Jahre mehr oder weniger nicht an.

Alena sah den Schatten, der aus dem Gang stürmte viel zu spät. Sie war so sehr in Gedanken und noch geschockt von der Begegnung mit Dehollander und Gedeon, dass sie nicht reagieren konnte. Zuerst dachte sie, einer der Schemen raste an ihr vorbei, doch als sie letztendlich herumwirbelte und die

Gestalt sah, die sich direkt auf die Säulen warf, prallte sie entsetzt zurück.

»Jannica?«

Das blonde Mädchen rannte genau auf die Säule links außen zu. Selbst wenn Alena im Vollbesitz ihrer Fähigkeiten gewesen wäre, hätte sie es unmöglich erreichen können, ehe das Unvermeidbare geschah. Jannica sprang vom Boden ab und hechtete in die Lichtröhre. Ihre Hände berührten den Kopf. Gleißen umfing sie. Für einen Moment war Alena geblendet, als die gesamte Säule in einer Lichtflut zu explodieren schien. Strahlendes Violett ergoss sich über die Grotte.

Vom Ende war ein Stöhnen zu hören. Alena blinzelte und sah Jannica am Boden liegen. Sie tastete über den Stein. Offenbar war sie so geblendet, dass sie nichts sehen konnte.

»Jannica! Hör auf!« Alena rannte los. Doch genau in dem Augenblick flackerte Dehollanders Röhre.

»Was ... was geschieht hier?«, rief er. »Mädchen, beeil dich!«

Seine Worte verstummten. Der Kopf in dem hellen Schein verblasste, und eine Sekunde darauf auch die Säule, als wäre sie nie da gewesen.

Alena stürmte auf Jannica zu, doch sie war nicht schnell genug. Die junge Norwegerin federte ansatzlos vom Boden und sprang in die nächste Säule. Das Licht flutete durch die Grotte und als hätte es für einen Moment Substanz angenommen, packte es Alena und schleuderte sie mitten im Sprung in eine andere Richtung, weit fort von Jannica und der letzten Säule, in der Gedeon gefangen gehalten wurde.

Jannica stand auf und streckte die Hände vor. Sie drehte sich im Kreis und versuchte, blind wie sie nun war, die letzte Säule zu orten. »Wo steckst du?«

»Hier!«, rief Gedeon. Im selben Moment begann auch seine Röhre zu flackern. Er schrie noch etwas, das Alena nicht verstand, dann verschwand sein Gesicht und mit ihm das violette Leuchten.

Finsternis umfing die beiden Frauen. Auch der lodernde Bodensatz war verschwunden. Alena reichte das Restlicht in der Höhle, um wenigstens Umrisse und den Weg erkennen zu können. Sie sah die blind umher tastende Jannica und ging zu ihr.

Bevor sie sie erreichte, malte sie sich in vor ihrem inneren Auge aus, was sie mit der Kleinen anstellen würde. Sie erwürgen. Ihr solange ins Gesicht schlagen, bis sie zusammenbrach. Das Genick brechen. Alena kochte vor Wut.

Als sie Jannica erreichte, tat sie nichts dergleichen, sondern legte ihr nur beide Hände auf die Schultern.

»Alena?«

»Was hast du dir dabei gedacht?« Nur mühsam unterdrückte sie den Zorn, doch sie merkte, wie Jannica bei ihren Worten zusammenzuckte.

»Es tut mir Leid«, sagte die blonde Frau und drehte sich in Alenas Richtung. »Ich hätte es dir sagen sollen.«

»Was sagen?«

»Das mit Idun. Ich dachte bis zuletzt, du würdest das tun, was man von dir verlangt. Ich wollte dir helfen, verstehst du? Aber als du sagtest, du würdest das Tor nicht öffnen, da konnte ich nicht anders.«

Alena schüttelte den Kopf, erinnerte sich dann, dass Jannica die Geste nicht sehen konnte. »Du hättest sehr wohl anders gekonnt. Du hattest eine Wahl.«

»Nein«, sagte Jannica leise. »Die hatte ich nicht. Es war Iduns Wille, dass das Tor geöffnet wird.«

Alena sagte nichts. Die Worte verletzten sie und lösten in ihr etwas aus, von dem sie nicht sagen konnte, ob es gut oder böse war. Sie spürte mit einem Mal eine Leere in sich. Als hätte die Göttin, für die sie gelebt hatte, sie verlassen.

Iduns Wille …

Eine Zeitlang standen die beiden einfach in der Dunkelheit. Schweigend. Erst als Alena spürte, wie sehr Jannicas Körper zitterte, nahm sie sie in die Arme und hielt sie eine Weile.

»Was wird jetzt werden?«

»Ich weiß es nicht«, sagte Alena und zog Jannica mit sich hinter den Felsvorsprung, zurück in den Durchgangstunnel.

Sie hoffte, dass sie ungeschoren wieder herausgelangten, ohne von den Inquisitoren gesehen zu werden.

Die Mauer war dicht. Selbst wenn es Alena gelang, ganz nah heranzukommen, irgendeiner der Inquisitoren musste ihre Bewegungen wahrnehmen. Sie konnte den lebenden Verteidigungsschild nicht durchbrechen.

Angespannt spähte Magnus Hyde zwischen den Schultern und Köpfen der Männer und Frauen hindurch. Die Luft in der Höhle war feucht. Wasserdampf stob durch Mund und Nase der Anwesenden hinaus und bildete feine, gespenstische Wölkchen. Die Inquisitoren schienen den Atem anzuhalten. Kein Laut war zu hören. Es war so still, dass man am anderen Ende der Höhle eine fallende Stecknadel hätte hören können.

Wenn es eine gegeben hätte.

»Da stimmt was nicht«, sagte Brad nach einer Weile.

Eine steile Falte entstand zwischen Hydes Brauen. Er dachte nach und erinnerte sich an die beiden Luftzüge. Dann jagte ein siedendheißer Stoß durch seine Adern. Er schwang herum und rannte den Korridor entlang. »Mir nach!«

In der Grotte bot sich ihm das gewohnte Bild der vier Gefangenen. Er erwartete zumindest einen Schemen zu sehen, doch dem war nicht so. Allerdings war er nicht mehr davon überzeugt, allein zu sein. Die Vampire sahen alle auf einen Punkt und schienen Hyde gar nicht zu bemerken.

»Was tun sie?«, fragte Michael hinter ihm.

»Ihre Lippen bewegen sich.« Brad hatte seine Scheu vor der Grotte überwunden und war ihnen gefolgt. »Sieht aus als würden sie mit jemandem sprechen. Aber warum hören wir nichts.«

Hyde ballte die Hände zu Fäusten. »Diese gottverfluchte Dunkelsphäre. Alena ist hier, hier in dieser Höhle. Sie bewegt sich außerhalb unseres sichtbaren Spektrums, aber *sie*«, er deutete auf die Gefangenen, »können sie sehen und mit ihr reden.«

»Was können wir tun?«

»Gar nichts, Vater. Draußen in der großen Höhle hatten wir noch eine Chance, aber hier in der Nähe der Opyri können wir Alena nicht einmal sehen.«

»Und wenn wir eine Granate genau dort detonieren lassen, wo diese Vampire hinsehen?«, fragte Brad. »Die Druckwellen haben sie zumindest vorhin noch erwischt.«

Hyde deutete zur Decke hinauf. »Wenn hier etwas explodiert, wird alles verschüttet und die Gefangenen sterben.«

»Sterben sie nicht sowieso?« Vater Michael trat an Hydes Seite. »Ich meine, wenn Alena das Tor öffnen will, kann sie das doch nur, indem sie diese Vampire befreit oder tötet. Wenn sie aber jetzt körperlos ist, kann sie ihre Fesseln nicht lösen. Also …«

Plötzlich geschah das Unfassbare. Der Vampir ganz links bäumte sich auf. Seine Augen starrten kurz in Hydes Richtung, dann sackte er leblos in seinen Ketten zusammen.

»Soviel dazu. Sie tötet sie!«

Hyde lief los. Michael wollte ihn zurückhalten, doch er hörte nicht auf ihn.

»Helfen Sie mir, sie zu befreien.«

»Aber was soll das bringen?«, fragte Brad.

Hyde wählte den Mann aus, den er als Dehollander kannte. Er sah zu Michael und fing die Schlüssel auf, die dieser ihm zuwarf. Ein Schnappen. Der erste Verschluss sprang auf. Dann der zweite. Als Hyde Dehollander von den Fesseln befreit hatte, stöhnte der zweite Vampir auf und fiel dann tot um. Seine Ketten rasselten, ein letzter Atemzug entwich seinen Lippen.

»Schnell! Den anderen.«

Brad und Michael befreiten Gedeon und schleppten ihn zusammen mit Dehollander außer Reichweite der Ketten. Sie betteten die ausgemergelten Körper auf den Boden. In diesem Moment stürmte eine Gruppe Inquisitoren in die Grotte und bezog Stellung. Die meisten von ihnen richteten ihre Handfeuerwaffen auf die beiden Vampire am Boden.

»Okay«, sagte Brad schwer atmend. »Zwei sind tot. Zwei leben. Was haben wir dadurch gewonnen.«

»Nichts.« Hydes Blick wanderte von den beiden mittlerweile bewusstlosen Vampiren zu den Fesseln und dem unseligen Violett, das an der Wand glomm. »Wir haben nur verhindert, dass Alena alle vier tötet. Vielleicht können uns diese beiden noch mal nützlich sein.«

»Aber … Sir?« Michael deutete auf die leeren Ketten auf der gegenüberliegenden Seite. »Wenn sie jetzt tot und befreit sind, bedeutet das nicht, dass das Tor geöffnet wurde?«

Hyde nickte und fuhr sich über den weißen Bart. *Gott steh uns bei.* Er stand auf und wies Michael und die anderen Inquisitoren an, Aufstellung zu nehmen. Sie waren viel zu wenige gegen die Übermacht der Opyri, die schon bald merken musste, dass die Barriere gefallen war und dann durch den violetten Glimmer kommen sollte. Aber sie würden bis zum letzten Mann kämpfen.

Das Warten wurde zur Qual. Minuten dehnten sich zu Stunden, Stunden zu halben Ewigkeiten. Dehollander und Gedeon regten sich und wurden wach. Zur gleichen Zeit verblasste der violette Schein an den Wänden. Verwirrt blinzelte Magnus Hyde zu der Wand. Seiner Meinung nach hätte spätestens jetzt eine Horde Opyri durch das Portal stürmen müssen.

Aber das Portal war fort.

Die Vampire kamen nicht.

Zumindest hatte es den Anschein. In Wahrheit waren sie längst hier, auf eine Art und Weise, die sich Hyde in seinen kühnsten Träumen nicht ausgemalt hätte.

Nachwort und Dank

Es ist immer gut, einen Politikwissenschaftler im Haus zu haben. Bei meinen Recherchen, wie eine potenzielle Machtübernahme über die größten Teile der Welt erfolgen kann, stand mir Dr. Dirk van den Boom zur Seite. Meinen Dank schulde ich ihm auch dafür, dass er wohlwollend den Abgabetermin für ein Manuskript der Reihe *Rettungskreuzer Ikarus* verschob, damit ich den vorliegenden Roman zu Ende schreiben konnte.

Genauso gut ist es, einen wandelnden Weltatlas in der Nähe zu wissen. Klaas Kurz hat sich in dieser Funktion bestens bewährt, er ist einfach schneller als Map24, auch wenn er die Kilometer von Hammerfest bis Viana do Castelo nicht so exakt berechnen kann.

Bedanken möchte ich mich auch bei der Familie Sina, die mich freundlich bei sich zu Hause aufnahm, als sich mein Wagen in der Werkstatt befand. Den sengend heißen Dienstag auf der Terrasse mit Laptop und Standventilator bewaffnet, werde ich nicht vergessen. An jenem Tag entstand das erste London-Kapitel.

Ein dickes Sorry an Tanja für meine schriftliche Belehrung, nachdem ich mich durch sie beim Schreiben gestört und aus dem Kontext herausgerissen fühlte. War nicht so gemeint. Ebenfalls meine Entschuldigung haben Rafael Beermann, Nadine Wolter, Gert Braspenninckx, Christoph Zuber und Tim Whitting dafür verdient, dass ich ihre Namen im Roman verwendete und verunstaltete. Die fiktiven Personen in dieser Geschichte geben natürlich nicht deren wahren Charakter wieder.

Thomas Folgmann und meiner Schwester Anke kann ich nicht genug für das Vorablesen und ihre Korrekturen und aufmunternden Zusprüche danken. Auch Oliver Naujoks gebührt mein Dank — er bot sich wieder freiwillig als *Vorkoster* an, musste dann jedoch passen, weil ich schier Unmögliches bei der Einhaltung des Korrekturtermins von ihm erwartete.

Ohne die ständige Inspiration meiner lieben Jedielfe und die Musik von Loreena McKennitt, Cara Dillon und Alan Silvestri, die mich durch den gesamten Roman begleiteten, wäre die Geschichte nicht so geschrieben worden, wie Sie sie jetzt lesen können. Und last but not least bedanke ich mich für das Verständnis meines Verlegers, dass ich schon wieder einen Abgabetermin um ein paar Wochen verschoben habe — beim nächsten Mal wird alles anders.

Martin Kay im August 2005

Vorschau:

Als nächstes Abenteuer erscheint als Band 4

VAMPIR GOTHIC

Das Blutreich

von Martin Kay
Roman, 256 Seiten geb.

Die *Vier Säulen der Macht* existieren nicht mehr. Jannica Forsmans Eingreifen hat das Tor zur Dunkelsphäre geöffnet und den Weg für die Vampire zur Erde geebnet. Doch in der Grotte, in der sich das Portal befinden soll warten die Truppen der Inquisition vergeblich.

Magnus Hyde ist verwirrt, da sich all seine Befürchtung anscheinend nur als leere Luft entpuppen. Seine Tochter Rebecca muss jedoch am eigenen Leib erfahren, dass die Vampire längst auf der Erde sind – auf eine Art und Weise, an die niemand gedacht hätte.

Zurück in Norwegen beschließen Alena und ihre Mitstreiter an zwei Fronten zu kämpfen: Auf der einen Seite muss ein Impfstoff gegen das tödliche Virus *Heinrichs Erbe* gefunden werden – auf der anderen Seite müssen die Vampire zurückgetrieben werden, ehe es ihnen gelingt, Europa in ihr Blutreich zu verwandeln.

Weitere Informationen zur Serie
finden Sie unter:

www.romantruhe.de